ペッパーズ・ゴースト

PEPPER'S
GHOST

KOTARO ISAKA

伊坂幸太郎

DO JUNIOR HIGH SCHOOL

OF THE OTHERS

朝日新聞出版

ペッパーズ・ゴースト

登場人物表

檀《だん》千《ち》郷《さと》　中学校の国語教師。三十五歳。
吉村先生　檀先生の同僚。数学教師。
里見大地　中学生。檀先生の受け持ち生徒。父、祖母と三人暮らし。
布《ふ》藤鞠子《とうまりこ》　中学生。檀先生の受け持ち生徒。自作小説を執筆中。
友沢笑里《ともさわえみり》　中学生。布藤鞠子の友人。
里見八賢《はっけん》　里見大地の父親。公務員。
マイク育馬《いくま》　テレビ番組司会者。

◆

ロシアンブル　ネコジゴハンターの一人。悲観的な性格。
アメショー　ネコジゴハンターの一人。楽観的な性格。
罰森罰太郎　ネコジゴの一人。動画配信や仮想通貨で富を築いた富豪。

◆

【サークルのメンバー】

庭野　三十代男性。庭師。まとめ役。
野口勇人《はやと》　二十代男性。姉が庭野と婚約していた。
羽田野《はたの》　六十代男性。元小学校校長。
成海《なるみ》彪子《ひょうこ》　二十代女性。カンフー映画を好む。
康雄・康江　六十代。医師と看護師の夫婦。
哲夫　五十代男性。元工場勤務。
沙《さ》央《お》莉《り》　二十代女性。
将五《しょうご》　二十代男性。

ロシアンブル

「九〇年代にアフリカ、ルワンダで起きた虐殺のことは知っているか？」ロシアンブルは目の前にいる男に言った。「百日間で八十万人が死んだ。百万人という話もある。はじまりは、ラジオ局だった。隣人を殺せ、と煽《あお》って、最初はみんな、『何を馬鹿なことを言ってるんだか』と笑っていたのに、繰り返し放送されているうちに、本当にそうなった。もちろん、いろんな理由や要因があるんだろうが、何であれ、煽った人間が許されるわけではない」

　言われた側の男の名前は仮に、罪村《つみむら》としておく。本当はもっとシンプルでありふれた苗字《みょうじ》なのだが、好人物とは言い難いため、同姓の人に迷惑をかけるのは避けたい。

「そのラジオ局を設立して、民兵に資金提供した男が、ようするに煽った張本人の一人なんだけれど、その男が二十五年間逃げて、捕まった。前にそういうニュースがあったの、覚えていないかな」と言ったのはロシアンブルの隣にいるアメショーだ。

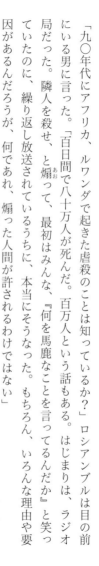

　二人で、罪村に向き合っている。

　ロシアンブルとアメショーとは、言うまでもなく偽名、お互いを識別するためのニックネームで、彼ら自身が猫の品種名から選んだものだった。ロシアンブルーは冷たさを感じるグレーの毛色をし、性格は神経質と言われている。おまけに、「シアン」の響きは「思案」と通じるものがあるから、常に物事を心配し、考えなくても良いことまで思案してばかりの男には合っていたし、物怖じしない、活発なアメリカンショートヘアの短縮形「アメショー」は、ロシア語で「素晴らしい！」と感嘆する際の「ハラショー」とも音が近く、前向き、楽観的なその若者の印象とも近かった。

「あの、意味が分からないんですけど。急に人の家に上がり込んで」罪村は顔を引き攣《つ》らせた。状況が呑み込めないのも無理はない。自宅のダイニングで、梱包《こんぽう》用のテープにより椅子《いす》に縛り付けられ、初対面の男二人に膝詰《ひざづ》めで話しかけられているのだ。

「いったいこれは。強盗？　お金なら」

「強盗ではない」ロシアンブルはすぐ否定した。「話をよく聞け」

「どういうことですか」

「ナチハンターのことは知っている？」とアメショーはさらに言う。パーマがかった髪が美しく、毛並みの良い猫を思い出させた。

ぷるぷると男はかぶりを振る。ハンターの響きに少し怯《おび》えているようではあった。

「ホロコーストの関係者は戦犯として裁かれたんだけれど、中には逃げた人もいるんだ。死刑を免れて。そういったナチ関係者の情報を集めて、責任を追及する人をナチハンターと言うらしいんだよね。居場所を見つけ出して、法廷に引きずり出す」

罪村はやはり、それが？　という顔をしている。「それがいったい」

「ホロコーストやルワンダの虐殺はもちろんのこと、命や大事なものを蔑《ないがし》ろにする人間は許されない。絶対にね。いくら逃げようとしても、逃げられない。しつこく探されて、いつかは見つかる。そうじゃないといけない、と僕は思うよ」

罪村がまた顔を引き攣らせたのを、ロシアンブルは見逃さない。「どうだ、引っかかるものがあるか」

「ええと」アメショーが割り込んでくる。「今から五年前、SNS上で、〈猫ゴロシ〉、という名前のアカウントがあった。知っているよね」

〈猫ゴロシ〉はどこからか猫を連れてきては虐待を行い、ネット上で実況した。喜ぶ観客のために、画像や動画をアップロードした。

「もっとやれ、いいぞいいぞ、って視聴者さんのリクエストに応えて、次々と。しまいには、何十四もの猫を縛って、物干し竿にずらっと吊るして」アメショーが喋《しゃべ》り出すのを、ロシアンブルは手で制した。

いつだって、この事例を語るあたりからアメショーは興奮し、抑制が利かなくなる。もともと頭が煮え滾《たぎ》るほど怒りの湧くエピソードであるし、聞きたくもない。

「詳しいことは言わなくてもいいよな。あんたもよく知ってるだろ」と罪村を見る。「〈猫ゴロシ〉の視聴者、支援者だったんだから。自分たちは、〈猫を地獄に送る会〉と自称していただろ？ネコジゴ、と」

もちろん多くの一般人が、〈猫ゴロシ〉を非難し、通報し、それなりのニュースにはなった。

「だけど法的には大した罪にならないんだよね。動物愛護法違反とか、器物損壊罪とか。その犯人もせいぜい懲役五年で、執行猶予がついた。ましてや支援者、ネコジゴメンバーなんかはもっと罪に問われない。ねえ、罪村さん、そうでしたよね」

すでに罪村は、自分がどうして拘束されているのか察していた。「ちょっと待ってくれ。そんな昔のこと」

ロシアンブルは溜め息を吐《つ》く。「みんな同じようなことしか言わない。いいか、さっき言ったルワンダ虐殺の関与者は二十五年後だしナチスはもっと追われている」

「百年経っても、許されない」

「いったいどうするつもりだ」

「俺たちは警察でも弁護士でもない。雇われているんだ。猫の飼い主に。あの時、おまえがお菓子を食べながら、虐待の指示を出した、その猫の飼い主の一人だ」

あ、と罪村の表情が少し変わった。希望を見出したようにも見える。

「雇われているんだったら自分はもっと金を出す。だから、見逃してくれ。罪村さん、そう言うんでしょ？」アメショーが笑う。「それも、みんな言うんだ。この間のお父さんもそうだったし」

「お父さん？」

「同じ用件で会った、別の男性だよ。ネコジゴの一人だったんだ」

ロシアンブルたちが家に乗り込み、その父親を拘束すると、彼は、「仕事としてやっているのだとすれば、もっと多い額を払う。倍以上、三倍は出してもいいから見逃してくれないか」と交渉してきたのだ。

「あの時は家族が家にいるのに気づかなくて、ちょっと困ってしまったけれど」アメショーはぶつぶつと反省を口にしている。

今目の前にいる罪村も、その時の父親と同じく、「いくら？　いくらで請け負っているんだ」と必死に訊《たず》ねてきた。

ロシアンブルは右手の指を一本立て、左手の指で円を表現した。

「十万か」罪村は自分の貯蓄や資産について、空で計算するような顔になった。どうにかすれば二倍くらいは払えるとでも考えたのかもしれないが、それを打ち崩すようにロシアンブルが、「十億」と言う。

相手は冗談だと思ったのか、「何を馬鹿な」と笑った。笑えるくらい、まだ余裕はあるのだな、とロシアンブルは思う。

「本当なんだよなあ、これが」アメショーが言った。「十億円で依頼されている。〈猫ゴロシ〉のせいで、犠牲になった猫ちゃんの飼い主の大半は、悲しみと同じくらいの怒りを抱いていたんだよ。だけど、できることは限られている。法律では限界があるし、ネコジゴメンバーを探すルートもない。莫大《ばくだい》なお金でもあれば可能かもしれないが、そんなお金もない。泣き寝入りするしかない状況だった。ただ、その飼い主の一人がある時、当てるんだよ」

「当てる？」

「ロトくじ、六億円」アメショーが指で六を表現する。「で、それでさらにくじを買っていったら十億に」

「そんな」

「猫たちが応援してくれているんだろうな」ロシアンブルが言うと、アメショーも微笑《ほほえ》みながらうなずいた。「そのお金で雇ったんだ。あの時の加害者、配信者〈猫ゴロシ〉はもちろん、それを煽っていた視聴者に復讐《ふくしゅう》をしてくれる、しかも猫のために頑張れる人間、ネコジゴハンター を、だ」

「僕たちのことだよ。はじめまして、ネコジゴハンターです。お金いくらでも使っていいと言われているんだ」

「インターネット上の投稿者の素性を調べることは可能だ。手順を踏めば、どこの誰なのかは分かる。ただ、それも法的な根拠と時間があれば、だ。開示請求は手間がかかるし、何より時間がかかる。ログが消えたら厳しいが、その場合でも手がないわけではない」

「罪村さんみたいに、〈猫ゴロシ〉に声援を送っていたくらいだと正直、法的にどこまで追及できるのかは怪しいんだよ。弁護士に相談したり、手続きを踏んだ結果、何もできないってこともあるんだから。だけど、それはあくまでも正規ルートを使う場合。裏道を使えば」

「裏道？」

「十億円を使って、裏道を作るんだ。破格の報酬を用意すれば、こっそり調べて教えてくれる人はいるってこと。というよりも、はじめから僕たちに協力的な人を、その仕事に就かせることもできるくらい」

十億円とはそういう額なのだ、とロシアンブルは言う。「二年だ。〈猫ゴロシ〉関連のメッセージやそれに関係するＳＮＳの情報を整理して、関係者を洗い出すのに二年かかったらしい。興信所を使って、それぞれの細かい情報、現住所や電話番号、家族構成や職業、可能な場合は顔写真、あれやこれやを全部調べて、リストを作った。二年でできた、という言い方もできるけどな」

「そこから僕たちが、一人一人に会いに行く仕事をはじめたわけ」

罪村はもうこれ以上、引き攣らせることができないというほどに顔をひくひくとさせていた。

「いったいどうするつもりなんだ」

「そんなに大したことにはならない」ロシアンブルは表情を変えずに言う。

「あ、シアンさん、ピッチャー交代みたい」アメショーがふと、罪村の部屋のテレビ画面に目をやり、言った。放送されているのは午後二時からのプロ野球デイゲーム、東北イーグルスと東京ジャイアンツとの公式戦で、赤のユニフォームの選手たちが守備位置に立っている。

「何だって？」「逆転された」「あんなに点差があったじゃないか」トラが絶滅寸前としてレッドデータブックに載っている、と知った時も人は同じように嘆くのだろう。あんなにたくさんいたじゃないか。

「あいつがまた打っちゃったよ。ジャイアンツの」

「天童《てんどう》か」ロシアンブルは溜め息を吐かざるを得ない。二十五歳の四番打者、天童将《まさる》だ。大卒で入団して以降、その太々《ふてぶて》しい言動とチャンスに強いバッティングで他球団から疎《うと》まれている。というよりも、本塁打を打った後に平気で、「ちょろいっすね」と言い、そのことで批判されれば、「実力の世界なんだから、腹立つなら打ち取ればいいのでは？」と涼しい顔で言うものだから、東京ジャイアンツのファンからもたびたび非難される。また今季は過去最高に成績が良く、年間六十本塁打の国内の記録を抜くのではないかと言われていた。

「二本ですよ。ツーランとスリーラン。で、逆転」

「また連敗か」ロシアンブルはすでに敗戦が決まったかのように肩を落とすが、アメショーは、「まだまだどうなるかは」と得意のオプチミズムを見せる。

性格も世代も、血液型、生きてきた境遇も異なるロシアンブルとアメショーだったが、猫好きであることと野球好きであることは共通していた。二人の呼び名のもととなった猫の品種名には、「ロシア」や「アメリカ」がついているものの、彼らは海外旅行もほとんど行ったことのない日本人、東北地方の出身で、だから東北を拠点とするイーグルスを贔屓《ひいき》にしており、その結果に一喜一憂する部分は一緒だった。

「よりによって、天童にやられるなんて。ヒーローインタビューとか絶対聞きたくないな」悪役インタビューだろうに、と続ける。

「大丈夫ですよ。今日は勝てますよ」罪村が追従《ついしょう》するかのように、会話に入ってきた。

ロシアンブルは目を見開き、睨《にら》みつける。「おまえ、知らないのか。そういうことを言った瞬間、負けが決まるんだよ。六点もらって、ああ、今日はいけそうだな、と安心した後で何回追いつかれたことか。何回逆転されたことか。そういうことを言ったら駄目なんだ」

「ほら、シアンさんが怒っちゃったじゃないか。ええと、罪村さんに僕たちが何をするのか教える途中だったね」アメショーは笑う。携帯端末の画面を確認すると、「五年前、罪村さんが、〈猫ゴロシ〉さん宛てに投稿していたよね。『虫を殺しても騒がれないのに、猫を痛めつけると大騒ぎするなんて、差別じゃないか』って」とログの記録に残っていた投稿日時を読み上げる。

「何をするつもりなんだ」

「僕たちはこれからあの時の猫がされたことを、罪村さんにもするだけだよ。やったことが返ってくる。それだけ。あ、利子の分、少し増えているかも。良かったね」

ちょっと待て、と罪村の顔が青褪《あおざ》めている。自分が過去に投稿した内容について思い出した上に、ロシアンブルたちが冗談を言っているのではない、と気づいたのかもしれない。アメショーが先の尖《とが》った工具を出したことにも焦ったのだろう。待ってくれ。待ってください。急に言葉が弱々しくなり、「自分もイーグルスファンなんだ」と主張しはじめ、ロシアンブルを鼻白ませた。

「本当なんだ。五年前のリーグ優勝の記念グッズも持っている」

アメショーがロシアンブルを見た。「記念グッズって何でしたっけ」

「さあ」

「タオルと記念切手。そこのサイドボードに入っている。本当にファンなんだ。イーグルスファンのよしみで」

ロシアンブルがサイドボードに近づき、言われた場所を調べれば確かに、切手シートが出てきたがあまりに数が多い。転売目的で買ったのだろう、とは見当がついた。

「切手といえば」アメショーが嬉しそうに言った。「切手って舐《な》めるでしょ。で、『舐める』で思い出したんだけれど、罪村さん、確か、〈猫ゴロシ〉のおぞましい実況を観ながら、こう投稿していたよね。『切り刻まれたのに一生懸命、自分で舐めてる猫、笑える。舐めて治るかっつうの』って」

「名言だな。人民による人民のための、に匹敵する」ロシアンブルがむすっと言う。怒りをぐっとこらえる。「朕《ちん》は国家なり、といい勝負だ」

「罪村さん、頑張って舐めてね。致命傷を」

檀先生

「これ、面白いけれど怖いよ」五時間目の国語の授業を終えた後で職員室に戻る際、たまたま生徒の布《ふ》藤鞠子《とうまりこ》が通りかかったので、ノートを返しながら私は言った。

「そうですか」と能面のような顔で答えてくる彼女に、私は胃が痛くなる。

こちらだって気を遣って話しかけているのだから、そちらも気を遣ってくれてもいいのではないか、と言いたいのを我慢した。教師とはいえ人間なのだ。愛想悪くされれば傷つくし、不安になる。

布藤鞠子は物静かなタイプで、活発とは言い難いが、頭が良く、責任感もある生徒だ。体調不良で欠席することが多く、一時期は不登校かと職員室で話題になったこともあるのだが、特に問題は見つけられず、「本当に体調不良なのだろう」という結論に落ち着いている。彼女自身が、「本当に体調不良なんです」と主張してもいた。

「怖いよ。ネコジゴハンターとか猫の復讐とか」あえてざっくばらんに、友人と接するように話すのも、距離感について悩んだ末だ。

会話が途切れて、私は気まずくなる。

布藤鞠子が少しして、「復讐するのは飼い主に雇われた人で、猫じゃないですよ」と言った。

ちゃんと読みましたか？　と問われているようで顔が固まってしまう。

自作の小説を読んでほしい、と布藤鞠子が言ってきたのが先週のことだった。突然、放課後に私に声をかけ、ノートを渡してきたのだ。

「自作の小説？」「ちょっと書いてみたんです」

その時も返事に困った。彼女の意にそぐわない反応をした途端、また学校に来なくなるような恐怖もあった。体調不良が精神面から発生する可能性はある。

読んでいいのか、と言うと、「ほかにいないですし」と感情のこもらない答えが返ってくる。

「まあ、一応、国語の教師だしな」何か言わなくては、と私は思いついたことを口に出すと、彼女は白けた眼差しを向けた。

「イーグルスの話が出てくるのは少し和《なご》んだけれど」

「ですかね」

果たして感想を求められているのかどうかも分からなかったものの、こういった交流が布藤鞠子にとってプラスになるかもしれないと私は思った。

「登場してくるロシアンブルというのが心配性で、悲観的なんだろ。猫のロシアンブルーって、そんなに神経質なのか？」

「さあ」

さあ、と言われるとこちらが馬鹿みたいではないか。

「アメショーは元気良い感じがしますかね」

「何となく」

「アメショー、ハラショー、松尾芭蕉《まつおばしょう》」と布藤鞠子が急に口ずさむように呟《つぶや》いたため、私は苦笑してしまう。「楽しい駄洒落《だじゃれ》だ」生徒の話を無下《むげ》に否定してはいけない、とは常に心掛けていることだ。

「ですかね」

「松尾芭蕉の『奥の細道』は、中三の教科書に出てくるぞ」

はあ、と興味もなさそうに彼女が返事をするため、私はつらくなった。

「はい、今日はこれまで。さようなら」と言えば、やっと苦行の時間が終わったといった解放感を顕《あら》わに、生徒たちが帰りはじめる。明日は土曜日なのだから、喜びも大きいだろう。

朝から夕方までこんな部屋に閉じ込めていて申し訳ない、と思いもするが、私たち教員も一日ここに、いたくもないのにいる、という意味では似た立場だ。

教壇で片付けをしている私の前を通りかかり、さようならと挨拶して出ていく生徒もいれば、数人で集まり慌ただしく部活動に向かっていく生徒もいる。中学の二年生は、大人にも子供にも見えた。

窓際の後方で荷物をしまう、里見大地《さとみだいち》と目が合った。私は手刀《てがたな》を切るような、片手で謝罪する仕草をし、「悪いな」と伝えた。この後で職員室に来るように、と言ってあった。

おおかたの生徒たちが教室から出ていくのを確認し、私は職員室へ向かう。自分の机に辿《たど》り着くと小テストを引っ張り出し、赤ペンで採点を始めた。

「檀《だん》先生、ちょっといいですか？」

興が乗ってきたとまではいかないものの、それなりにテンポがつかめてきたところで横から声をかけられた。

見れば、三年生を担任に持つ吉村《よしむら》先生だった。私よりは五つほど年上、四十歳手前といった年齢だが、貫禄《かんろく》からすればすでに教頭や校長といった雰囲気の女性で、数学教師であるにもかかわらず体育の担当だと決めつけられる、とは彼女のよく口にするエピソードだ。

「あ、何かありましたか？」先日、資料の配布洩《も》れを指摘されたばかりだったために、また失敗があったのかと焦った。

「檀先生って未来が見えちゃう系なの？」と言ってくる。

「え」顔がひくつくのを抑えられなかった。相手はそれを別の意味に捉えたのか、「心配そうな目で見ないでよ。超自然派とかじゃないから、わたし」と続ける。

「はあ」超自然派なる分類があるのかどうか。

「単に、この間、檀先生の助言で助かった、という話」

「助言」

「一週間前、昔の知り合いと、牡蠣《かき》料理食べに行くと言ったでしょ。そうしたら、牡蠣料理はやめたほうがいいですよ、と檀先生が言ったじゃないの」

ああ、と思い出した。「やめたほうがいい、というか、牡蠣があたりそうな時期だから気を付けてください、というくらいで。結局、やめたんですか？」

「言われてみると、あたるの怖いから、友達と相談して牡蠣料理はやめて」

「美味《おい》しいですけどね」

「急遽《きゅうきょ》、オープンしたばかりのイタリアンがあったから、そっちに」

「なんだかすみません」

「何で謝るの。翌日、その牡蠣料理の店、地元のニュースになっていたの。見た？　中毒出しちゃったんだって」

「ニュースは見ていないですけど。でも牡蠣料理にしなくて良かったんですね。結果オーライというか」

気軽に言ったが、内心で私は、良かった、とほっとしている。食あたりを防いだのだ。人を救ったと言って間違いはない。こうして小さな充足感を積み重ねることで、日頃の無力感を、少しでも軽くしたかった。

「友達から、あなた未来見えちゃったの？　だから急遽、牡蠣料理をキャンセルしたの？　なんて言われたけど」

「超自然派だったんですかね、お友達」

「今日もまた夜に居酒屋行くんだけれど、大丈夫かな？」

「ご飯食べるたびに、毒見役にされているみたいじゃないですか」

「その譬《たと》え、ちょっと分からないけど」急につまらなさそうな顔になり、彼女は立ち去った。

あの時は、吉村先生が腹痛に苦しむ未来の姿が見えたんです。その後で、牡蠣料理を食べに行く、と聞いたから、そのせいなのかもしれないと推察できたんですよ。とは説明できなかった。どういうこと？　とさらに興味津々《しんしん》に訊かれるだけだ。

再び小テストに向き直り、ペンを構える。

あと数枚で終わるというところで、「檀先生、生徒が来ています」と声をかけられた。顔を上げれば、入り口付近に里見大地が立っている。

「大地が今日、学校に携帯端末を持ってきている、という情報が先生のもとに届いたんだけれど」私は単刀直入に言う。生徒とのやり取りは試行錯誤の連続だった。教師になり十年以上が経ち、三十代半ばとなっても、ああすれば良かった、どうすれば良かったのか、の連続だ。ただ、「どうして呼び出されたのか分かるか？」と相手を試すような言い方は良くない。そのくらいは分かってきた。スポーツ中に笛を吹いた審判が、「どうして反則になったと思いますか？」と訊ねてきたり、パソコンからのエラーメッセージに、「どうしてエラーになったと思いますか」と表示されたりしたら、誰だって腹を立てるだろう。クイズじゃないんだから！　早く答えを言えよ！　と内心で言いたくなるのは想像に難《かた》くない。

「どうせ、誰かがチクったんでしょ」里見大地は舌打ちまじりだ。背が高く、バレーボール部でも活躍していると聞くが、いかんせん愛想がない。

「チクったなんて言うと、そいつが悪いように聞こえるけど、悪いのは、持ってきちゃいけない物を持ってきた、大地のほうだろ？　想像してみてくれよ。『殺人事件がありました。目撃者が警察に証言しました。それを、犯人が、チクりやがったな、と怒っています』この話の中で誰が悪い？　誰が一番恰好《かっこう》悪い？　犯人に決まってる」

「檀先生、国語の教師なのに譬えが下手ですよね」

「学校に端末、持ってきたらいけないってことは分かってるだろ」

「まあ」

「いつも持ってきているのか？」

「違いますよ」里見大地は唇を尖らせる。「でも先生、何で持ってきたらいけないんですか」

「そこからか」

「だって、便利じゃないですか。婆《ばあ》ちゃんと連絡取りたい時もメッセージ送ってもらえれば楽だし。というかうち、日中は家に婆ちゃん一人なんですから、何かあったら大変じゃないですか」

「まあな。ただ、難しいんだよ」

「何が難しいんですか」

「端末を全員が持っているわけじゃないし、授業中にそれで遊ぶ生徒もいるかもしれない」

「俺は遊ばないですって」

「分かるよ。ただ、中にはいるんだよ。少し規則を緩めると、そこに付け込んで迷惑をかける人間が」

「生徒のことをそんな風に言っていいんですか」

里見大地がどの程度、本気で言い返してきているのか、私は探る思いだった。教師を言い負かそうとしているだけなのか、それとも真剣な訴えなのか。

「迷惑をかける生徒がいるからって、どうしてほかの俺たちが我慢させられなくちゃいけないんですか」

「別に学校だけのことじゃないだろ。社会全体がそうなっているんだよ。映画館に行くと映画盗撮防止のアナウンス映像が流れる。映像ソフトを観ようとすれば、冒頭に、違法に複製すると罰せられますよ、なんて注意書きが表示される。早く映画が観たいのに、ああいうのって鬱陶《うっとう》しいだろ。しかも、スキップできない。苛々《いらいら》しないか？」

「どうだろう」

「あれだって、ほんの一部の、違法行為をする人間のせいなんだ。九割以上のほとんどすべての一般人は、そのせいで我慢を強《し》いられているんだよ。しかも、その違法行為をする奴らは、そんなアナウンスなんてまったく気にしない」と私は言ってから、「この譬えは、大丈夫かな。ぴんと来る？」と確認したくなる。「でも、何で今日は持ってきたんだ？」

初犯であるし、理由によっては許すつもりでいた。

里見大地はむくれた顔でなかなか答えない。

「答えたくないかもしれないけれど、これは答えなくちゃいけない場面だよ」こういった時、私は、人質をとる立てこもり犯に呼びかける気持ちになる。怒らせてしまったら対話はそこでおしまい、解決への糸口を失ってしまう。怒らせず、プライドを傷つけず、取引するように、交渉する。「ルールは守らないといけないだろ。学校には携帯端末を持ってきたらいけない、と決まってる。本音を言えば俺《おれ》だって、生徒も携帯端末を持ってきていいと思っているよ。連絡取るのも、急な事態にも便利だ。まあ、授業中に使われると困るけれど」

「それだったら、朝、先生に預けて、下校時に返してもらってもいいですよ」

「それはどうかな」私はうなずけない。「個人情報が入ってるんだし、教師の中には信用できない人もいるかもしれない。預けるのは怖いよ」

「先生がそんなこと言うなんて」里見大地が笑った。

「一般論だよ。どこにだって、どの業種にだって、いい人や悪い人がいる。でもどうせなら、授業時間中は携帯端末の通信ができないようにすればいいんだよな。教室内に、通信抑止装置とか置いて」

「本当に緊急の時、困るじゃないですか」

「確かに」私は同意する。「とにかく、どうして持ってきたのか教えてくれよ。先生を助けると思って」

「檀先生を助けるために？」

「そうだよ。ルールを守らなかった人間がいたら、理由を調べて対策を打たなくてはいけない。そうだろ？　聞いたけど、理由は教えてもらえませんでした、じゃ済まないよ。だから、もし言いたくないならそれらしい理由を話すとか、協力してもらえると助かる」

「嘘《うそ》でもいいってことですか」

「嘘だと分かっちゃったら駄目だろ。本当のことを言いたくないなら、真実味のある、辻褄《つじつま》の合う話を頑張って、考えてくれ」

「何ですかそれ」と里見大地は噴き出し、そこで少し表情の強張《こわば》りが緩んだのが分かった。「本当っぽい嘘を考えるほうが大変ですよ」

「そこを頑張るしかないだろ」

「先生も知っている通り、うちって母親いないじゃないですか。日中は家に婆ちゃんだけで、今日、朝出てくる時に婆ちゃんが具合悪そうだったから、何かあった時、すぐに連絡がつくように端末を持ってきちゃったんですよ」

里見大地の母親は、ずいぶん前に亡くなっており、父親と祖母との三人暮らしだった。「ああ、なるほどな」私は大きくうなずいた。それなら非常に分かりやすい、とほっとしたのも事実だ。

「なんて、それは嘘で」

「はい？」

「そう説明したら、分かりやすいかなあ、と思ったんですけど、婆ちゃん、ちょっと記憶があやふやになっているとはいえ、元気は元気です。本当の理由は、戦争が怖かったからですよ」

一瞬、意味が分からなくて硬直した。聞き間違いかと思った。「戦争？」どういうことだ。

「この間、アメリカが」と口を開く。

数日前にアメリカ合衆国が中東の国の政治家を暗殺した事件があった。ニュースで見たのだが、里見大地は、そのことが気になっているのだ、と話しはじめる。

スポーツの試合結果が気になって、といった程度の話を想像していた私は、意表を突かれた。

アメリカ合衆国は、深夜に、ドローンによる無人攻撃でその要人を殺害した。

「ニュースでは、『テロリストで危険だから』って説明していたけど、だからって他国にいる外国人を闇《やみ》討《う》ちみたいに殺害していいんですかね」里見大地は言う。「それで反撃で、米軍基地が爆撃されたじゃないですか」

やられたらやり返す、の報復合戦の様相を帯び、これは本格的な戦争が始まるのではないか、という恐怖が漂ってはいた。アメリカに対抗し、核兵器の開発を進め、近々、秘密裏に実験をするという噂もあった。遠く離れた東アジアの島国に住む、一介の国語教師の私すら知っているのに、「秘密裏」も何もあったものではない、とは思う。

「昨日の爆撃を受けて、アメリカの大統領が緊急声明を発表するというので、その内容が気になっちゃって。向こうの二十時くらいだから、こっちだと午前中で」

それが気になり、ニュースをチェックしたいために携帯端末を持ってきたのだ、と彼は言った。

「大統領の声明を知りたくて？」

「はい。戦争、怖いので」

私の目はずいぶん丸くなっていたはずだ。「そんなに大事な理由だったのか」と思わず、言っている。

からかっている可能性も捨てきれなかったが、偽りの告白とも思えず、仮に嘘だったとしても、意外性があってよろしい、といった気分になった。「それなら仕方がない」と言ってしまう。今回はお咎《とが》めなし、と。

「え？」里見大地が驚いている。

「ただ、ほかの生徒には言うなよ。今後、みんなが似たような理由で、端末を持ってきたら困るし」みなが、俺も大統領の会見が気になる、首相の動向に注目していて、と言い出す様子が想像できた。報告書には、先ほどの彼の祖母のことを入力しておくことにする。

「あ、はい」里見大地が急に幼くなったような顔で、頭を下げた。

じゃあ帰っていいよ、と私は告げたのだけれど、そこで彼の顔が一瞬、曇った。どうかしたのか、とじっと見た瞬間、くしゃみをしてきた。顔を背けた時は遅い。

「すみません、先生。俺、花粉症で」と里見大地が申し訳なさそうに、ポケットから取り出したティッシュペーパーで鼻を拭《ふ》く。

「ああ、大丈夫だよ」私は答えたものの、内心では、げんなりした。この距離、あのくしゃみの勢いからすると、かなりの確率で、「感染」している。

檀先生

予感は的中した。油物を食べるとお腹《なか》を下すことが多い、であるとか、日焼けをした日は体が痒《かゆ》くなりがち、であるとか、誰もが自分の体質について把握と予測ができるようになるだろうが、私の場合のこれも同様だった。

例の感覚に襲われる、と覚悟した。

自宅マンションで、前日に作った角煮に箸《はし》をつけている時だ。

二十時過ぎ、急に頭がぼんやりとし始めた。脳に血が集まるのか、頭がかっと熱くなり、ぼうっとする。

そして光った。ぴかっ、ぴかっ、とフラッシュのようなものが焚《た》かれた。自分が本来見ているはずの、今であれば自分の部屋のリビングの様子は後方に退き、別の映像画面が割り込むように、目の前を塞《ふさ》いでくる。

前回これを観たのは、一週間ほど前だったから、久しぶりといえば久しぶりだった。

背もたれが見える。新幹線の座席だと分かる。

あのくしゃみにより感染した可能性が高いのだから、これは里見大地の見る場面だ。つまり彼が、新幹線のシートに座っているのだ。

三人掛けシートで、隣に人がいる。家族と旅行だろうか、と思ったところその場面が大きく揺れた。車体が、斜めになるほどに傾いた。どこからかペットボトルが飛び、天井近くの荷物置きからバッグが転げ落ちるのも分かった。

車酔いに似た感覚に襲われると、スクリーンが真っ黒になった。スイッチが押されたかのように、場面が消えた。かわりにもともとの、自宅リビングが眼前に広がる。

頭の中が一瞬空っぽになり、私はしゃがみ込んだ。

先ほどの光景を思い返す。揺れて、ひっくり返る様子から、何らかの事故だとは分かる。里見大地が新幹線の事故に遭う？　脱線のような大事故が発生するのか？

その予感に襲われ、私は怖くなった。

週末に、家族で出かけるのだろうか。

私はふらふらと冷蔵庫に向かい、そこにマグネットで貼り付けてある、生徒の連絡先一覧を手にした。個人情報の扱いが厳しくなった時代だが、受け持ちの生徒の電話番号については把握している。

教えなくては、と私は思った。

何を？

明日の新幹線が危険だ、ということをだ。原因や詳細は不明だが、事故が起きて、たぶん大変なことになる。

命に関わる問題だろう。

「やめておけよ。信じてもらえるわけがない」私自身が内心で、たしなめてくるのが分かる。怪しまれるのが落ちだ。

とはいえ、今のままでは大変なことになる。

これまでも数えるのが面倒なほどたくさんの、〈先行上映〉を観てきたが、知人の命に関わるようなものはなかった。

父のことを思い出す。どうにか相手に伝えてあげたいと思ってしまうが、どうにもならないことはどうにもならない。彼はそう言っていた。役立つのは難しい、と。

が、今回はどうにかできるのではないか？

部屋をうろうろと、目が回るほどに歩き回る。ＪＲ東日本の連絡先を調べるために携帯端末を操作し、ネット検索したがフリーダイヤルは見つかったものの、すでに夜であるし、まともに繋がるとは考えにくい。警察に通報することも考えた。けれど何と言えばいい？　明日乗る新幹線で事故がありそうなので気を付けてください、と？　悪ふざけと一蹴されるのが落ちだろう。

気づけば、携帯端末の発信ボタンを押し、里見家の固定電話を呼び出していた。

時間からすると父親はまだ帰宅してない可能性はあった。平日の夜に、担任教師から突然電話がかかってきたら大地の祖母を心配させるかもしれない、と不安が過《よぎ》ったが、幸いなことに電話口に出たのは里見大地本人だった。

「どうしたんですか、先生」

「本当に申し訳ない。学校のこととは少し関係ないんだ」言いながら頭を必死に回転させる。

「これから少しびっくりすることを言うよ」

愛の告白でもされるのでは、と身構えているのではないか。とまどっている里見大地の顔が思い浮かんだ。「いったい何ですか、先生」

「先生の知り合いに、占いをする人物がいるんだが」即席で知人を捏造《ねつぞう》する。「さっき連絡があって、うちのクラスの誰かが明日、新幹線のトラブルに遭うことが分かったというんだ。大地、明日、どこかに出かける予定はないか？」新幹線に乗るはずだ、と言いたいのをこらえる。

「あれ、先生に言ったっけ？　うちは明日、盛岡に行くんですよ。俺と婆ちゃんで。もともと婆ちゃんの実家がそっちにあって」

「おお、そうか。すごいな、占い通りじゃないか」私は白々しい言い方になる。すごいな、などと言ってる場合ではない。説明を省き、「とにかくいいから、旅行をやめて」と叫びたくなるが、それをやってしまったら、余計に信用されない。

「先生、何言ってるんですか？　国語の話？」

「いや、変な話だから、怯えてしまうのは分かるんだが。いや、自分でもおかしなことを言っているとは分かっているんだよ」暑くもないのに汗が出る。精一杯、伝える。

占い師が、新幹線の事故を予言している。馬鹿げた話ではあるし、取り越し苦労の可能性が高いものの、乗る新幹線を変更したらどうだろうか。「怖いくらいに当たるんだよ、その占い師」どの占い師だ。

里見大地は、「先生、本気で言ってるわけ？」と笑ってはいた。「とりあえず、婆ちゃんに相談してみるよ」

そうとしか応じようがないのは事実だろう。もちろん私も、それ以上は求められない。

私は丁寧に謝り、通話を終えた。

全身の肌から冷たい汗が噴き出した。余計なことをしてしまった。後悔に襲われる。

片思いの同級生に告白した末に、無残にフラれたかのような感覚になった。これではもう学校に行けない。休み明け、校長先生に連絡が行き、呼び出され、「君、教え子の家庭にとんでもないことをしてくれたね」と呆れ口調で言われる場面が想像できた。

もう一度、電話をかけ、「さっきのは忘れて！」と叫びたくなる。それをやったら、さらに事態は悪化するだろう。やり直したい！　先ほどよりもいっそう、ぐるぐると部屋中を歩き回る。

ただしその葛藤も翌日の夕方近く、携帯端末のニュースアプリを開くまで、だった。福島駅手前で、新幹線の脱線事故が発生したと書かれている。はっとし、慌てて記事本文に目をやるが、上滑りして内容が入ってこない。

上空から撮影していると思《おぼ》しき、中継動画も流れている。新幹線が高架橋の壁を突き破るような形で、はみ出していた。線路から外れたというよりも、頭から横の壁に激突し、上半身を飛び出させているような様子だった。

分かりやすいほどの大事故で、私はつかの間、何も考えられなくなる。

被害者は？　そのことで頭がいっぱいになる。被害者は出ているのだろうか。いや、これほどの事故であるから出ていないわけがない。煙が上がっているのも分かる。

鼓動が速くなり、携帯端末を持つ手が震える。

前日に見たあの場面からすると、里見大地のいる車両も被害を受けたはずだ。「戦争が怖くてアメリカ大統領の会見を見たかった」と話していた里見大地のことを思い出す。つい昨日のことだ。戦争の前に大事故に遭遇してしまった。

嘘だろ、と私は呟き、気づけば息が荒くなっている。

携帯端末への着信も気づくのに時間がかかってしまった。飛びつくような思いで受話ボタンを押し、耳に近づけると、「先生、やばいよ」と里見大地の声が聞こえてきた。

「良かった！」と裏返った声で私は言っている。生きていたんだな、と。

「やばいって、先生」

興奮した口調に私ははっとし、新幹線車両内で倒れ、座席に押しつぶされている生徒の姿を思い浮かべた。「大丈夫か。怪我《けが》しているのか」

「違うよ、先生の占い師」

「占い師？」

「超当たった。新幹線の事故」

「大地、おまえは」

「新幹線、早くしたんだよ」

「え」信じてくれたのか、と驚いてしまう。

「先生の話をお父さんに言ったら、念のため、乗る新幹線をずらしてみるか、って。あ、お父さんは一緒には来なかったけれど」

「じゃあ今は」

「盛岡の親戚の家。でも、まさか本当に事故が起きるなんて、びっくりして。その占い師、やばいですよね。凄《すご》すぎ」彼は彼なりに興奮しているのだろう、早口で言ってくる。「婆ちゃんもほんと感謝しているって」

ああ、うん、そうだな、と私は答える。安堵《あんど》の思いが一番強かったが、その裏にうっすらと罪の意識が広がりはじめていた。事故はやはり起きた。詳細は分かっていないものの、大変な被害が発生しているのは間違いないだろう。事前に分かっていたのだから、と後頭部のあたりからぶつぶつと、念仏よろしく、言われるようだ。分かっていたのだから、事故を防止することもできたのではないか？

いや、無理だった。必死に訴えたところで、信じてもらえるわけがなかった。仮に、「爆破予告」を装って警告すれば、未来は変わったのでは？　そう責めてくる声も聞こえるが、すぐに反論も浮かぶ。私はそれを実行できるほど強くない。事故が回避できるかどうか確実ではない上に、鉄道会社への脅迫で私自身が警察に捕まるだろう。

どうにもならないことはどうにもならない。念じるようにそう思った。いくら、先のことが見えるからと言って、できないことはできない。

今回は少なくとも、里見大地とその祖母は救ったのだ。

充分役立った、これで良かった、と言い聞かせる。

その後で、里見大地の祖母が通話口に出て、挨拶とお礼めいたものを言われたが、私はしどろもどろに返事をし、いつの間にか話を終えていた。

ロシアンブル

「シアンさん、ニュースとか見たら駄目ですって」アメショーが運転席でハンドルを握りながら、言う。「そんなの見ても、いいこと一個もないですよ。ほんとに一個も」

助手席で携帯端末をじっと見るロシアンブルは、ああ、とも、うん、ともつかない相槌《あいづち》を打つ。

「アメショー、マダニが怖いって知っているか？」

マダニは草むらに生息し、そこで咬《か》まれることで感染症を起こし、高熱や下痢、腹痛などの後、重症化した場合、死に至ることもある。記事にはそう書かれていた。

ロシアンブルは急に、自分の足首あたりに、ちくっとした感触を覚える。虫に咬まれたのではないか、と怖くなり、ひいと悲鳴を上げそうになった。

「知ってますよ。だいぶ前から。時々、ニュースになっていますから」

「怖いな。これから行くのはどういう場所だったか」

「××区ですよ。草むらを横切っていかないと」

「勘弁してくれ。草むらにマダニがいたらどうする」ロシアンブルはさらに携帯端末の画面を読み進める。関連ニュースの欄に、「人食いバクテリア」なる見出しがあった。よせばいいのに、詳細ページを開いてしまう。飛び込んでくるのは、「劇症型溶血性レンサ球菌感染症」「手足の壊《え》死《し》」「発症者の約三十%が死亡」といった言葉だった。さらに、「よせばいいのに」を続け、恐ろしい文章や画像を目にしてしまう。

もうおしまいだ。

ロシアンブルは背もたれに体をつける。

自分の肌の傷跡に、この菌が侵入してくるのを想像する。この画像のような、大変な状況になる。免れるとは思えない。

「シアンさん、ニュースなんて気軽に読むくらいがちょうどいいんですって」車を左折させながら、アメショーが話してくる。

「そうやって気軽に構えていられるのも今のうちだ。俺だって、十年前は」

「十年前もシアンさん、絶対、悲観的だったと思いますよ」アメショーが言い切った。

決めつけるな。もう一度言おうとしたが、ロシアンブルは呑み込んだ。十年前、二十五歳の自分を思い出す。確かそのころは、東アジアの某国が大量破壊兵器、とりわけ生物化学兵器の開発実験を推し進め、それをたしなめ、なだめる国と、後ろから支える国が入り乱れ、一触即発の社会情勢だった。

　当時、ロシアンブルは会社員で、仕事先に車で向かっている時や営業先で現場の見学をしている際、晴れ渡った空に飛行機の音が響くたび、何らかの生物化学兵器が落とされるのではないか、ほら今この瞬間にも、はい終わったもうおしまい、と目をぎゅっと閉じたくなったものだ。

「シアンさんが、ひぃひぃ心配しようがしまいが、世の中の未来は変わりませんよ」

「おまえは何も分かっていない」

「何も分かっていないほうが幸せです。シアンさんなんて、いつも病気の心配をしていますよね。アレルギーでしたっけ」

「イエダニとハウスダスト。それは心配ないが、それより緑内障と脂肪肝はある」言った途端、ロシアンブルは数ヵ月前に眼科で調べた視野検査の結果を思い出し、暗い気持ちになる。著しい悪化は見られなかったものの、視野の欠損はゆっくりと進行していた。「酒は一滴も飲まないのに、肝臓の脂肪が取れない。ＮＡＳＨって知ってるか？　運動しろと言われているけれど、どうしたものか。このまま肝硬変、肝臓がんになるんじゃないか、と怖くてな」

「やれることはやっているんですよね？　だったら、気にしたところでどうにもならないんですから、気にしないで生きたほうが良くないですか？　人生は有限ですし」

「怖いことを言うな」

「怖いこと？　どれですか」

「人生が有限」

「まさか、シアンさん、無限だと思っているんですか？」

「せっかく目を逸らしているんだから、思い出させるな」

「イーグルスの十連敗のことも?」からかうようにアメショーが言うものだから、ロシアンブルは大きく溜め息を吐く。

「おまえ、本当にファンなのか? ファンだったらどうしてそんな風に平気でいられるんだ」

「ファンですよ。うちに応援用のタオル何枚あると思ってるんですか。ただ、受け止め方の違いです。十連敗してもまだチャンスはありますし、仮に優勝しなかったとしても命は取られませんから」

まったく異なる文化や風習を持つ民族と会話をしている、としかロシアンブルには思えなかった。

アメショーが、乗っていた車を停車させた。「着きましたよ」

ロシアンブルは車の外を眺める。先ほどまで国道の広い道を走っていたはずがいつの間にか、周りは山林ばかりになっている。「どこに家があるんだ」

「この先です。行き止まりになっちゃうんで、少し歩いて行ったほうがいいかもしれないです」

車がぎりぎりすれ違えるかどうか、といった細さの道で、駐車したのはその脇の小さな空き地だ。

ロシアンブルはドアを開き、降りる。アメショーと並び、細道を進んでいく。小さな林があるため、ロシアンブルはマダニがいないかどうか足元に目を凝らしたが、するとアメショーに、「昨日までは気にしていなかったんですから、ニュースに影響受けすぎですよ」と小馬鹿にするように言われた。

一本道の突き当たりに、白い壁の一戸建てがあった。

「立派なおうちだな」ロシアンブルは家構えに圧倒される。駐車場には外国製の車が二台並んでいた。「二世帯住宅なのか?」だとすると、対象の人物以外の家族をどうにかしなくてはいけない、それは面倒だな、と考えてしまう。

「罰森罰太郎《ばつもりばつたろう》は一人暮らしですよ」アメショーは調べた情報はすべて頭に入っているらしく、以下のような情報をすらすらと述べる。

五十歳の経営者だ。もともとは動画配信者で、それも差別的要素や破廉恥性の高い内容の動画を扱い、非難を浴びながらも注目を集め、再生回数を稼ぐタイプだった。配信サイトの規制が強くなる前に知名度を上げ、充分な収入を得た。そしてさらに、自ら動画配信のプラットフォームを開発し、自分と同じような、差別を助長したり、性的好奇心を満たしたりする傾向の動画を集めた。世間からの批判と法の網をかいくぐり、少なくない社会問題をいくつか起こしながらもほぼ無傷のまま、そのサービスから手を引いた。すると今度は、仮想通貨に手を出し、あれよあれよという間に資産を、倍々ゲームよろしく増やした。

「都内のでかいビルに住んでいるんじゃなかったか」ロシアンブルは以前、テレビ番組でその家が公開されているのを見た。

「そっちはダミーですよ。たいがいはここにいるらしいです」

「周りは畑や林ばかりで、こんな家があるのも目立つな。金を狙って、やってくる奴もいるだろうに」

「セキュリティは凄いらしいですからね。あと、盗んですぐに金になるようなものは置いてないんですよ。株にしろ、仮想通貨にしろ、空き巣が持って帰ってどうこうできるものでもないですから」

ロシアンブルは、目の前の門扉《もんぴ》を眺めながら、そしてその奥、玄関のドア横から自分たちを狙ってくる防犯カメラを見つけ、さっと両手で顔を覆った。

「何やってるんですか、シアンさん」

「映るのは心配だ」

「防犯カメラはどうにかします。後で削除できるらしいんです。頼んでますから」

「誰に。というかアメショー、おまえはどうして、細かいことを事前に教えてくれないんだよ」

「事前に教えると、シアンさん、絶対、ごちゃごちゃ心配するじゃないですか。家事代行サービスのスタッフを買収して、侵入できる準備をしてもらっています、と言ったって、『そのスタッフは信用できるのか？』とか『罰森がさらに買収していたらどうする？』とか『そのスタッフから俺たちのことが洩れるかもしれない』とか言って、例の口癖を吐くに決まっています」

「口癖？　そんなものはない」

「ありますよ」アメショーは言った後で、大きく溜め息を吐きながら、「はあ、もうおしまいだ」と言ってみせた。「シアンさんの口癖ですよ。たぶん、この地球上でもっともこの台詞《せりふ》を口にしていますよ。『もうおしまいだ』って。何回おしまいになっているんですか」

ロシアンブルは言い返そうとしたが、アメショーとの言い合いはいつだって、自分が黙って終わることが経験上分かっていたため、やめた。「とにかく、家事代行のスタッフが協力してくれているわけだな」善意ではなく、金に転んだのだろうとも想像できた。十億円の予算はさまざまな場面で役に立つ。

罰森罰太郎は、〈猫ゴロシ〉を扇動した、無責任な支援者の一人だった。その頃にはすでに、動画配信プラットフォームの運営からは手を引き、仮想通貨を始めとする各種投資に力を入れていた時期であったから、彼はただの一視聴者として、動画を楽しんでいたことになる。〈猫ゴロシ〉は逮捕後、敏腕弁護士がついたが、それは罰森罰太郎の力によるものだとも、調べていく中で判明した。「プライベートジェットを持つような富裕層の代表格みたいな男が、どうして猫の虐待に関心を持ったんだろうな」とロシアンブルは疑問を抱いたが、アメショーは、「金があろうがなかろうが関係ないんですよ。自分以外の誰かが苦しんでいるのを眺めるのがとにかく快感、って人間はいるんですよ。性的嗜好《しこう》とニアリーイコールですから」と涼しい顔で言うだけだった。

「金持ちにだって、いい人間はいるのにな」莫大な資産を持つ若き経営者が、損得勘定抜きにして、慈善事業を支えたり、多額の寄付をしたりするニュースは時折、見かけた。

「ですよ。たぶん、罰森は金があろうがなかろうが、ネコジゴになっていたんじゃないですか」

門扉を開け、アメショーはすたすたと中に入っていく。ロシアンブルも続いた。

「普段は一階のリビングにいるらしいですから、そこを目指します」

玄関前でアメショーに追いついたロシアンブルはドアノブに手をかけ、動かす。開かない。

「閉まってるじゃないか」とアメショーを振り返り、「もうおしまいだ」と洩らした。

アメショーは、相手にするのも面倒といった顔で横の壁についたパネルを開ける。液晶画面が見えた。指紋がつかないようにだろう、曲げた人差し指の関節部分でこするようにした。

「認証図形、教えてもらってますから」

「誰に」

「カジさん、家事代行サービスの女性」

事前にアメショーがビデオ通話により打ち合わせをしたが、ロシアンブルはそのカジさんなる人物のことはよく知らなかった。

「カジさんは」とアメショーが説明を始める。昔から、近所の野良猫の面倒を見るほどの彼女は、五年前に〈猫ゴロシ〉による虐待事件のニュースを見て、脳が沸騰するほどの怒りと、胸が裂かれる悲しみを覚え、そのことに対して何もできない自らの無力さに、絶望を覚えていた。そこにたまたま今回、アメショーからの協力依頼が来たものだから、神様からの任務のように感じているとのことだった。「今まで猫の敵の家事を手伝っていたなんて、悔しいし、猫に申し訳ないけれど」と溜め息をつくものだから、「この復讐の、前準備だったと思えばいいのでは？」とアメショーが言うと、心底から救われた、という顔になったらしかった。

「何歳なんだ」

「三十代か四十代か」年齢なんてどうでもいいじゃないですか、といった顔でアメショーが目を向けてくる。「フードデリバリーの配達員もやっているんですよ、自転車で」

「自転車での配達は若者がやるんじゃないのか」

「自転車漕ぐの好きだって言ってましたからね。年齢は関係ないですよ。もしかして、シアンさん、家事サービスも女の人しかやっていないと思っているんじゃないですか？」

「誰もそんなことは言っていないだろ」

アメショーはロシアンブルの言葉を聞き流すようにし、「じゃあ、いつも通り」と尻ポケットから、クラッカーロープを取り出した。紐《ひも》の両端に二つのゴルフボール大の球がついており、アメリカンクラッカーと呼ばれた玩具に似ているが、こちらは投げると同時に紐が伸びる仕組みになっており、相手の足に重い球を絡みつかせた後で、カウボーイの投げ縄のように引っ張ることができた。「行きましょうか」

ロシアンブルも同様に、つかんだクラッカーロープを数回振る。ひゅんひゅんと空気を掻《か》き回す音がした。不意を突き、一撃見舞うとたいがい、こちらが優位に立つ。腰のボディバッグにはその他の武器も用意してあったが、手軽で手ごろだから、クラッカーロープで事が済むならそれに越したことはない。

土足のまま家に上がる。他人の自宅を汚すことに後ろめたさが湧くが、虐待を受けた猫のことを思い出すと、むしろ、もっと汚したくなった。

神経質にあたりを窺《うかが》うロシアンブルに比べ、アメショーは一直線に廊下を進む。さすが富裕層と感心したくなるほどの白亜の豪邸で、部屋数は見るからに多そうだったものの、アメショーは迷う素振りがない。「カジさん」から見取り図を得ているのだろう。

「はい、こんにちは。ネコジゴハンターです。猫に頼まれて来ました」

ドアを開け、足を踏み入れると同時にアメショーが潑剌《はつらつ》と言った。この仕事で訪問した際、好んで発する挨拶だ。機嫌がいい時はさらに、「ハラショー、アメショー、松尾芭蕉」と駄洒落以外の何物でもない、メッセージ性ゼロの言葉を、リズム良く続けることもあった。

いつもであればそこで家主が、「何だおまえ」と声を上げるのが聞こえたり、立ち上がるのが見えたりするのだが、しんとしている。

広いリビングにはテーブルとソファ、大型テレビがあるくらいだった。壁に、抽象画が掛けられている。

「シアンさん、先を越されました」

アメショーが肩をすくめる仕草をしていた。右手で振り回すクラッカーロープが風を切る音を立てる。

先を？

彼の足元に視線が行った。中年女性が倒れている。罰森罰太郎でないのは明白だった。おそらく彼女が、家事代行サービスのカジさんだとは想像がつく。近づけば息があるのは見て取れた。床に血が広がっていることから、どこかに怪我を負っているのだろう。

「どうなっているんだ」ロシアンブルは言ってから、もうおしまいだ、と嘆きそうになるのを我慢した。

檀先生

「お父さんはそういうの、何か言ってなかったの？」母の声を背中に聞きながら私は、実家の和室に置かれた仏壇に手を合わせ、鈴《りん》を鳴らした。写真の中の父は生前の、物静かで優しそうな顔つきのままだ。すい臓がんが見つかり、余命宣告を受けたと思ったら、こちらの心の準備ができないうちに亡くなった。

私はリビングのソファに腰を下ろす。向かいに座った母は、ダイニングテーブルの上のスナック菓子を口に放り込んでいる。彼女は父より六歳年下だったが、今年、同い年に追いついた。

「ほんと千郷《ちさと》にも迷惑かけるね。お父さんのせいで」

「別に父さんのせいではないだろ。父さんだって、被害者みたいなものだ」加害者、被害者、と分類できる話でもないだろうが、私は仏壇のある方向に目をやりながら言った。母は昔から、都合の悪いことは父のせいにするところがある。

そして母は、「お父さんはそういうの、何か言ってなかったの？」と訊ねてきた。

「そういうの？　ってどういうの」母の話すことはたいがいが抽象的で、要領を得ない。思えば子供の頃から、「そのこと、お父さんは何て言ってたの」「お父さんに聞いてみなさい」と責任を父になすりつける傾向があった。

「大きな事件や事故が〈先行上映〉で見えちゃった時にどうすべきか、お父さん、何か言ってなかったの？」

〈先行上映〉は、父が考案した表現だった。「まだ誰も、本人すら見ていない場面を、先行的に観ることができるのだ」と。

話してくれたのは、六年前、父が亡くなる前日だ。入院していたホスピスの個室で、私と二人きりだった。夜に急に呼び出され、特別に面会をさせてもらった。何事かと思えば、「千郷に教えておかないといけないことがある」と突然、話しはじめたのだ。

「俺も自分の父親から、この体質について教えてもらったんだ」

「体質？」

「二十歳の時だ。『他人の未来を見る時があるぞ』と。二十代後半から四十代にかけて、ひどくなる、とも」

若者のニキビや更年期障害などの、年齢によって訪れる体の不調についてのアドバイスなのか、と父は思ったらしいが、その時の私も同様だった。

「他人の未来を？　何を言ってるんだよ」私の顔は引き攣っていたはずだ。未来予知とは、映画やSF小説、漫画でよくある話だが、生真面目《きまじめ》な父は、娯楽作品を楽しむ際も、リアリズム重視で、「嘘くさい要素があるものは白けてしまう」とよく言い、フィクションには嘘くささしか求めていない私とはよく意見が対立したものだった。だからその父の口から飛び出す、「未来を見る」話を、どう受け止めていいのかすぐには判断できなかった。ホスピスで使用している薬の影響だと思った。

「千郷、おまえは得だな」

「え？」

「俺が、父親に教えてもらった時は、ほとんど情報がなかったんだ。眠ってもいないのに夢みたいなものを見ることがある。それは時々、本当に起きる出来事の前触れだ。その程度だよ」

「眠ってもいないのに見る夢？　幻覚ってこと？」私はあしらうような気持ちで言ったが、直後、はっとした。

父がうなずいた。どうして私がはっとしたかについても察しがついているかのようだった。

「少し前におまえが言っていただろ。夜になると眩暈《めまい》がするとか。目がぼやけるとか。確か検査もしてもらったはずだ」

「ああ、うん」病院で診てもらったが、脳も目も異常はなく、心労や寝不足のせいだろうと言われた。中学教師として働き出し、数年が経っていた頃だったから、心労や寝不足については心当たりがあったため、なるほどそうなのか、と納得はした。

「その後も、観ることはあっただろ？　夜、唐突に知らない場面が浮かび上がるような」

「どうだろう」あやふやに答えたのは、父の言葉をそのまま受け入れることに抵抗を覚えただけで、実際には、自覚があった。奇妙な幻覚に似た映像を観ることは続いたのだ。教師生活から心労が消えることはないだろうし、視神経のちょっとした混乱の可能性もある、と私は勝手に解釈し、大きな支障はないのだから気にしないほうがいい、と受け止めていたところはあった。

「それは、ほかの人の未来の場面だ」と父が言ってくる。「おまえは誰かの未来を観ていた」

何と返事をしたらいいのか。「父さん、疲れているんじゃないかな。ずっと入院しているから」

「いや、これは正真正銘、ほんとの話なんだ。前のパンデミックは覚えているだろ」

「そりゃまあ」私が大学生の頃だ。始めはすぐに収束すると思われたが、結局、三年近く世界中が麻痺《まひ》状態となり、学生時代の友人たちはマスクの顔で思い出すことが多い。

「あのウイルスはほとんど飛沫《ひまつ》感染だっただろ。こちらの口や鼻に入って、粘膜で繁殖する。それと似たようなものだろう、と俺は見当をつけている」

「似たもの？　何と何が」

「たとえば、誰かの飛沫が、おまえにかかる。おまえの口から入って、喉《のど》かどこか、粘膜にくっつく。そうすると」

「病気に？」

「この場合は違う。その誰かさんの未来が、おまえには見える。いろいろ試してみた結果、分かったんだ。感染すると、まあ、病気ではないんだけどな、その人の未来の一場面が見える。時間はまちまちだ。十秒くらいの時もあれば三分くらいの時もあった。十分の出来事が三倍速再生のように見えることもある。頭に浮かぶ、とも、実際の視界に紛れ込んでくるとも言い難いが」

「誰かの未来の場面ってどういうこと」

「その誰かが見るだろう場面だ。俺の検証によれば、翌日の出来事だ」

「父さん、大丈夫？」頭が大丈夫か、と確認したくなる。見た目には昔から知性を大事にしていた父のままではあるものの、その思考の螺子《ねじ》がずれてきているのでは、と怖かった。

「悪いな。面倒な体質を遺伝させて。だが、俺だって好きで受け継いだわけじゃないんだから」

もう馬鹿なことを言っていないで横になったら、と話を切り上げたかったが、できなかった。

荒唐無稽《こうとうむけい》な父の説明を、無下に否定できない自分がいた。

父はさらに、「それを観る前には、ぴかっと光ることが多い。フラッシュが焚かれるみたいに、ぴかっ、ぴかっと」と言った。

「そんな馬鹿なこと」振り払うような気持ちで私は言う。まさにそのフラッシュも、私は体験していた。

「俺もはじめはそう思ったし、今もまだ、受け入れにくいところはある。というよりも、ほかにも同じような体質の人がいる可能性も高いだろうな。花粉症やアトピーほど多いかどうかは分からないが」

「母さんは知っているの？」

彼は急に若返ったような顔つきで、笑った。「母さんにはだいぶ前に話してある。結婚した直後くらいだったな」

「何と言ってた？」と訊ねたが、想像はついた。わあ、凄いじゃないの、と近くのスーパーマーケットの安売り情報を聞かされた時と似た反応だったはずだ。

「あら、大変。そんなもんだったな」

母は大らかな性格で、物事に動じることが少ない。「悩んでも仕方がないからね。その時、やれることをやるしかないでしょ」とよく言った。「人事を尽くして天命を待つ」「くよくよしても天気は変わらない」を座右の銘にしている。

「その、能力？　体質を使って得はできないのかな。宝くじが当たる、とか、株で儲けるとか」

父は少し黙る。今から思えばそれは、「得するどころか、つらいことばかりだ」と深刻な思いが溢《あふ》れ出てしまうのをぐっとこらえたのかもしれない。「一度、ナンバーズくじの番号を見たことはある。翌日が抽籤《ちゆうせん》日で、その番号を前に、大喜びしている光景が見えた。慌てて、俺もその数字を選んで買ってみたら、当たった」

「すごい！」

「二万円くらいだったけどな」

「何だ、微妙な儲け」

父は相槌がわりに目尻に皺《しわ》を作る。

「誰の未来なのかは分かるわけ？」

「推測はできる。感染症もそうだろ。潜伏期間から逆算して、たぶん、あいつからうつったのかもしれないと分かる。もちろん、通勤電車の中でうつったのなら、どこの誰からもらったのかは分からない。見えた場面から推測できることも多い」

「同じ人から何度ももらうことは?」

「いい質問だな」父は嫌味ではなく、本心から嬉しそうだった。「そこは風邪と違う。免疫ができるようなことはないから、うつるなら何度でもうつる。ただ、母さんと一緒に暮らしていて、毎日、彼女の未来を見るわけでもないから、感染する時もあればしない時もある。一度観てから、一定の期間は再感染しない可能性もある」

私は質問したいことがたくさんあるように感じたが、具体的にすぐには思いつかないため、もどかしい。

「ようするに、先行上映だよ」

「え?」父はまた妙なことを言う。

「本人が翌日、リアルに体験することを俺は、俺たちは先行上映で少し観させてもらうようなものだ」

「はあ」

「それと、これは何となくの予想でしかないんだが、たぶん、その相手が翌日に見る、印象的な場面が選ばれているのかもしれない」

「印象的ってどういうこと?」

「見えるのは、その本人にとっても、その日のハイライトと言える場面のような気がするんだ。もちろん平凡で、何事もないシーンも多いけれど、それでも、転んだとか指をドアに挟んだとか、ちょっとしたアクシデントの場面が多かった。映画でも予告編は、それなりに見所が映るだろ。それと同じじゃないかな」

「はあ」

「俺は成人になった時に、父親から教わった。先行上映を観るようになったのは二十五歳くらいからだった。はじめは少しずつで、だんだん頻度が増す。三十代から四十代が一番、ひどかった。毎日ではないけれど、二日に一度、一週間に四日くらいは誰かの先行上映を観ていた気がする」

「そんなに？」と答えたが、改めて思い返してみると確かにその頃の私もすでに、週に二回、三回くらいは幻覚を観ていたのかもしれない。

「言うべきかどうか悩んでいた。それこそ、おまえが生まれてからずっと悩んでいたんだ」

「今日になって、言う気になったわけだ」

「息子が驚く顔が、急に見たくなったのかもしれない」

私は少し呆れる。息子を混乱に陥れることよりも、自分の愉《たの》しみを優先させたのか、と不満をぶつけた。

「最後の我儘《わがまま》だよ」

「最後とか怖いことを」実際、その時の父は活力が戻っているように見えた。「もしかすると、自分の未来が浮かんだ、とか言うんじゃないだろうね」

「自分の未来は分からない。自分の唾《つば》で自分が感染したりはしないだろ。それと同じだよ。ただ」

「ただ？」

「他者の先行上映で、自分のことが分かる場合もある」

「どういうこと？」

「たとえば、おまえの明日が見えたとする。おまえが、俺に会っている場面だ。だとしたら、明日、俺はおまえに会うんだろうとは推測できるだろ」

「なるほど」ただ、それくらいのことが分かったところで活用できるとは思えず、私は少しがっかりした。

その後で、沈黙があった。父がぎゅっと目を細めた後で、ぱちぱちと瞬きする。これだけは言っておかなくては、と使命感を帯びているかのようだ。「一つ、アドバイスをしておきたいんだが」息子の驚く顔が見たかった云々《うんぬん》は言い訳で、実際に、私に話をしたかったのは、このアドバイスのためだったのかもしれない。「どうにもならないことはどうにもならない」

「え。どういう意味？」

「忘れるということを覚えておくんだ」

「いよいよ意味不明なことを口走りはじめたね」

私の嫌味めいたコメントは受け流したまま、父は続けた。「さっきも言ったように、先行上映の内容はそれほど派手なものではないんだ。誰かの翌日なんて、仮にそれがハイライトだとしても大したことではない。転んで怪我をしたり、上司に叱られたり、恋人に別れ話を切り出されたり。ただ、それだって当人からすれば大きな事件の場合がある。そうだろ？」

「かもしれない」

「だから、どうにか相手に伝えてあげたいと思ってしまう」

「あなたは明日転びますよ、とか？」

「身近な人の先行上映なら、もちろんアドバイスはできる。そういう意味では俺も、母さんを何度か救ったよ。自転車の鍵をなくすとか、財布を落とすとか」

「不注意の化身だ」

「ただ実際には、どこの誰の先行上映なのか分からないことが多い。ああ、あの時会った人から感染したんだな、と分かっても、もう二度と会わないだろうし、連絡手段もない。そういったケースばかりで、だから、相手が大変な目に遭うのは分かっていても、助けることはもちろん、助言すらできないことばかりだ」

ああ、なるほどね、と私は深く考えることもなく答えた。それはまあ、そうだろうね、と。

「これが意外にきついんだ」父はつらそうに顔を歪《ゆが》めながらも、少し笑った。「罪悪感というほどではないが、無力感の積み重ねと言うのかな、とにかく、自分では気にしないようにしていたつもりでも、精神的にまいってきて」

私は知らなかったのだが、父は時折、心療内科に通い、薬を処方してもらっていたらしかった。

「だから若くて余裕があるうちに、自分に合った病院や医師を探しておいたほうがいい」とも言った。

「そんなにつらいものなの？」

「脅すようで悪いけれどな、一つ一つは大したことではないんだ。別に、世紀の大事件を止められなかった、とかではないんだから。ただそれでも、『分かっていたのにどうにもできなかった』という事実は、脳に負荷を与えるんだろう。気づいた時には、気持ちが塞いでいたり、よく眠れない、なんてことがある。だから俺から言えるのは、できるだけ、気にするな、ということだけなんだ」

先ほどよりは私も深刻に、うなずいた。「マスクはどうかな。飛沫感染だとしたら」

「もちろん効果はあるんだけれどな」父は残念そうに言った。「ただ、ちょっとした隙間から感染することもあるし、食事の時や仕事の時には外さないといけない。飛沫だけではなく回し飲みでもうつる。完全に防ぐのは難しい上に、おまえの場合は、生徒に表情が見えたほうがいいだろうし、感染とはいえ病気とは違うからな、ずっとマスクで守っているのは現実的ではないような気がする」

「なるほど」確かにいくらマスクで過ごしていても、職場の飲み会に行って誰かの飛沫を受ける可能性はある。

「よっぽど、その人の先行上映は観たくない、という場合はマスクをしたほうがいいかもしれないけれどな。とにかく観てしまうのは仕方がないことで、それをいちいち気にかけていたら、まさに神経がもたない。なるべく忘れたほうがいい。重要なのはそれだよ」

「分かった。忘れろ、という教えを覚えておく」

「そうだな」と父はくしゃっと表情を崩し、うなずいた。

まだ頭の整理がつかないけれど、というよりも父さんの話を鵜呑《うの》みにはできないからね、今日のところはこの辺にして、これから少しずつ理解していくことにするよ。

そう言って私は立ち上がる。

「明日は仕事か？」

「日曜日だから家でゆっくりしているよ」

「来週は学校忙しい時期か？」

「テストの答案も返し終わったし、一段落ついてる。来週、またどこかで来るから」毎日、母が付き添いに来ているが、できるだけ顔を見に来るつもりではいた。〈先行上映〉のことについて、さらに詳しく知りたいところもある。

「いろいろ悪いな」父は手を挙げて挨拶をする。「また明日」

だから明日はここに来ないって、と私は苦笑しながら部屋を出たが、それが父とのお別れの時になった。

父は翌日、自分が亡くなることを知っていたのだろう、とは少し経《た》ってから気づいた。おそらく母の〈先行上映〉を観ていたのだ。今なら想像がつく。母がくしゃみをしたのか、それとも飲み物でも回し飲みしたのかは定かではないが、感染したのだろう。翌日、母が泣いている様子を観て、父は自分が一両日中には亡くなると推測できたのかもしれない。

よくあれほど落ち着いていたものだな、と私は感心し、尊敬し、そして感謝した。死への恐怖がほんの少しだけ和らぐ気がしたからだ。

「父さんからは、気にしてはいけないとは言われていた。未来のことが見えると、意外と精神的にまいってしまうからと」

〈先行上映〉の経験を積んだ今は、父の言いたかったことがよく理解できた。良くない〈先行上映〉を観た際、「気にしてはいけない」「忘れればいい」と自らに言い聞かせていても、心の中にひっかかりは残り、それが続くと気持ちが塞ぐ。

「わたしには分からないけれど、つらい部分もありそうだね」

「そうだよ。つらいことばっかりだ」と言いかけた。とっさに蓋《ふた》がずれる感覚を覚えた。脳の中の、心と呼んでもいいのかもしれないが、なるべく開けないようにと閉ざしていた箱の蓋がずれてしまうのが分かり、私は意識を逸らす。「新幹線の事故みたいな大事件のことは、父さんも教えてくれていなかったからなあ」とわざとのんびりと、気持ちを落ち着かせるために言った。

「もっと父さんに話を聞けたら、たくさん聞きたいことはあったのに。Q&Aとか作って残しておいてほしかったよ」

「そうだねえ」と答えた時の母は、珍しく寂しそうに見えた。「だったら、おまえはちゃんと作っておくんだよ」

「え」

「QとかAとか。そういうのを。ウルトラQとウルトラマンAってのもあったね。おまえだって、自分の息子に伝える時が来るんじゃないの？」

そう言われるまで私は、自分が将来、子供を得て、さらにはその子が成人し、この体質のことを話すといったことを想像したことがなかった。「息子じゃなくて、娘にも遺伝するのかな」

「わたしに分かるわけがないでしょ」窓口が違う、と言わんばかりで、母はスナック菓子をぽんぽんと口に放り込んでいる。「でもまあ、良かったじゃないの。少なくとも、その生徒のことは救ったんだから」

私は、そうだね、とうなずいたがどうしても胃に重いものを感じた。東北新幹線の脱線事故の原因はまだ判明していない。整備不良があったとは思えないらしく、強風などの天候や動物が絡んだ突発的なトラブルか、もしくは、人為的に起こされた事件、といった話も出ている。幸いなことに死者はいなかったようだが、負傷者はかなり多いのではないか。

里見大地とその祖母を救ったのかもしれないが、残りの被害者のことは助けられなかった。私は慌ててその思いを振り払う。父から言われていたことだ。気にしてはいけない。どうにもならないことなのだ。今日は安定剤を飲んでから眠ったほうがいいだろう。

「言っちゃ悪いけど、どうやったところで防げなかったと思うよ、わたしは」とスナック菓子を食べながら気楽な口調で言う母の言葉にも、救われる思いだった。「それで、どうするの。占い師はでっち上げるの?」

「占い師?」

「その生徒には、占い師が予言したと話したんでしょ? 明日、学校に行ったら絶対言われるよ。その占い師、どこの誰なんですか、って。もしかすると、その里見君だっけ? みんなに言ってるかもね。檀先生、すごいよ、事故予言してたぞ、スーパー占い師と知り合いだ、って」

鋭い。確かに、昔から若者たちは通信ツールを駆使して、横に情報を広げていく。私が十代の頃もそうだった。インターネット上で見つけた、愉快な動画であったり、面白いニュースはすぐに友達間で共有された。同級生のくだらない言動が知れ渡るのにも時間がかからない。

担任教師の知り合い占い師のおかげで、誰もが知る大事故に巻き込まれないで済んだ、という話題であれば、躊躇《ちゅうちょ》なく、みなに話したくなるはずだ。

学校に行った途端、生徒たちに囲まれるのが想像できた。すごいよ。やばいじゃん。先生どういうこと。占い師紹介してよ。と次々と話しかけられるかもしれない。占い師のフルネームを考えておくべきだろうか。

檀先生

月曜日の朝、身構えて学校に行ったが、「すごいよ」も「やばいじゃん」も待ってはいなかった。人気者よろしく生徒たちに囲まれるとばかり思い込んでいた自分が恥ずかしくなる。占い師のフルネームもさっそく忘れることにした。

こちらが意識しているよりも大きな出来事ではなかったのだと安堵する一方で、里見大地にとっては、人に触れ回るほどのニュースではなかったのか、と少し寂しさを覚えた。勝手なものだ。

教室内に目を走らせた際に、里見大地と目が合うと、彼の視線が、意味ありげに動いた。

「お父さんがあまり周りに言うな、って」休み時間、職員室へ向かおうとしたところで里見大地とすれ違った際、彼が立ち止まり言った。

「そうなのか」

「でも、その占い師、本物だね。命拾いしたよ、本当に。命の恩人」声をひそめていたが、彼の目は興奮で輝いている。

「ああ、そうだな」「占い師の名前、教えてください」「もう覚えていないんだ」

「え」

「いや、覚えていないというか、占い師のことは話せないんだ」

「紹介してほしいわけじゃないですよ。でも、うちのお父さんが先生と話したがっていました」

「お父さん？　大地のか」

「お礼を言いたいみたいです」

「気持ちだけで充分」と私は本心から言う。これ以上、この件からは距離を取りたかった。

「学校に来るのはまずいですよね？　保護者が、父親が乗り込んできた、みたいな感じになっちゃいますし。放課後、夜とかにどこかで会う感じでもいいですか？」

「大地、今、話を聞いていなかったのか」私は慌てて、声を高くしてしまう。「気持ちだけで充分だって」

「お父さん、結構、頑固なんですよ。こうと決めたらなかなか、方針を変えないので」

「だけど一昨日《おととい》の、新幹線は変更してくれた」

「珍しいです。まあ、自分は盛岡に行くつもりがなかったから、どうでも良かったのかもしれないけど」

「ただ、先生と保護者が学校以外でご飯を食べる、というのも良くないだろ」

「規則で決まっているんですか？」

決まっている、と言い切れば良かったのかもしれないが、規則を把握していないがために、躊躇《ため》ってしまう。「いやあ、遠慮しておくよ」

「何でですか。別に俺がこだわっているわけじゃないんですよ。お父さんに説明する時に困るから。ほら、先週、先生も言っていたじゃないですか。説明できるような、ちょうどいい嘘をついてくれ、って」

「嘘をついてくれ、とは言わなかったはずだが」私は言いながらも、彼の気持ちも理解できた。

「だけど、占い師のことを教えてくれ、と強く言われたら、困っちゃうからなあ」

「じゃあ、占い師について広めないなら会ってもいいらしいよ、と言っておけばいい？」

「そういう問題ではないんだ」

「困ったなあ」

目の前で里見大地が顔を歪めたところで、私は頭の中の蓋がずれるのを感じた。そこから溢れてくるのは、気体とも液体ともつかない、重苦しい物だ。記憶、罪の意識、もしくは負の効力を持つ脳内物質と言ってもいいのかもしれない。

蓋を閉めないといけない。意識を別のことに向けるべきだと思ったが、すでに遅い。

昔の教え子に対する、罪悪感が溢れ出す。


彼は、教師二年目に受け持った一年生クラスの男子生徒だった。彼は校内ではいつも無愛想で、口数も少なく、親しい友人もいないように見えた。意地悪、陰湿な言動も多かったため、私はよく彼を呼び指導した。反省の言葉にも気持ちがこもっているようには見えず、さすがに苛立ちを覚えた。

私のことを鼻で笑い、「何もできないくせに」と言ったこともある。二年目の新人としては、その言葉が図星を突くように感じられ、余計に腹が立った。その際の不快感や怒りをいまだに覚えている。先輩教師たちも、「あいつはいったい何なんでしょうね。サイコパスですよ」とよく愚痴をこぼしていた。もちろん、真の意味で「サイコパス」と診断したのではなく、その生徒が、自分とは分かり合えない理解不能な人間だ、と分類して納得したかったのだ。

結局、担任を受け持ったのは一年きりでそれ以降は国語の教科担任として接しただけだったが、彼に対する印象は変わらなかった。

彼が傷害事件を起こしたのは、卒業して数年が経った頃だった。進学先の高校を退学し、真っ当とは言い難い仕事をしていたらしいのだが、車の割り込みで口論になり、暴行を働き、逮捕された。小さなニュースにはなったが、連日報道されるようなものではなく、私も昔の同僚から連絡がなければしばらく知らないままだった可能性もある。

「中学時代に起きた事件ではなくて良かったよな」元同僚は露悪的に言った。百パーセントの本心というよりは、不謹慎な冗談だったのだろうが、私も、本音ではその通りだとは思った。自分の担任クラスの生徒だった時に、このような事件が起きていたら、さまざまな対応に追われ、大変なことになっていたはずだ。

卒業後もサイコパスのままだったってことだなあ。元同僚のそういった表現は乱暴で、教師にあるまじき決めつけにも思えたが、異議は唱えなかった。ほっとした部分もあった。彼はどう教育したところで、真っ当には生きられなかったのだと考えられるのであれば、自分の責任について気に病む必要はないからだ。

が、それからひと月近く経った頃、私の頭をひっくり返すようなことが分かった。別の教え子に、通勤列車の車両でたまたま会った時だ。彼女は、事件のことを知っており、「だけど、可哀想だよね」と言った。

てっきり暴行された被害者のことを指しているのかと思ったがそうではなく、加害者の彼についてだった。

「お父さんからかなり暴力振るわれてたんでしょ？　お母さんも彼も殴られていたって。お兄さんは寝たきりらしいけど、それもお父さんが怪我させたのが原因とか聞いたよ。中学の頃からずっとそうなんでしょ。わたしだったらとっくの昔に、頭が爆発しちゃっていたかも」

え、と私は訊き返しそうになったが、担任教師だったのにそんなことも知らなかったのか、と軽蔑《けいべつ》されるのが恐ろしくて、呑み込んだ。家庭訪問に行った際の記憶を必死に掘り返した。当時の彼の家がどうだったのか、母親がどうだったのか覚えてはいなかった。それは裏を返せば、特に問題があるような印象がなかったことになる。家での問題を学校に相談し、押し付けるようにする家庭もあれば、打ち明けず、取り繕ってやり過ごそうとする家庭もある。

父親の暴力に耐えながら、寝たきりで生活をする兄の面倒を見ている彼の姿を思い浮かべ、眩暈を覚えた。中学で始終、つまらなさそうな顔をしていたが、彼にとってはもしかすると、中学校こそが息抜きの場だったのではないか。胸がぎゅっと締め付けられ、苦しくなった。

その後、電車から降りていく教え子に挨拶をすることも忘れていたと思う。それくらい私はショックを受けた。

無愛想で何を考えているのか分からない、協調性のない生徒、と私が思っていた彼は、単に私が、「無愛想で何を考えているのか分からない」と決めつけていただけだった。

もしその時、彼の家庭のことに気づいていたとしたら、だとしたら何かできたのか？　問われれば自信はない。ただ、気づこうともしなかった自分に対して落胆し、嫌悪感すら抱いた。

一度だけ、彼の住んでいたはずのマンションに行った。彼に会えたとして、何をどうするつもりだったのか自分でも考えていなかった。一言謝りたかったが、謝られたところで彼も困ったに違いない。結果的に、そのマンションからは引っ越していたため、会うことは叶《かな》わず、それが良かったのか悪かったのか、私にはいまだに分からない。

「だけどさ、大変な家庭環境にある子が、みんな、人を殴ったり、迷惑をかけたりしないでしょ。頑張って、真面目に生きている人も多いと思うよ」

当時、交際していた女性に、愚痴まじりに思いを吐露したところ、そう言われた。言わんとすることは理解できたし、彼女は彼女なりに私を励まそうとしてくれていたのは分かったが、それにしても、「頑張っている人もいるのだから」という理由で、あの教え子を批判する気持ちにはなれなかった。つらい境遇の中、まっすぐに生きられる人間は素晴らしい。間違いない。が、それはその人が素晴らしいだけであって、素晴らしくなれない人間が怠けているわけでもない。

それがきっかけだったのか、火種はもとからあったのか、その後、恋人とも別れ、私はしばらく沈んだ気分で日々を過ごすことになったのだけれど、さらに数年後、もっとずっしりと精神的に重みを感じることになった。

〈先行上映〉のことを知ったからだ。

私が彼の担任教師だった時は、まだ二十代前半で、父から〈先行上映〉のことを伝えられる前だ。が、観ていた可能性はある。そのことに私は思い至ってしまった。

二十五歳から〈先行上映〉を観る頻度が増すとはいえ、その前から観ていたかもしれない。そういう気持ちで記憶を探ってみれば、その当時、中年男性が顔を真っ赤にし、興奮状態のまま殴りかかってくる光景を目にしていたような気持ちにもなった。観たような気がする。いや、観たに違いない。あの教え子の家庭の様子だったのではないか。観ていたのだ。

〈先行上映〉で彼の家庭の大変さを知ることができたのに。気づくと私は自分を責めていた。

父が言うように、人の未来が見えることは、「分かったところでどうにもならない」ことの連続で、小さな罪の意識が溜まっていくものなのだろう、「せっかく自分の特異な体質が、生徒の気持ちを理解することに使えたのに」と、あの教え子の件で落ち込みはじめた。

幸いなことに、と言うべきか、私には、父からの助言があったため、心療内科に少しの間、通い、薬を出してもらうことでかなり落ち着くことができた。

カウンセリングを数回受け、私はそのうち、あの教え子のことを忘れることは難しいが、彼に対する罪の意識について、頭の箱の中に入れて蓋をする、そういったイメージを心掛けるようになった。それが功を奏したのか、教え子のことを考えても激しく動揺することは減った。それでも時折、ふとした拍子に蓋が外れ、黒々としたものが溢れ、頭や心を侵食してくる。


「大地のお父さん、厳しいのか？」私は言っていた。生徒が打ち明けていない、家庭での悩みについてなるべく見逃したくない、という思いからだ。目の前の生徒が、実は見えないところで、理不尽な苦痛に耐えているのではないか、と考えてしまう。

暴力を振るわれる教え子のことが思い浮かんだ。父親から、「担任の教師と話すことくらい、どうしてできないんだ、おまえの頼み方がまずいんだろうが」と叱られ、小突かれる里見大地の姿を想像した。

里見大地が顔を強張らせた。ひくひくと引き攣っている。その後で深刻そうな顔つきでうなずくと、「だから、できればお父さんに会ってほしいんだけれど」と言った。

やはりそうなのか、と私は考えてしまう。無下に断ることができなくなった。

「とりあえず、規則を確認してみるから。お父さんにもそう伝えておいてくれないか」

時間稼ぎ、先延ばし、という褒められた作戦ではなかったが、里見大地の表情が明るくなったので私は少しだけ気持ちが落ち着いた。

職員室に戻り、私は、パソコンに向き合い、指紋認証後、生徒情報のデータベースにアクセスした。

保護者氏名や住所、電話番号に保護者の職業が閲覧できる。確か、里見大地の父親は公務員だった、という記憶があった。詳しい情報を知りたかったが、画面には、「公務員」以外の情報は表示されない。


「檀先生、布藤さんのお父さん、入院しているんだってね」

誰かと思えば、吉村先生がすぐ横に立っていた。

「え、そうなんですか？」

「知らなかったの？」吉村先生は、担任教師なのに、と責めてくる顔をわざとらしく作った。

「ほら、うちのクラスの友沢笑里《ともさわえみり》、彼女が話していたんだよね。同じマンションに住んでいるらしくて。鞠子のお父さん、入院中みたいですよ、って」

「怪我ですかね。交通事故とかだったら、もっと話題になっていそうですが」

「彼女が檀先生に話したりはしていないんだね」

「信頼されていないので」私は自虐的な冗談のつもりでそう言ったが、吉村先生が、「まあ、そうだよね」とすぐに返してくるものだから、落ち込みそうになる。

「冗談、冗談」と彼女は笑い、「じゃあそういうことで」と立ち去ろうとした。

「あ、去年、里見大地の担任でしたよね」と呼び止める。

「え、ああ、里見大地ね。はいはい、去年は担任。今年は、檀先生のクラスだよね。何かあった？」彼女はせっかちなのか、こちらの言葉を待たずに、次々言葉を発してくる。「でも、大地は真面目だから問題ないでしょ」と先に答えを口にした。

「そうなんですけど」どう話したら怪しまれないか、頭を回転させるがすぐに浮かばず、「お父さんってどういう方なんでしたっけ」と訊ねた。「公務員みたいですけど、役所の人ですかね」

「一度、学校に来たことあるんだけど、二枚目だったのは覚えてる」

「恰好いいんですか」言われてみれば、里見大地も整った顔立ちをしている。「仕事のほうは？家で暴力とか振るうタイプですか？　と真正面から訊くこともできない。

「何だっけ、名刺はもらったような気がするんだけど。PTAの役員決めについて話しに来たんだよね。制度的におかしいし、保護者の心理的ストレスを考えたら改善の余地がある、って」

「それだけ聞くと怖そうですね」家族を支配するタイプの可能性はある。

「名前に少し特徴、あったのは覚えている。ええと、ほら、十返舎一九《じっぺんしゃいっく》みたいな」

「東海道中膝栗毛？」十返舎一九の作品だ。「そんな長い名前、名刺に書ききれるんですか？」

吉村先生は愉快気に肩を揺らして笑った。そのタイミングを見計らって、「お父さん、教育熱心なんですかね？」と言ってみた。

「教育熱心？　どうだろう。まあ、大地、テストの点数いいでしょ」

「会った時はどうでした？　厳格な父親みたいな雰囲気ありましたか」

「檀先生、たくさん訊いてくるじゃないの。どうしたの。大地、家庭に問題があるの？」顔を近づけてくる吉村先生は、教師としての使命感よりも好奇心のほうが強く出ている。

「そういうわけではないんです。ただ単に、教育熱心なのかなあ、と思っただけでして」

「どうだろうなあ。でも、関係ないけれど、大地、モテるよね」

本当に関係ない話じゃないですか、と私は呆れたが、その後で、「モテるんですか」と一応、確認する。

「そうだよ。女子から人気。男子からも信頼されているし。友沢笑里も、この間、大地の話を嬉しそうにしていたし、ファンは多そう」

「そうなんですか」根拠というか、情報ソースはどこにあるんですか、と詰め寄りたかったが、そこで私はふと、布藤鞠子も里見大地に好意を抱いているのではないか、と考えた。

布藤鞠子の書いている小説に出てくる、ロシアンブルなる登場人物のことを思い浮かべたからだ。ロシアンブル氏は、病気や核兵器に怯える心配性だった。一方の里見大地は先日、アメリカ大統領の会見内容いかんでは戦争が起きるのではないかと気にして携帯端末を学校に持ってきており、あれも心配性のなせるわざと言えなくもない。だからたとえば、布藤鞠子が好意を抱いているがゆえに、里見大地の「心配性」に気づき、作中のロシアンブル氏に反映させることにした、とは考えられないだろうか。

布藤鞠子の創作の源泉を確認する術《すべ》はない。「ちなみに、学校以外の場所で、保護者と会ったりするのって、大丈夫なんでしたっけ」

「え、会うの？」

「学校に来てもらって話すのも、校長や教頭が気にするでしょうし」

「まあ、保護者が来たら、校長たちがぴりぴりする可能性はあるよね。だったら、偶然、外で会ったことにすれば？」

「どういうことですか」

「喫茶店とか居酒屋とか、猫カフェでもいいけど、たまたま大地のお父さんと遭遇することはありえるでしょ。そこでちょっとくらい、世間話とか家庭の話をすることは別に問題ないんじゃないの？」

「さすがにそこまで、まどろこしいことをするのは抵抗が」

「じゃあ、祈るしかないね」「何をですか」

「今日、偶然、里見大地の父親に会えますように、って」

檀先生

翌週の木曜日、里見大地の父親と遭遇した時、私は、「願いは叶う」とうっかり感動しそうになった。

学校の仕事を終え、帰宅途中に定食屋で食事を済ませ、店の外に出た後だった。薄暗い歩道ですれ違った男性がわざわざ早足で戻ってきて、「人違いだったら申し訳ないです、檀先生ではないですか？」と私の勤務先中学校名とともに言ってきた。

何者だと不審に感じたのは一瞬だった。男性の顔が明らかに、里見大地と似ていたからだ。

「もしかすると、大地君のお父さんですか？」

男性がふっと表情を緩めた。背広姿で、すらっとした体型をしている。年齢は四十代前半といったところだろうか。「似ていますよね？　よく言われます。こんなところで会えるなんて、本当に幸運です。良かったら」と言う。

少しお話しさせてくれませんか？　そこの喫茶店はどうですか？　言葉遣いも丁寧なものだから断るのも失礼で、というよりも里見大地の家のことを心配していた私からすれば、好都合な展開と言える。

「改めまして。このたびは本当にありがとうございました」

店内の一番奥のテーブルにつき、注文を終えたところで彼は深々と頭を下げた。

やめてください、と私は慌てて言う。「大したことは」

「だけど、あのままでしたら息子と義母《はは》は、あ、亡くなった妻の母親と同居しているのですが、とにかく二人は事故に遭っていました」

「かなりの人が負傷しているんですよね」

「現時点で十五名です。事故の割には、奇跡的に少ないと言ってもいいかもしれません」

即座に数字が出てくるため、私は少し驚いたのだが、その驚きが顔に現れていたのだろう、彼は、「仕事柄、あの事故の情報が入ってくるので」と説明すると、「遅れました」と謝りながら名刺を渡してきた。

里見大地の父親、としか情報のなかった存在に急に、肉付けが行われる。「内閣府」という文字があった。初めて目にする部署名に、「課長補佐」という役職が書かれている。「公務員」と聞き、教師か市役所職員、県庁職員、もしくは警察関係者と思っていたため、意表を突かれた気分だった。

「滝沢馬琴《たきざわばきん》だったんですね」私が言ったのは名刺に書かれている名前が、「里見八賢《はつけん》」だったからだ。「里見八犬伝」の作者は十返舎一九ではない。「仕事柄、ということは脱線事故に関係するお仕事なんですか？」警察ならまだしも、内閣府とはぴんと来なかった。

里見八賢がこちらをじっと見つめている。「はい。あの脱線事故についてはまだ分からないことが多いので」

「起きたばかりですもんね」

里見八賢はしばらく黙ったまま、こちらを見ている。リトマス試験紙の色の変わる様を観察するかのようだった。「ほんと痛ましい事故です」と私はお題目のように口にした。

また無言で私を見てきた後で彼は、「息子にも難しいとは言われたのですが、その占い師のお知り合いにお礼を伝えることはできないでしょうか」と口にする。「会って、お礼を」

「それには及びません」私は手を大きく、左右に振る。「大地君には自慢げに話してしまいましたけれど、ほとんどたまたま、偶然的に当たってしまったという感じでして」

「あの新幹線の脱線事故を、たまたま予見した、と？　大地たちが新幹線に乗ることまで言い当てて？」

里見八賢は顔立ちが整っており、実年齢より若く見え、爽《さわ》やかで礼儀正しく感じられたが、同時に、眼光の鋭さと喋り方のためか、圧迫面接を受けている気持ちにもなった。家庭内で、里見大地に暴力を用いて従わせている様子を想像する。

「占いというのは拡大解釈するものですから。ノストラダムスもそうですけれど」私はそう言いながら、ぐっと腹に力を入れる。

また記憶の蓋がずれた。あの教え子の姿が現れる。「何もできないくせに」と言った彼のことを考える。江戸の敵《かたき》を長崎で討つ、とは少し違うかもしれないが、あの教え子にできなかったことを里見大地のためにやらなくてはいけない、といった気持ちにはなった。

「あの、私のほうからもちょうど確認したいことがありまして」

「何でしょう」

ご家族を虐待しておられますか？　とは訊けない。何を確認すれば、家庭内暴力の有無を炙《あぶ》り出すことができるのか、と必死に頭を働かせる。準備が足りなかったのは事実だが、準備したとて思いついていたかどうかは怪しい。「大地君が、おうちのことで悩みがあるように見えたのですが」

「悩み？」

「お父さんには心当たりはないですか」仄《ほの》めかすことしかできない。仄めかしになっているのかどうかすら怪しい。ただ、彼の態度に変化があったら見逃すまい、とじっと観察する。

「私が仕事で忙しくて、あまり大地との時間が取れないんですよ。高齢の義母《はは》に任せきりというところもありまして。大地は何に悩んでいるんですかね」

嘘をついているようには見えないが、正直に話しているようにも見えない。里見八賢はじっとこちらを見てくる。

「はっきりとは言ってくれなかったのですが、学校内では問題あるように見えないので、家庭で何かあるのかな、と」私の言葉に、彼が鋭い視線を寄越してくるものだから胃がきゅっと締まる。

「学校は本当に、生徒のことを把握しているんですかね」

「え」

「あ、強い言い方になってしまって申し訳ないです。単に、大地の悩みが学校内のことではない、と言い切れるものなのか、気になりまして」

昔、私が「サイコパス」と切り捨てた教え子のことがまた思い浮かぶ。学校は生徒のことを何も分かっていませんでした、と謝りたくなってしまう。

彼はグラスの水に口をつけてから首をぐるっと回すようにし、「そんなことよりも」と言った。息子の心配事を、「そんなことよりも」で片付けていいものなのか、と気にはなった。「占い師のことですが」

「ですから、その知り合いは」

「いないんですよね」

背中を叩かれる音が、ぴしゃりと鳴った気分だった。「どういう意味ですか」

「人が、『俺の知り合いの話なんだけど』と始める時は、だいたい二パターンです。一つは、まったくの噂話に信憑性《しんぴょうせい》を与えるため。もしくは、自分自身の話を聞いてほしい時です」

「怪談話もありそうです」これは私の知り合いが体験したことなんだけれど、とはじまる怖い話だ。「でも、待ってください。そういう意味だと、占い師は私の知人ではなく、噂話ということですか？」

「そうは思っていません。新幹線の事故のことを言い当てたのは事実ですし」

「だとすると」二パターンのうちのもう一つか。「占い師は、知人ではなく私自身だと疑っているのですか？」

まいりました、自分が犯人です、と頭を下げかけた。

里見八賢は答えずに小さくうなずいた後で、「もちろん先生が占いをしていたと言いたいわけじゃありません」と続ける。

私は占いはできません。父譲りの体質のせいで、里見大地の〈先行上映〉を観ただけなんです。そう告白したくなったが、たまたま里見八賢の携帯端末に着信があったようで、「すみません、電話に」と断ると同時に席を立った。

喫茶店の外へ歩きながら、受話操作をしているのが分かった。

あの父親は家庭内暴君なのか？　取り残された私は、内なる自分同士の話し合いを始める。確かに里見八賢はきりっとしており、厳しい父親に見えなくもない。家族を威圧的に支配していると言われても、さほど意外には感じない。いや、えてして、「あんなに腰の低い人が？」と驚かれる人が、身近な人に威張り散らしていることも珍しくない。見かけによらない人もいれば、見たままの人もいる。さまざまな思いが頭を巡る。どうしたら真実を炙り出すことができるのか。

店を出たすぐ外で、携帯端末を耳に当てて話をしている里見八賢の姿が見えた。仕事の電話だろうか。思えば最初の、「檀先生ではないですか？」の挨拶以降、笑みを浮かべることもなかった。

彼が、里見大地を強く叱りつけ、もしくは手を上げている姿を想像してみる。閃《ひらめ》くものがあった。

想像ではなく、実際に、見てみればいいのではないか？

自分が飲んでいたアイスコーヒーのグラスからストローを抜いた。店の外の里見八賢に視線をやる。躊躇っている余裕はない。私は、里見八賢の水が入ったグラスを手元に寄せた後で、ストローを入れ、飲んだ。くしゃみや咳だけでなく、食べ物や飲み物を介してもうつる可能性はある。もちろん、通常のウイルスであれば口から入ったところで胃酸により死滅することも多いだろうが、〈先行上映〉を起こすこれはウイルスともまた違う。やってみる価値はある。

テレビ番組で、女性が口をつけた容器をこっそり舐めて、「間接的にキスをした」と喜ぶ芸人がいたのを思い出し、もちろんそれはテレビ用の過剰な振る舞いだったのだろうが、とにかく自分のこの行為も、それに似ているため恥ずかしくなる。気分も良くない。仕方がないのだと自分に言い聞かせた。

グラスをもとの位置に戻すのと、彼が戻ってくるのがほぼ同じタイミングだった。

気恥ずかしさを隠すために、私は俯《うつむ》いてしまう。

お待たせして申し訳ありません、と短く詫びた里見八賢は座ったものの、「仕事で出なくてはいけなくなりました。先生はゆっくりしてもらって、大丈夫ですから」と半分以上残っているアイスコーヒーを指差した。携帯端末を取り出すと、「割り勘処理でいいですか」と言い、決済用のアプリを表示させた。私も自分の携帯端末を操作する。

「またお話、聞かせてください」と里見八賢は言う。

「はい、また」これ以上何を話す必要があるのか分からなかったが、社交辞令の一種であるだろうし、深く考えずに答えた。

出口へと向かっていく彼の背中をちらっと見た後、私は自分の手元に目をやった。ほんのわずかな時間だったはずだが、再び視線を上げた時に、彼がまだ前にいたから飛び跳ねそうになった。

「ああ、すみません、一つ言い忘れたことが」

驚きで鼓動が早鐘を打っており、「はい？」と声を洩らすのが精一杯だ。

「あの脱線事故、線路に人為的な工作がされていた、という話も出ているんです」

「え」

「その話、ご存知ですか？」

左右に首を振ることしかできなかった。脱線事故の原因が人為的、つまり、事故ではなく事件の可能性があるというのだろうか。

もしかすると私が疑われているのでは？　そう思った瞬間、ぞっとし、背中に冷たいものを感じた。今日会ったのも偶然ではなかったのではないか。そう思った時には、すでに里見八賢の姿は消えている。

大丈夫だろうか、と私は怖くなった。

帰宅後、入浴を終え、下着を穿《は》いたところで〈先行上映〉が始まった。

例のフラッシュ二回の後、里見八賢の未来の場面が映し出される。

観終えた私は自分の鼓動が速くなるのを感じる。いても立ってもいられなくなり、どうしたらいいのか、どうしたら、と悩み、ほとんど眠れなかった。

檀先生

翌日、金曜日の夜、私は一《いち》か八《ばち》かの気持ちで行動に出た。自宅マンションのすぐ近くだ。去年まで一戸建ての民家があった土地だった。おそらく住人が亡くなったのだろう、更地にされた後でコインパーキングとなっていた。停まっている黒のミニバンの助手席窓を指で軽くノックする。座っているのは里見八賢で、私を見てさすがに、一瞬ではあるものの目を丸くした。

「檀先生、どうしたんですか」窓を開けてくれるが、明らかに狼狽《ろうばい》している。優位に立っているのはこちらだ、と私は自分に言い聞かせ、声と足の震えを止める。昨晩、眠れない間に何度も頭の中で繰り返していたシミュレーションを思い出す。やり取りを想定し、喋る内容を考えていた。

「どうしたはこちらの台詞です。こんなところで何をしているんですか？　コインパーキングに停めた状態で、車内にいたままというのは違和感があります」

手に持った携帯端末に目をやる。時間を確認する。急ぐ必要があった。「話があるんです。乗せてもらっていいですか」

許可をもらう前に助手席に座った。

前日に観た〈先行上映〉には、車の中から私の住むマンションを見る光景があった。張り込みをしているところなのだとは想像できたが、一介の中学教師に過ぎない私を、どうして見張っているのかは分からず、恐怖を覚えた。

やはり新幹線の脱線事故に、私が関わっているのだと考えているのだろうか。

名刺にあった「内閣情報調査室」を頼りにインターネットで情報検索をすると、日本版ＣＩＡというキーワードも出てくる。ずいぶん前に、国内テロにおける調査、分析を担う部署が、内閣府に設けられたという記述もあった。

国内テロ？

私はその犯人だと疑われているのか。

「檀先生、どういうつもりなんですか」里見八賢が言ってくる。私は武器や凶器のようなものは持っていないことを示すために、手のひらを広げた。

「時間がないので、手っ取り早く話しますね」落ち着こうにも早口になってしまう。「たぶん、里見さんは私が、新幹線の脱線事故に関係していると予想している。違いますか？」

里見八賢は手に携帯端末を持っている。プロ野球のナイトゲーム中継を観ているのは、〈先行上映〉で映し出されていたため、知っていた。

「ただ、私は別に、事故に関わっているわけではありません。それならどうして、事前に事故のことが分かったか。大事なのはそれですよね。おそらく信じてもらえないでしょうが」私は言いながらも顔をしかめてしまう。嫌だな、と思った。胡散臭《うさんくさ》い学説を話すような、もしくは自分でも欠陥商品と感じているものを「これはいいですよ」と押し売りするような。いや、それとは違う。私の頭の中も混乱し、さまざまな声が飛び交っている。

言ったらおしまい、怪しまれるだけだ。いや、言わないことには分かってもらえない。言うのか？　言わないのか。

「信じてもらえない、とは何がですか」里見八賢の鋭い目に、私は気後れする。覚悟を決めるほかない。「未来が分かるんです。具体的なことは後で話します。翌日のことが一瞬、見えるんです」

「檀先生、ええと」

「待ってください」私はそこで急いで、彼の言葉を遮る。「まだ打ってないですよね」と少し語調を強くした。

「打ってない？　何がですか」

「ホームランです」と里見八賢の携帯端末を指差す。「昨日、私は、里見さんがここにいる場面を見ているんです。先行して」

「あの、檀先生」

「だから、携帯端末で野球中継をチェックしていたのも知っています。そして、そろそろホームランが出るのも」

前日の〈先行上映〉は、この数分間の出来事が圧縮されて、観えた。東北イーグルスの投手がホームランを打たれ、里見さんが悔しそうに舌打ちをするところまでだった。

実際に起きてしまったら、もう間に合わない。証拠が消えてしまう。「東京ジャイアンツの、天童選手が」

まさにその瞬間、里見八賢の携帯端末から、「打ちました」の実況者の声が聞こえ、さらに私は、「ライトスタンド、ギリギリ」と滑り込ませるように付け足した。

里見八賢が私をもう一度見たが、その時は表情に恐れのようなものも浮かんでいた。

車で走りながら少し話をしましょう、と里見八賢が言ったが、私は断った。どこに連れていかれるのかも分からない。車のエンジンをかけないでください、ここで話を。そうお願いをし、窓も開けてもらう。

「どこかに連れ去られるのでは、と警戒しているんですか？」

「念のためです。ここでも話せますから」

「どういうことなんですか」

「少し時間をください。これはなかなか信じてもらえない話だとは思いますし、私も、誰かがこんなことを言い出したら、カウンセリングを勧めたくなるかもしれません。ただ、本当のことなので、それを話すしかないんです。とにかく、私は、他人の未来が見えるんです。飛沫感染による〈先行上映〉と呼んでいるんですが」

「呼んでいる？」

「父がそう表現していたので、私も。この話をするのは、両親以外では、今晩が初めてです」

いったいどこから話すべきか、と考える余裕もない。私は支離滅裂になりそうな、「父が亡くなる前日に」「誰かの飛沫で」「里見さんの家のことが気になりまして」といった内容をどうにか整えながら、話した。

一通り聞き終えた里見八賢はすぐには口を開かなかった。野球中継はすでに画面から消えており、車内はしんとする。

「何をくだらないことを」と途中で遮られることも覚悟していたが、やはり先ほどのホームラン予言の効果があったのか、最後まで話すことはできた。

審査員の発表を待つかのような無言の時間が気まずく、私は恐る恐る、「いかがでしたでしょうか」と感想を求めるように言っていた。

「私が大地に暴力を振るっていると思ったんですか」

そう言われると動揺せずにはいられない。「あ、いえ」

「大地がそう言っていたんですか？」

「あ、いえ。あ、はい」実際は里見大地からどう言われたのかがうまく思い出せない。

「だから、その、先生が言うところの〈先行上映〉で、暴力の証拠を見つけようと思った、と」

はい、と私はうなずく。その部分は、偽りのない事実だ。

「そうしたところ、私の暴力ではなく、この場面が見えた、と」

「そうです。正確には、この少し前です。天童選手のホームランの直前から」

「張り込まれていると知って、この車に先回りしてやってきたんですか。テロ事件との関係がばれたからではないですか？」言葉は丁寧だったが、「仕事柄、テロ事件に対する憎悪が強いのだろうか」と想像したくなるほど、刺すような言い方ではあった。

「違います。今言ったじゃないですか、先日はあの脱線の場面を見たから、心配になっただけなんです」鎌をかけてきているのは明らかだったが私としては唯一の武器、「正直に話す」を貫徹するほかない。「そして、この場面が見えてしまったので、自分が疑われているのかも、と怖くなったんです。というよりも、あれはテロ事件なんですか？　事故ではなく？　爆弾があったとか？　テロ事件なんて、この日本ではそうそうないような」

「そんなことはないですよ」またしても里見八賢は鋭く言った。これまでよりも目つきが厳しく、私を睨むようでもあった。外の街路灯の光が、彼の目に妖《あや》しく反射している。「五年前のカフェ・ダイヤモンド事件、知りませんか？　去年は美術館でも」

「ああ、確かに」どちらも国内で起きた籠城《ろうじょう》事件だった。立てこもる犯人と取り囲む警察の光景が連日、テレビやインターネットで中継された。私もその当時は事件の展開を気にかけ、それをとりまくニュースに関心を持っていたが、今となってはすっかり記憶から抜け落ちてしまってい た。のど元過ぎれば熱さ忘れる、とはよく言ったものだ。「どちらも爆弾を爆発させたんでしたっけ」

犯人が人質に爆発物をくくりつけていたはずだ。

「カフェ・ダイヤモンド事件では。美術館の事件のほうは、爆発させる前に、犯人が人質を金槌《かなづち》で全員殺害しました」里見八賢は顔を歪める。

「ああ、そうでしたね」やけくそになった犯人たちが、金槌で人質を殴っていく、という恐ろしい様子を想像し、ぞっとしたのを思い出した。「あれも皮肉ですよね」

「皮肉？」

「そのカフェ・ダイヤモンド事件の前例があったから、警察も慎重になっちゃったでしょうし、それが裏目に出た感じがするじゃないですか」

私が言うと里見八賢は腹を殴られたような、つらそうな顔になった。「ちょうど、それと前後して、私の今いる、テロ対策の部署が強化されたんです」

「今後も国内でのテロ事件の危険はあるということですか」

檀先生

「実は、公にはなっていないのですが、美術館の事件の被害者には、警察関係者の家族がいたんです」里見八賢が話した。

「そうなんですか？」

「はい。娘さんと孫が三人、たまたまその美術館に行っていたんです」

未婚の私からすれば、自分の娘やさらに孫のことに関しての思いは想像の域を出なかったが、「目に入れても痛くない」の表現があるほどであるのだから、事件で亡くしてしまったショックは目盛りの最大をはるかに振り切るものに違いない。

「そのこと、報道されていましたっけ」

「まったくの秘密事項ということではないのですが、ある程度は警察側で情報を絞っています。捜査が私怨《しえん》によるものだと受け取られるのも不本意ですし」

「その方は偉い人なんですか？」

私が訊ねると、里見八賢は空中に三角形を書き、「ピラミッドのこの辺です」とそのほぼ頂点あたりを指差した。

「かなり偉い人じゃないですか」私が指摘すると、彼が少し笑う。

「役職的にも偉いですけど、ご家族を亡くしたことは大っぴらにせず、テロ撲滅のために働いているという意味でも偉いです。もう二度と、ああいう恐ろしいことが起きないように、と真剣に考えているんです。私情を挟むな、と言われればその通りなのですが、私情を使命感に変えて、頑張っていると思っていただければ」

動機はどうあれ、テロ事件をなくすために頑張ってくれるならばありがたい、と私は単純に思った。「あの、今回の新幹線事故も爆発物があったんでしょうか」と私は気になっていたことを訊ねる。

「いえ」里見八賢の顔がまた、引き締まった。「線路上に爆発物はありませんでした。ただ、線路の一部分に亀裂がありまして、何らかの劣化によるものなのか、人為的な力によるものなのかを調べているところです。昨日お会いした時は、鎌をかけるために少し強調しましたが、今の時点ではテロの可能性は低いです」

「それなら、どうして私を張り込んだんですか」

「脱線事故を事前に知っている人がいたんですから、それは気になりますよ。檀先生の行動を確認したかったんです。とはいえ、正式な捜査ではありません。私が単に気になったので、個人的に張り込んでいただけで」

「信じてもらえないかもしれませんが、私は新幹線の事故とは無関係です。そういう意味では徹底的に調べてもらって構いません。どうして事前に分かったかといえば、先ほども言ったように」

「先行して見えた、と。それを信じろ、というわけですか」

「だからホームランで」証明したではないですか。

ううん、と里見八賢の表情が少し歪んだ。

「もう一度、試してくれませんか？」

「もう一度？〈先行上映〉を？」

「私の未来を当ててください」

そこで私は、「すぐには無理かもしれません」と応えた。

やはりそうか、詐欺師やインチキ占い師のやる手法だ、と里見八賢の顔が言っていたため、慌てた。「同じ人の〈先行上映〉はすぐには観られないんです。父からもそう説明されましたし、自分の経験からもそう感じています。一回、病気に罹《かか》ると免疫ができるのと近いのかもしれません。一週間くらいは空けないと」

「それならまた一週間後、お会いして試してみてくれませんか」里見八賢はすぐに言った。

「そんなことをしなくても、私があの新幹線の事故と無関係なのは分かると思います」そうでなくては困る、と言いたくなった。「存分に調べてもらっていいので」

里見八賢は訝《いぶか》しげな顔を変えなかったが、少しすると、「未来が分かれば、いいですよね」と言った。単なる軽口ではなく、心のこもった言い方だったために、まじまじと彼を見てしまう。

「事件が起きないようにできますし、つらいことを回避できるじゃないですか」

「まあ、そうですかね」〈先行上映〉は万能なものではない。今回の新幹線事故にしたところで里見大地を救うことはできたが、事故による被害者は出ているのだ。防いだとは言い難い。

未来が分かればいいですよね、と言われるほどいいものではありません、と反論したかった。これはこれで精神的につらいものがあります、と。

「檀先生、ニーチェって読んでいますか」少しして里見八賢が訊ねてきて、私は当惑した。

「ニーチェというのはあのニーチェ？」と友人と喋るかのような言い方になってしまう。

「はい、あの」里見八賢は少し照れ臭そうに目を細めた。「国語の先生だから、いろいろ読んでいるのかな、と思いまして」

「学生時代に読みました」そう言った私がまっさきに思い出したのが、大学時代に実家に帰った時のことだ。書棚に入っているニーチェの著作「ツァラトゥストラ」を見つけ手にしたところを父が見て、「ニーチェは名前がずるいんだよな」と笑った。「『ニーチェ』も『ツァラトゥストラ』も名前が恰好いいからなあ。出てくるキーワードが『超人』とか『永遠回帰』とかなんだから、それはもう、興味を持たれるよ」

するとそれを聞いた母が、「男子中学生が好きそうね。ニーチェとか超人とか。合体ロボみたいに人気が出そう」と言ってくる。

中学生が合体ロボを好きかどうかは分からないし、合体ロボみたいと表現されておしまいとなったらニーチェも悲しいに違いない。父は苦笑してから、「だけどニーチェはほんと周りで読んでいる人が多かったなあ」と言った。

「わたしの周りじゃ誰も読んでいなかったけれど」と母がまた口を挟む。

「昔は、映画でも小説でも何でもかんでもニーチェの言葉や思想が引用されて、流行《はや》りみたいなものだった」

父を思い出し、私は懐かしい気持ちに駆られた。

里見八賢は、「『永遠回帰』って考え、あれ、面白いですね」と続けた。「この間、知り合いの集まりで、話題になったんです」

読書サークルか何かだろう、と私は想像した。「ツァラトゥストラ」を読んで感想を言い合ったのだろうか。

「永遠回帰とか言われても、ぴんと来なかったんですけど。人間はずっと同じ人生を繰り返すなんて言われると怖いですよね」

「恐ろしいですよ」

人は同じ人生を永久に繰り返すだけ。つまり、つらい目に遭った人や困難にぶつかった人がどれほど努力して、それを乗り越えたとしても、またいつか同じことを味わう羽目になる。そう考えると、途方に暮れ、徒労感で気が遠くなってしまう。もうどうでもいいや、何をやっても無駄、といった気持ちになるはずだ。ニヒリズムの究極形と言われるだけはある。

「あ、あの言葉だけ覚えていますよ」私は言った。

覚えているのではなく、思い出したと言ったほうが正確だろう。ニーチェの話をした時に父が嬉しそうに、人差し指を立て、言ったのだ。

これが、生きるってことだったのか。よし、もう一度!

「何それ」と母が怪訝《けげん》な表情をすると、父は、そんなことも知らないのか、当時の流行語大賞だぞ、と冗談めかした後で、「ニーチェの言いたかったことだよ」と言った。

「ネタバレしないで」と母が怒るものだから、私は呆れた。

その話をすると里見八賢は少し穏やかな顔になり、「永遠に繰り返される人生に対して、よしもう一度！　と思えたら実際、すごいですよね」と言う。

確かに、と強く同意したが、どういった意味でニーチェがそう言っていたのかまでは覚えていなかった。

別れ際、里見八賢は、「檀先生、大地のことをよろしくお願いします」と頭を下げてくれた。特に深い意味のない、保護者の挨拶だと受け止めたが、彼は、「私自身が中学校の先生には助けられましたので」とも言った。

はあ、と答えることしかできない私とは異なり、頼もしい教師だったのだろう。

ロシアンブル

「カジさん、まだ息がありますよ」とアメショーが声をかけてきた。罰森罰太郎邸のリビングで倒れている女性に顔を近づけている。「もうおしまいだ、とか言わないでくださいよ。絶対どうにかなりますから」

　いったい何を根拠にそう言い切れるのか、「絶対」という言葉をそこまで軽々しく口にできる神経が信じられない。今まで、「絶対にこうなります」と専門家が言ったことで、実際にそうなったものがどれだけあるのか。二十年前の常識が、今では非常識だ。

　絶対安心が謳《うた》われた施設は天災で大変なことになり、絶対安泰と言われた一流企業でリストラが行われる。

　絶対どうにかなることなんて世の中にないんだよ。絶対どうにもならないことはあるけどな。

たとえば、俺の緑内障による視野欠損はもう戻らない。点眼薬で進行を抑えるほかない。

ロシアンブルはぶつぶつ言いながら、アメショーのもとに近づく。

しゃがんだアメショーが抱きかかえるようにしているのは、年齢不詳の女性、カジさんだ。髪を赤く染めているようだ、と思ったがすぐに血だと分かり、血の気が引く。

「突き飛ばされた勢いで頭をぶつけて」女性の口が動く。血が流れ、左瞼《ひだりまぶた》にかかっていた。

「おい、あまり動かさないほうが」すぐに救急車両を呼ぶべきだろうが、ロシアンブルたちも侵入者なのだから、事は簡単ではない。

「そんなに深くはなさそうです」

「こんなに血が出ているのにか」

「あ」カジさんが呻《うめ》くようにした後で、アメショーを見て、ほっとしたような顔になった。「猫の人」

「そうです。ハラショー、アメショー、松尾芭蕉」

「罰森はどこだ」

「知らない男たちが入ってきたんです。二人。黒ずくめで」

「黒ずくめって何を着ていたんだ」

「分からないです。ここで休んでいた、罰森さんを連れて行っちゃったんです。わたしがいるとは思っていなかったみたいで」

この部屋に彼女が入ってきた瞬間、男たちも動揺したらしく、体格のいいほうの男が思い切り、突き飛ばしてきたのだという。カジさんは後ろに吹き飛ばされ、転び、大理石テーブルの角に頭をぶつけ、出血したというわけだ。

「何時くらいですか」

「おい、さすがにそろそろ救急車呼ぶぞ」

「大丈夫ですよ」

「何が大丈夫なんだ」

「なるようにしかならないですから」

その言い方にロシアンブルは呆れ、これは、楽観民族と悲観民族のすれ違い、といった問題には収まらない、人として、の問題であると怒りを覚えたが、当のカジさんが、「大丈夫です」と答えた。「少し、くらくらしますけど」

「くらくらするんだったら良くない。心配じゃないか」ロシアンブルは言うと、「アメショー行くぞ」と促す。「消防救急に電話をかける」

「あ、わたしが自分で」どこまで寛容な人なのか、カジさんはゆっくりと立ち上がり、携帯端末を取り出した。「なので、お二人は早く姿を消してください」

「カジさん、家の防犯カメラのデータ、どこにあるか分かりますか?」「おい、早く」

ロシアンブルが焦るのとは裏腹に、カジさんときたら落ち着いたもので、それはすでに朦朧《もうろう》としていただけかもしれないが、「そのシステムキッチンの下の棚に」と指差す。

アメショーは動きが早かった。オープンキッチンの裏側へと移動し、腰をかがめる。少しすると、「ありました」と黒い、小さな辞書めいたサイズの箱を持ってきた。ハードディスクドライブか。

「これも犯人が持って行ったことにしてください」「分かりました。早く行ってください」お言葉に甘えますね、と軽々しく言って、そそくさと玄関に向かうアメショーに抵抗を感じたものの、ロシアンブルも、お言葉に甘えるほかなかった。

「アメショー、これはどういうことだ」自分たちの車に乗り、エンジンがかかって車体が震え出したところで、ロシアンブルは言った。

「素直に考えれば、罰森罰太郎に恨みを持った人間がほかにもいるってことじゃないですか」ハンドルを素早く回しながら車を後進させると、切り返し、ギアを替えてアクセルを踏んだ。

「ネコジゴハンターが別にいるってことか。ほかにも十億を当てた奴が？　だとすれば俺たちの仲間みたいなものかもしれない」

「どうでしょうね。まあ、恨みはあちこちで買っているタイプだろうから」

車が国道に出て、速度が上がる。

後ろへ流れていく周りの景色をぼんやりと眺めながらロシアンブルは、「カジさんは無事だろうか」と気にかけた。アメショーの見立て通り、頭からの出血が軽症ならいいのだが。「自分で通報できたんだろうか」

「できたんじゃないですか」

「心配だ。やっぱり一回戻ったほうがいい」

「シアンさん、そんな余裕ないですし、大丈夫ですって」

「どうしてそう楽観的に考えられるんだよ、おまえは。いいから、戻れ。救急車が呼べていなかったら大変なことになる」

するとそこで、ロシアンブルがそう言うのを見計らったように、対向車線の向こうからサイレン音を撒《ま》き散らしながら救急車がやって来るのが見えた。

罰森罰太郎邸に向かっているのだ、とロシアンブルは理解する。急いでくれよ、と内心で祈りつつも、ロシアンブルの脳裏には、息絶えたカジさんを発見する救急隊員の姿が浮かぶ。さらには、そのカジさんがあのリビングのフローリングに、自らの血を絵の具のように扱い、ダイイングメッセージならぬダイイングドローイングのように、ロシアンブルたちそっくりの似顔絵を残している様子すら想像し、ああもうおしまいだ、と思ってしまう。

「ちょうど救急車、来ましたね」運転席のアメショーがぼそりと言った。「たぶん、彼女のところに向かっています」

「そうだな」

車内がしんとし、少しすると、「よくできていますよね」とアメショーが言う。

「何がだ」

「ちょうど、僕とシアンさんで救急車の話をしていたタイミングで、シアンさんが引き返そうと主張している時に、救急車が来るなんて、よくできています。都合上、そうなっているんでしょうね」

「都合？」

「物語の都合上」アメショーははきはきと言うが、ロシアンブルは、「はあ？　何を言ってるんだ」と怪訝そうに訊き返している。

「シアンさんは、自分が誰かの思惑で動かされているような感覚になることはありませんか。僕はよくあるんですよ。自分の意思で決めたつもりだけれど、もしかするとそれはすでに決まっていたんじゃないかって感じることが。自分のことを見下ろす誰かがいるような」

「お空の上から神様が見ています、とか言うのか。それとも監視装置でもあるのか」怖いな監視社会、とロシアンブルは顔をしかめる。

「僕は、誰かが書いているお話、たとえば小説か何かの一登場人物に過ぎない、そう思うことがあるんですよね。シアンさんは」

「ない」ロシアンブルは即答する。「そんなことを思う時があるわけない」

「ああ、そうですかあ」アメショーの言い方には、どこか同情が滲《にじ》む。

「ようするに、おまえがどうなるのかは全部、誰かに決められているということか」

「そうですよ。小説を書く誰かがいて、まあ、プロの作家なのか中学生がノートに暇潰しで書いているのかは分からないですけれど、とにかくこれを読んでいる誰かがいるってことです」アメショーは視線を一瞬上にやる。上空に、その誰か、「書き手」がいるとでも言うかのようだった。

「だとするとどうなる」

「全部決まっているってことですよ。僕がどうなるかも、シアンさんがどうなるかも」

「今、おまえがそうやって喋っているのは」

「これも決められた台詞かもしれませんよ」

「自分は作中人物かもしれない、という台詞が用意されているってことか？　それこそ、小説を書いている人間にとっては不都合じゃないのか」

「どうでしょうね」アメショーが興味なさそうに答える。「シアンさん、小説を読んでいる時を思い出してください。適当にページを開いてみたところ、その中で主人公か誰かが危機的状況にあるとしますよね。銃口を突きつけられたり、車とぶつかりそうになっていたり、それこそシアンさんが好きな核兵器のボタンか何かを押されそうになっていたり」

「好きなわけではない」

「その時の、そのページの、と言うべきですかね、主人公は必死ですよね。自分でできることはないか、どうにかこの危険を回避できないか考えて、じたばたするんですけど、ただ、読者がちょっと先のページをめくれば、どうなるのかは分かります。そういう意味では、主人公はさほど心配する必要はないんですよ。もう決まっちゃっているんですから。どんなに頑張ったところで、少しページをめくれば」

「ややこしい言い方をしているが、ようするに、運命を信じてるってことだろ」

「近いですけどね」

「アメショー、おまえの楽観的な、何とかなるでしょ、の精神はそこから来ているんだな。作中人物なら、何とかなるも何も、どうにもならないものはどうにもならない」

「何回読み直しても同じストーリーなんですから」アメショーはフロントガラスを見つめたままだった。少しして、「まずはさっきの家のカメラの映像をチェックしましょうか」と言った。

「そうだな」ロシアンブルは答えながら、ふと、自分の意思で発しているつもりのこの言葉自体、誰かに言わされているのだとしたら、と想像し、ぞっとする。怖いな、と思い、この、「怖いな、と思った」こと自体を知られているのか、とうんざりした気持ちになった。

檀先生

放課後、職員室に戻ろうとしていたところで布藤鞠子の後ろ姿を見つけた。億劫《おっくう》な気持ちを抑え、声をかけると、「ああ、先生」と覇気《はき》のない声が返ってきた。

こちらだって頑張っているのだから、そちらも協力してほしい、と言いたいが、大人からの慈愛をありがたがらないのも子供の権利なのだ、と自分に言い聞かせる。

「この間の続きを読んだんだけれど」例のノートに書かれた小説のことだ。数日前に受け取っており、分量も多くないためにすぐに読み終えることができた。

「ありがとうございます」と大人びた言い方をしてくる。

「面白かったよ」とこれは正直な感想だった。荒唐無稽のファンタジーじみたところはあったが、ネコジゴハンター二人の恐ろしい活躍は読んでいてそれなりに楽しい。

「ありがとうございます」

話がそこで途切れてしまうのが気まずくて私は、「ちなみに一つ、リクエストしてもいいかな」と続けた。

「リクエスト？　何ですか」

「小説のことだよ。内向き志向のシアンさんと、楽観的なアメショー君の冒険。二人はやり手なんだろう？」

「やり手？」

「二人は加害者を見つけ出して、成敗しているんだろうけど、いくら不意打ちとはいえ、相手によっては簡単にはいかないだろうし、身体的にも強くないと難しいんじゃないか」

「まあ、強いんでしょうね」

自分の創作なのに他人の作品のように語らないでほしい。

「その強さを読者に分かってもらう場面があったほうがいいんじゃないかな、と思ったんだ」

「格闘シーンですか？」

「何であれ。言葉で説明するよりも、動きのある場面で説明したほうがいいかな、と」

「先生、偉そうですね」布藤鞠子が冷たい眼差しで、じっと見る。「アクションシーンはちょうど書いたところですよ」

「え」

彼女が鞄《かばん》からプリントアウトした紙を取り出した。「ノートに手書きはさすがに大変なのと、先生に読んでもらっている間、続きを書けないのでパソコンで打つことにしたんです」

「ああ、なるほど」だんだん本格的になっていくことに、少し怯《ひる》んでしまう自分もいた。

「ネコジゴ？　その一人、女性のネコジゴを追い詰める場面を書いてきました」

「ああ、ネコジゴって女性もいるのか」

じっと彼女がまたこちらを見てくる。「そりゃ女性だって、猫に虐待くらいしますよ」

その言い方は変だろう、と私は苦笑いをせずにいられない。

「先生の思っているようなシーンかどうかは分からないのですが、読んでみてください」

また課題を押し付けられた気分になってしまう。

「先生、自分は小説の中の登場人物ではないか、と疑っている人について、どう思いますか？」

さらに彼女はそんなことも言った。

「自分が登場人物だ、と自覚がある登場人物、ということか？」メタ認知的な話だろうか、と想像しながら、「そういう小説を書いてみたいのか？」と私は言い、それならばすでに挑戦している小説家がいる、と参考になりそうな作品名を挙げた。すると彼女は、メモこそ取らなかったが暗記しようと、タイトルを復唱する。

布藤鞠子が立ち去ると私はプリントを見下ろし、「はあ」と溜め息を吐く。するとそこに今度は里見大地が通りかかるものだから、私はまた担任教師としての使命感、義務感をもって話しかける。

これらは全部、自分のためだと分かっていた。あの教え子の時のようなことは、二度としたくない、という思いがあるだけだった。

仮に生徒が、抱えている問題、家庭でのつらさや苦労を共有させてくれたとして、自分が解決できると思っているわけではなかったが、それでも、気にかけてやれる教師ではありたい、と私は思っていた。

「何ですか？」

面倒臭そうな表情を見ると撤退したくなるが、たかが声かけ、されど声かけ、と内心で呟く。

里見大地には確認しなくてはいけないことがあった。「前に、大地のお父さん、家族に対して厳しいと言っていたじゃないか」

だから私は、大地が虐待されているのではないかと心配したのだ。

里見大地がそこで笑いを噛《か》み殺す顔で、「ごめんなさい。あれ、嘘です」と言った。「先生が勝手に勘違いしているみたいだから、話を合わせたら、お父さんと会ってくれるかなあと思っちゃって」

もちろん暴君的な父親であったら、「教師には嘘だと言え」と命じる可能性もあるが、里見大地が悪戯《いたずら》好きの少年じみた顔で口にした「あれ、嘘です」は、本物に思えた。

「お父さん、仕事が忙しくて、家にあまりいないですけど、いい人ですよ」

「いい人か」何だ、いい人か、と言いそうになる。

「俺のことが心配でろくろく眠れない、と言いながら休みの日は結構、眠っていますけど」

「平和な話で良かった」

「あ、ただ」里見大地はそこで言い淀《よど》んだ。

やはり里見大地は家庭で問題を抱えているのだろうか。私は急に不安になり、「どうかしたのか」と声を引き締めてしまう。

「いや、何でもないです」

「そこを何とか」しつこく追求したかったが、それ以上は話をしてくれないようで、私は諦める。

ロシアンブル

ロシアンブルは、相手を前に自分たちが来た理由について説明する。

悪野《あくの》悪美《あくみ》の――これももちろん同姓同名の人に配慮するための仮名だ――住むマンションだ。

オートロックではあったが、マンションの管理人を買収し、解錠してもらった。いきなりチャイムを鳴らし、不審そうに出てきたところに、「はい、こんにちは。ネコジゴハンターです。猫に頼まれて来ました」とアメショーが挨拶をし、そこから部屋に押し入り、自由を奪った。「ハラショー、アメショー、松尾芭蕉」

リビングの床に座らせた彼女を前に、「ルワンダの虐殺を知ってるか」から話し始め、〈猫ゴロシ〉の話をし、自分がやったことを思い出させる。

驚くことではないのかもしれないが、これまでロシアンブルたちの会ったネコジゴたちの半数ほどは、過去に猫虐待を煽ったことを、言われるまで忘れている。過去の汚点として、罪の意識から記憶を抹消しているならまだ救いがあるが、そうではない。むしろその反対で、大した過去ではないと思っているがゆえに、記憶していないように見えた。

一昨日の天気のことを訊かれても、と言いたげな相手すらいる。

「悪かったと思っています。反省しています」

悪野悪美は華奢《きゃしゃ》な体格だったため、手足を縛るのも憚《はばか》られ、拘束はしていなかったが、彼女はわあわあと泣きながら自分の家の床で土下座を繰り返している。

わたしは子供の頃に猫に引っかかれ、傷口からの化膿《かのう》で入院したことがあり、その時のつらい経験のせいで猫にどうしても嫌悪感を抱くようになってしまいました。

そういった内容を嗚咽《おえつ》まじりに、たどたどしく話した。

「あの、〈猫ゴロシ〉の時もどうかしていました」

アメショーと顔を見合わせると、彼は表情をほころばせた。「なるほどねー」と軽薄な言い方をする。

「何がなるほどだ」

「こういう人もいるんだなって。まあ、そうだよね、若気の至りってことはあるもんね」と友人に話しかけるように悪野悪美に声をかけ、「こんなに後悔しているなんて、むしろ偉いかも、という気持ちになっちゃいますね」とロシアンブルに向かって肩をすくめる。

「だからと言って、見逃すわけにはいかないだろ」ロシアンブルも同じように肩を動かす。

そんなこと言わずに助けてください。悪野悪美は天に向かい、雨乞いをするかのような恰好になった。

三十三歳で独身、外資系商社で働いている。彼女の情報を改めて、頭の中で確かめる。結婚歴はなく、複数の男性と交際をしていた。品行方正とは言い難く、ロシアンブルからすれば、親しくなりたくないタイプの人間だったが、このおろおろした動揺の様子には、同情を覚える。

「軽くにしておきます?」アメショーが相談口調で、こちらを見た。「あまり時間をかけても困るじゃないですか。車の中で待たせていますし」

誰を待たせているのか、名前を口にしなかったのは、悪野悪美に聞かれるのを避けるためなのだろうが、ロシアンブルにも彼が言いたいことは分かる。早く車に戻るに越したことはない。

この女はこのままにして立ち去ることにするか。そう思いかけたところで、心配が過った。

「この女の態度を信じていいのだろうか」と疑問を覚えたのだ。

自分たちが配達員を装い、押し入ってきた時のことを思い出す。インターフォン越しに不安げな声で応答したが、少しして玄関ドアを開いてくれた。隙間に靴を押し入れ、そのまま力ずくで彼女を室内に押し込んだ。

そう言えば、鍵を開けるまでに少し間はなかったか？

玄関の沓脱《くつぬ》ぎのところに、彼女のものにしては大きめのスニーカーがあったような気がしないか？

誰かいたのか？

いたのかもしれない。

ロシアンブルはがばっとその場に立ち上がる。後ろを振り返る。隠れるとすればクローゼットか、と思ったからだ。

まさに、男がクローゼットの中から飛び出してくるところだった。アメフト選手のような体格で、肩幅が広く、胸板が厚い。

ロシアンブルは、ほらやっぱり危なかった、と内心で嘆きながら体を反転させ、そのタックルを躱《かわ》す。

ロシアンブルはポケットから取り出したクラッカーロープをひゅっと投げた。男の足首にそれが絡まり、ロシアンブルが伸びた紐を引っ張るまでもなく、つんのめるように倒れた。

アメショーも素早く反応し、そのアメフト体型の男の両手首をするするとクラッカーロープで、結んだ。

「悪いな」とロシアンブルは、男を押さえつけ、その後頭部に声をかける。嫌味ではなく、本心からだった。「こういうのは得意なんだ」

「ごめんね」アメショーは、茫然《ぼうぜん》とした顔つきの悪野悪美に向かって言った。「この男が切札だった？　残念。うちのシアンさん、どんな時も安心しない人だから」

勝手なことを言うな、とロシアンブルは舌打ちしたくなるが、一方で、「油断」は自分の中にはまったく存在しない言葉だなとも思い、さらには、油断することがないのは、人として問題はないのだろうか、と心配になる。

あっという間に男を拘束し、女の横に転がし、粘着テープで彼の口を塞いだ。

大きな家電を慣れた手つきで梱包するような、見ていて気持ち良いほどの滑らかな動きで、これだけでもロシアンブルが、近接格闘術に長《た》けていることが分かってもらえるだろう。いや、分かってもらえないかもしれないが、ロシアンブルやアメショーが、見かけ以上に、格闘技的な強さを備えているのは頭に留め置いてほしい。

「子供の頃に、猫に引っかかれて化膿したとかいうのもどうせ嘘なんだろ」ロシアンブルは冷たく言う。

「え、そうなの？」とはアメショーで驚きながらも、笑みを洩らしている。この男は予想外のことがいくら起きても、それを楽しいものとして受け止めるのだ。羨《うらや》ましさと忌々しさを感じずにはいられない。

「いくら化膿して入院したからといって、猫を怖がったり、敬遠したりするのは分かるが、あんなに残酷なことをしたくなるわけがない。もし仮に、入院エピソードが本当だったとしても、それで猫にあんなことをしていいか、といったらまるで違う。道路で転んで、アスファルトが憎い、とドリルで一帯を破壊するようなものだ」

「ようなものだ、と言われても」アメショーが笑う。

「あの」と悪野悪美が、先ほどよりも深刻さの滲む顔で口を開く。「彼は関係ないので」

ロシアンブルは、アメショーに視線をやる。どうする？　と相談するというよりは、どちらが説明係をやるか、という確認だった。

「あのさ、君たちがきゃっきゃきゃっきゃ楽しそうに痛めつけていた猫ちゃんたちは、何も悪いことをしていなかったんだよ。なのに、あんな目に遭わされた。それに悪野さん、あなたは〈猫ゴロシ〉配信中にとてもいいメッセージを送っていたんだよね。ええと誰かが、『どうしてこんなことをするのか』って訴えたんだよね。そうしたらあなたが」

面白いからに決まっているだろ。捕まった奴が悪いんだから。

「そう投稿したんだよね。当時のログを全部、もらっているんだ。安くなかったけど。とにかく、その名言をよく思い出してみればいい」

「捕まった男が悪い」とロシアンブルは表情を変えず、口を塞がれ、目だけで訴えかけてくる男を指差した。

「どうして」

「面白いからに決まっている」

「いったいどうするの」

「心配することはない。おまえたちが猫にやったことを思い出せばいい。ほぼ同じことをやるだけだ」

職員室で昼食の弁当を食べていたところ、長身の友沢笑里の姿が目に入った。吉村先生に用事があったらしく、あれやこれやと話をしていたが、帰る際に私の横にやってきて、「先生、鞠子、どうですか」と言った。

「どうですか、とは」どういう質問なのか。

「元気なさそうに見えるから。まあ、中学に入ったあたりからずっとそうだけど。小学校の頃はよく一緒に遊んだんですよ。野球、観に行ったり」

「へえ」

「わたしも鞠子もイーグルスファンだから」

「だからか」と私は言ってしまう。だから、あのネコジゴハンターの二人はイーグルスファンなのか、と思ったからだ。「お父さんが入院しているというのは本当なのかな。病気か何かで？」

「鞠子のお母さんから連絡とかないんですか？」

「聞いていないんだよ」信頼されていないから、と続けそうになるのを我慢した。「何か気になることでもあるのか」

友沢笑里が少し神妙な面持ちになっているものだから気になってしまう。別に何もありません、と去ってくれるのを期待していたのだが、彼女はそこで、「ええと」と明らかに悩んだ。「実は、ちょうどその頃、気になるメッセージが鞠子から来たんですよね。それが」

「その頃ってどの頃？」

「鞠子のお父さんが入院したと分かる、ちょっと前」

「メッセージというのは」

「怖い、怖い。どうしよう。助けて、というメッセージが」

「え」どう考えても、穏やかではない。私がどうこうできる問題ではないかもしれない。ばれないように息を吐く。

「日中にメッセージが、わたしの携帯端末に来ていたんですよ。わたしはその時間、学校にいましたけれど、鞠子は学校欠席していた日だったんですよ」

「体調不良で休むことが多いんだけれど、実際、どうなんだ？」

「ああ、仮病じゃないかってこと？」

「そこまで疑っているわけではないんだけれど」

「でも嘘ではないはずですよ。鞠子、アレルギーとか大変みたいで。痒くなったりすると学校に来にくいと言ってたし」

「話の腰を折って悪かった。それで、どうしたんだ。メッセージが届いて」

「家に帰ってからそのメッセージに気づいたんです。はじめは、悪戯とか、なりすましとか、そういうのかと思ったんだけれど、とにかく鞠子に返事したんです」

「そうしたら？」

「何でもない、って」彼女も納得いっていないのだろう、不満そうではあった。「動揺しちゃって思わず連絡しちゃった、とか言うんだけれど」

助けて、のメッセージが関係あるのでは、と思うのも当然だろう。とっさに想像したのは、次のような場面だ。父親が娘に何らかの暴行を働き、彼女が怯えて友人に縋《すが》るように、「助けて」とメッセージを送る。ただ、平日の昼間であるため友人は学校にいることに気づき、娘は自分で対処しなくてはならないと覚悟し、父親とぶつかり合う。どうやって？　たとえば、思い切り突き飛ばす。父親はひっくり返り、たとえば大理石テーブルの角に頭を衝突させ、怪我を負う。入院するほどの怪我を、だ。

過去に観たことのある映画やドラマなどのシーンを繋ぎ合わせたもので、我ながら安直だと思うが、ありえなくもない。

そして同様のことは友沢笑里もすでに想像済みだったのかもしれない、「先生、安直に決めつけたら駄目ですよ」と言った。

檀先生

学活を終え、生徒たちがバタバタと教室から飛び出していく。思えば明日は土曜日で、おまけに月曜日は祝日の三連休であるから解放感も一入《ひとしお》といったところなのだろう。

里見大地がゆっくり帰り支度をしているため、私は近づき、「どうかしたのか」と声をかけていた。

「ああ、先生」父親の里見八賢の顔と重なる。輪郭やほかの顔のパーツは異なるように思うが、目の形が重なるのかもしれない。「どうかしたのか、ってどうかしたんですか？」

「浮かない顔をしている」

「いつもと変わらないですよ」と里見大地が笑ったが、私は授業中に彼が窓の外をぼんやりと眺めているのが気になっていた。

「また、戦争が起きそうだとか気になっているのか？」

「違いますよ」里見大地は気を遣うように少し笑った。「悩みも心配も何もないですよ。勝手に問題を作らないでください」と言ったのだけれど、そこで、「強いて言えばうちの父親がちょっと」と自分でもそこで気づいたかのように洩らした。

「お父さんとは明日また会う約束をしているよ」前回、張り込み中の里見八賢と話した時、「一週間後にもう一度、〈先行上映〉を試してもらいたい」と会う約束をしてあった。

「え、そうなんですか」

「大地がどうこう、という話ではないよ。単に別の話で盛り上がったから」と曖昧《あいまい》に答えた。

「あれですか、ニーチェ？」

予期せぬ言葉に私は言葉に窮した。あれですかニーチェ？　とは若者同士の新しい挨拶のようでもある。

「お父さんが言っていたんですよ。ニーチェの本が難しくて分からないから、檀先生に教えてもらうことになった、とか」

「そうなんだよ」私は話を合わせる。「ニーチェの『ツァラトゥストラ』の読書会を」

「そんなに難しいんですか？」

「何か、凄いことを言ってるなあ、とは分かるんだけれど」

先日、里見八賢に会って以来、「ツァラトゥストラ」を書棚から引っ張り出し、読み返していた。学生時代よりはまだ意味が取れる部分はあるが、それでも理解できているというよりはぼんやりと自分なりの解釈をするといった具合で、そういった意味では、ニーチェの思想がナチスに利用されたのも分かる。解釈の余地が大きいものは、都合が良いように歪めたり、自説の補強として使いやすい。そもそもニーチェは反ユダヤ主義を嫌っていたというから皮肉なものだ。

「読むと、家に帰ってきたくなくなる、ってことはありますか？」

どういう意味なのか分からず、私は里見大地の顔をまじまじと見てしまう。

「自由に生きよう！　家に縛られたくない！　と思うような本なのかな、と。実は、お父さん、一昨日から帰ってきていないんですよね。特に連絡もなくて」

「え？」永遠回帰について考えるうちに、家を飛び出し、帰ってこなくなる、といったことがあるのかどうか、私には分からなかった。

「仕事柄、いろんな調査とかで出張が長引いているのかな」

「出張ではあったんですけど、ただ、いつもならだいたい日に一回は、俺のところにメッセージとか来るんです。それがなくて、少し気になっているんですよ。婆ちゃんなんかは全然、気にかけていないんですけどね。ただ、お父さん、最近ちょっと家にいても、考え事をしていることが多かったから、ぼうっとしているというか」

先日、里見大地が私に言いかけたのはそのことだったのかもしれない。

「あの新幹線事故の後からか？」と訊ねたが、里見大地は、「その前からです。この一、二ヵ月くらい」と答えた。「だからちょっと気にはなるんですけど」

「職場に連絡してみたらどうだろう」

「だけど、先生とも会う約束しているんですもんね。じゃあ、そろそろ帰ってくるのかな」と里見大地は表情を緩めた。私と話しているうちに気が晴れた、という様子で背中を向け、昇降口へ歩き始めた。

結論から言えば、里見八賢と会う約束は叶わなかった。

「前日までにお会いする時間や場所を連絡します」と言われていたのが全く音沙汰なく、かわりに見知らぬ番号から連絡が入った。どこからか私の番号を知った教え子や保護者からの緊急連絡の可能性もあるため、端末に未登録の番号からでも出ざるを得ない。

「段田《だんだ》さんですか?」と女性の声がする。

違います、と答えて終わりにしようとしたが、「里見八賢さんの行方について教えてほしくて」と続けるものだから、「あ、どうかしたんですか」と返事をしていた。

「段田」と「檀」とでは音が似ていることも気になった。

「突然で申し訳ありません、わたしは成海《なるみ》というのですが」と通話相手は言った。「里見さんに連絡を取っても、返事がなくて。そのことについて、段田さんが知っているのではないかと思いまして」

「え、どうしてですか」

向こうが一瞬黙った。驚いたのか、それとも言葉を探しているのか。

「最後に会った時、里見さんが、何かあったら段田さんに連絡してほしいと言っていたようなんです」

　状況が理解できなかった。里見大地の不安そうな顔が思い浮かんだ。

檀先生

「お忙しいところ申し訳ありません。里見さんのことが少し心配になってしまって」

　目の前に座る女性、成海彪子《ひょうこ》ははきはきと喋った。化粧は濃くなく自然体で、爽やかな印象を受けた。その隣には、野口勇人《のぐちはやと》と名乗る男がいた。背はさほど高くないが、俊敏そうな体型をしており、髪は短い。勉強が得意な生徒にも、運動能力が高いタイプにも見えた。愛想はなく、目つきは鋭かった。神経質で、ふとした拍子に激昂《げっこう》する性質の教え子がいたが、その生徒を思い出した。

「お二人は、里見さんとはどういう関係なんですか」事前の話では、「サークル活動を一緒にしています」ということだったが、いったいどういったサークル活動なのかまでは確認できていなかった。「異業種の人たちが集まって交流するような、集まりなんでしょうか」

「里見さんから何も聞いていないの？」野口勇人が試すような言い方をしてきた。「段田さんは、里見さんとどういう関係？」

　私は、正直に話すべきかどうか決めかねていた。「段田」と違う名前で呼ばれていることが気になっていたからだ。里見八賢が、「何かあったら段田に聞くように」と私の連絡先番号を伝えていたのだとすれば、彼が、「段田」と嘘の苗字を使ったことにも意味があるのかもしれない。

警戒したほうがいいのでは？　と身構えるところがあり、自分の仕事に関しても明かすのが躊躇われ、私は名前を「段田」のまま訂正せず、仕事に関しても「メーカー勤務の会社員」と嘘をつき、名刺は今ちょうどないのだとそれとなく説明した。「里見さんとは知り合いの知り合いという感じで、数回会ったことがある程度で、それほど親しくはないんですよ」と話す。

成海彪子と野口勇人が顔を見合わせた。どちらが話そうか、と無言で相談するような様子だった。

そこで私は、里見八賢が、「ツァラトゥストラ」の話の際、「知り合いの集まりで」と言っていたのを思い出した。なるほど、この二人もその読書会のメンバーなのか、と納得しかける。

「サークルというのは、簡単に言っちゃうと、被害者遺族の会みたいなものなんですよ」

想像もしていなかった言葉が飛び出してきたものだから、私は頭がついていかない。「被害者遺族？　と言いますと」

「カフェ・ダイヤモンド事件って知っていますか」

「はい？」と訊き返してしまったが、すぐに、「知っています」とうなずいた。

つい最近、里見八賢の口からも出たことを思い出す。「日本でテロ事件はあまりないですよね」と言った時だ。「そんなことはない」と反証のように、「カフェ・ダイヤモンド事件」を挙げた。

五年前、都内で起きた事件だ。

世田谷の洋風創作料理店「カフェ・ダイヤモンド」に五人の男たちが猟銃を持ち、やってきた。そこにいた利用客とスタッフ、シェフを人質に取り、立てこもったのだ。

「客が十組、二十四人で、お店側の人が五人、計二十九人が亡くなりました」成海彪子が言う。

「わたしも野口さんも家族をそこで」

被害者遺族とはそういう意味か。「里見さんも家族を？」

「里見さんは少し違っていました」「少し違う？」「恩師だそうです」

「恩師？」鸚鵡《おうむ》返しばかりで心苦しくなるが、仕方がなかった。

「里見さんは、子供の頃に両親を亡くしていて、親戚に預けられていたんだってさ」野口勇人は明日の天候を語るかのようで、他人のプライベートな情報を喋ることに躊躇も見せなかった。

「いろいろあったらしいんだけれど、中学の時の担任教師が親身になってくれて、里見さんは恩師として慕っていた」

立派な中学教師がいた、ということに私は小さく感動する。

「その恩師があの事件で亡くなっているんです。厳密な意味では遺族ではないのですが、大事な肉親を亡くしたようなものなんですよ」

はん、と野口勇人が反射的に鼻を鳴らした。「俺の場合は、両親と姉だよ。根こそぎ家族を奪われた」

血の繋がった肉親を亡くすのと、他人である担任教師を失うのとでは違いがある、とでも言いたかったのかもしれない。

かけるべき言葉がすぐには浮かばない。突然、恐ろしい出来事によって家族が奪われる怒りや衝撃を、想像はできても、分かるとは到底言えない。「あの事件、犯人たちの要求は何だったんでしたっけ」

「自暴自棄の愉快犯に近かったんですよね」成海彪子が顔をしかめた。「明確な目的はなかった、という話が濃厚で、単に、人生が嫌になった若者たちが、自分たちだけでリセットすることもできなくて」

「できなかったのか、したくなかったのか。とにかくほかの誰かを巻き添えにしようと考えた」

「銃や爆弾はどうしたんですか」

「犯人の一人が自作したんだよ。近所の工場から硫酸やら硝酸を盗んで、銃のほうは一時期話題になったけれど3Dプリンターで」野口勇人が鼻息を荒くした。「おおかた、作ったから使ってみたかった、ということだろうな。順番が逆なんだ。目的があって武器を用意したんじゃなくて、武器があるから何かしてやろうと思った。金は要求していたけれど。五人全員にそれぞれ一億円くらいの、仮想通貨だったか。ただ手に入れたところで逃げ切れたとも思えない。やけっぱちだったんだ」

成海彪子が、野口勇人をちらっと窺った後、「野口さんのお姉さんには」と話した。「結婚間近の恋人がいたんです。庭野《にわの》さんという方で、その庭野さんがサークルをまとめています。庭野さんと野口さんがサークルを始めたんです」

「もともと、庭野さんはうちの家の庭の手入れに来ていた庭師だったんだ。庭師の庭野さんってわけで。うちの親、口うるさいから、毎年毎年、庭木の剪定《せんてい》に来てくれる職人と揉《も》めていたんだけれど」野口勇人が顔をしかめる。カフェ・ダイヤモンド事件で両親を亡くしているとはいえ、その親に対して不満はあったのかもしれない。「だけど庭野さんは違ってね。真面目で、作業も速くて、草木のことはもちろん、いろんなことをよく知っているから、うちの親も気に入って。できることなら住み込みの、専属庭師になってほしい、くらいの感じだったね。実際には住み込みになんてならなかったけれどさ。そうしたらいつの間にか、姉ちゃんと交際を始めて、あっという間に結婚する約束までしていたんだ。『チャンス』って映画知ってる？　ピーター・セラーズが庭師のチャンスって役をやってる映画」

いいえ、と私はかぶりを振る。

「『庭師《ガーデナー》のチャンスです』と自己紹介したら、『チョンシー・ガードナー』って名前だと勘違いされたところから、いろいろ話が転がるんだ。何気なく季節のことを口にしただけなのに、アメリカの経済について語っているのだ、とか思われて、誤解が誤解を生んで、大統領の相談役にまでなる。昔、その映画、家族で観たことがあったんだ。でもって、庭野さんがその『チャンス』に似ているって、姉ちゃんが言ったんだ。顔とか雰囲気とか」

「ジャッキー・チェンにも少し」これだけは言っておきたい、という具合に成海彪子が口を挟んだ。

ピーター・セラーズとジャッキー・チェンの顔に共通点があるのかどうか私にはぴんと来ないが、わざわざ確認する気にもなれない。

野口勇人の言葉の端々から、彼の家が非常に裕福なのは伝わってきた。そもそも「住み込みの庭師」というキーワードが出るくらいなのだから、かなりの邸宅を私は思い浮かべている。

「それまで姉ちゃんの周りには、金はあるけれど知能はゼロ、みたいな男ばっかりいたから、姉ちゃんも親父たちも庭野さんが新鮮だったんじゃないかな。金はないけれど知性はある、というパターンは初だったんだ。姉ちゃんはカフェ・ダイヤモンドで働いていたんだよ。食事を運んだり、厨房と行き来する仕事らしくて、とにかく料理が美味いってよく言っていた。あの日はたまたま、両親が食事に行ったんだ。そこまで言うなら食べに行こうか、とか話していたんじゃないか。でもって、あんな事件に巻き込まれた。運が悪い。あの時は何が起きたのか、俺には分からなかった。いまだに分かっていない」野口勇人は表情もなく、淡々と話す。「話が長くなるから、端折《はしょ》るけど、とにかく俺と庭野さんだけが残ったってわけ。庭野さんは、姉ちゃんと結婚前だったから、他人と言えば他人なんだけど、なぜかその後もうちによく来て。しょっちゅう来た。俺のことが心配だった、と庭野さんは言うけどね。引きこもりのニートっていうの？ 俺、家の資産に甘えて、何もしていない駄目人間だったから」悪びれもせずに彼は話す。「自分の部屋で干からびちゃうとか、そうじゃなかったら、変な事件を起こしちゃうとか、庭野さんが心配していたのは間違いない。余計なお世話だよ。ペットいるし、その面倒だって俺はちゃんと見てた」

「庭野さんも一人じゃ抱えきれなかったんだと思いますよ」成海彪子は、私に、というよりも野口勇人に向かって伝えている気配があった。「突然、恋人があんな形でいなくなったんですから。たぶん庭野さんも、野口さんと一緒にいることで正気を保っていたのかも」

野口勇人は表情なく、成海彪子に一瞥《いちべつ》をくれた後で、「それで俺と庭野さんがプロ野球の試合を観に行ったんだけれど、その時に、彼女に会ったんだ。成海さんにね」と続けた。「それがサークルの始まり。どうせなら、遺族に声をかけて、集まってみるのもいいんじゃないの、と」

プロ野球の試合でどうやって、彼らは遭遇したのだろうか。偶然だったのか、きっかけがあったのか。

「あの事件の被害者の大半は東京在住だったんですけど、遺族の居住地はあちこちで、都内の人たちに声をかけたら、それなりに集まったんです。野口さんのお宅の庭でバーベキューをして」

自宅の庭で大人数によるバーベキュー、というものがまず想像できなかった。どれほど広い敷地なのか。

「特に事件の話をするわけでもないんですけど、ただ、同じ境遇の人たちばかりなので、それだけで少し気持ちが楽なんです。参加してみて、びっくりしました」と成海彪子が言った。

「そこに里見さんも参加されていたんですか」

「里見さんの場合は、さっきも言いましたように厳密には遺族ではないんですよね。サークルのメンバーに、康雄《やすお》さんというお医者さんがいるんですけど、そこに里見さんが通院していて。その関係で顔を出すようになったんです」

「胡散臭いなあ、と俺は思ったけれど」野口勇人は吐き捨てるように言った。

「でも、悪い人じゃないとはすぐに分かったじゃないですか」

「あの、それでどうして私に連絡を」

また成海彪子が、野口勇人と顔を見合わせた。

「里見さんと急に連絡が取れなくなってしまったんですよ。どこに行ったのか、どうしているのか心配になってしまって」

仕事に関して偽っている手前、「教え子も気にしていました」とは言えない。「家にも帰っていないのですか？」

里見大地が、父親が帰ってこないと言ったのは昨日だ。その後で帰宅した可能性はある。

「昨晩の時点で、ご家族に確認したらやっぱりまだ帰っていなかったそうです」

ですよね？ と言われた野口勇人はうなずいた後で、「こちらが送ったメッセージに返信もない」と肩をすくめた。「里見さんが前に、気になることを言っていたのを思い出したんだ」

「気になること、と言いますと」

「変な電話がかかってくる、とか、誰かに付きまとわれている、とか。冗談めかしていたから、あまり気にしていなかったんだけれど」彼の瞳には感情の色が見えない。

「この一週間近く、音信不通ですし、気になってしまって。そうしたら野口さんが、段田さんのことを」

段田とは誰だ？　と思ってしまった。私のことだ。

「実は最後に会った時に里見さんが、俺に言っていたんだ」

嫌な予感がした。おまえが犯人だ、と突きつけられるのではないか。

「何かあったら、段田さんに連絡をしてほしい、と。携帯端末の番号も書き残してくれて。その時は、俺の就職とかそういうことを心配して、働き口が必要なら連絡をしてみたらどうか、という意味だと受け取って、深く考えていなかった。ただふと昨日になって、里見さんは自分が行方不明になった時のことを言いたかったんじゃないかと気づいて、庭野さんに相談した」

「で、段田さんに声をかけることに。本当は庭野さんが今日、来る予定だったんですけど、どうしても剪定の仕事が外せないみたいで、それでわたしが」

というわけで改めまして、段田さん、里見さんの行方を知りませんか？

そういった具合に詰め寄られると、私は戸惑う。おまえがやったんだろ、と刑事に鎌をかけられた無実の男、といった気分で、「何も知りません」と否定するが、その否定の仕方が怪しまれるのではないか、とさらに素振りが不自然になってしまった。

「里見さんが、あの事件とそういう関係があったことも知りませんでしたし。そんなに親しいわけではないんです」と私は説明する。実際、どうして里見八賢は、私の連絡先を彼らに教えたのだろうか。「ひどい話ですけどカフェ・ダイヤモンド事件のことも今、聞いて思い出したくらいでして」と的外れな弁解までした。

こうなったら、「段田」が偽名であることも含め、洗いざらい話してしまいたくなったのだけれど、その前に野口勇人は大きく溜め息を吐いた。何かと思えば、「ほんと世間なんてそんなものだよな」と嘆いた。「あの事件のことなんてすっかり忘れている」

申し訳ないです、と私は肩をすぼめるほかない。

「あのさ。あの事件の時、犯人を自爆に追い込んだ最後の一押しが、テレビ番組の司会者だった、という話は知ってる?」

隣の成海彪子が、「そんな話、しなくても」と口を尖らせた。

「テレビ番組の司会者が?」私は訊き返したが、記憶の沼の底で、釣り針に食いつく魚さながら、くいくいと引っかかるものがあった。あの当時、事件の話題をテレビやインターネット、週刊誌が取り上げている中、あるテレビ番組が非難されていた記事を、おそらくは見出しだけだが、見かけた。「ええと、誰でしたっけ。あの」

「マイク育馬《いくま》だよ」

そうだ、マイク育馬だ。もともとは辛口映画評論家だったのだ。妙に弁が立ち、顔も往年の映画スターのような、迫力のある二枚目だったからか、いつからかテレビによく出るようになり、気づいた時には複数のテレビ番組の司会をこなしていた。映画の蘊蓄《うんちく》を語ることもあるが、今や、映画に対する情熱は微塵《みじん》も感じられず、テレビで番組を仕切っている人、という印象しかない。

「確か、あの事件を番組で生中継していたんですよね」だんだんと思い出してきた。

「あの馬鹿、テレビで威張ることしか考えていないから、爆弾を巻かれた人質のことも、籠城三日目で疲れでぴりぴりしている犯人のことも、警察の都合もろくに想像しなかった」

野口勇人の説明はこうだった。

昼の番組で、カフェ・ダイヤモンド事件の現場から中継している際、マイク育馬が突然、「あれ、店の裏側に警察が入って行ってない？」と声を上げた。中継カメラの端に人影が映ったのだという。中継リポーターははじめ、聞こえないふりをした。犯人が店内でその中継をチェックしていない、という保証はなく、外の情報を与えてしまうのはよろしくない、とは誰もが分かる。が、マイク育馬は、「あれ？　俺の言うこと聞こえてないの？　今、警察見えたよね。ちょっと、ちゃんと仕事してよ。いいから、様子をちゃんと追って」と言った。リポーターは、「はい、すみません」と従い、店の裏側に移動し、実況を続けた。

警察の動きがそこで実際にあったのかどうかははっきりしていない。が、その番組を見た犯人が、「怪しい行動は取らない」と約束していた警察が裏切ったと思い、おそらく睡眠不足と疲労の蓄積により、冷静な判断ができなかったのだろう、だから人質につけた爆弾を爆発させ、自分たちも死を選んだ。

そのことについて、マイク育馬は批判を受けた。

「あの男、はじめは白を切っていたんだ。そんなことを言った覚えがない、の一点張りだ。番組で検証してみせたが、自分の発言と事件の結末とは直接関係がない、って結論ありきなんだよ。

びっくりしたのは、放送中、あの男は一回も謝っていないんだよ。申し訳なさそうな顔はしても、謝罪や自分の非を認める発言は一個もない。強いて言えば、『まあ、こうしてみなさんを混乱させたことは申し訳ないと言えば申し訳ないですけどね』と半笑いで口にしたのが唯一だよ」

ごめんなさい、を言えない人間は多い。教師となって以降に出会ってきた上司や同僚、保護者の中にも少なくなかった。生徒たちが素直に謝れないのは、照れ臭さや気まずさが原因のことが多いが、大の大人が謝れないのは、「謝ったら自分の責任になる」「非を認めたら負け」といった思いが根底にあるからではないか、と私は疑っている。「勝ち負け」など関係ない場面でも、「勝ち負け」に固執する人間はいる。

「そういうのって、罪にならないんですかね」私は言わずにはいられなかった。「マイク育馬の不用意な発言で、犯人が爆弾を爆発させたのだとすれば、それも一つの犯罪みたいなものじゃないですか」

成海彪子がはっとした面持ちで、隣にいる野口勇人を見る。野口勇人は顔を強張らせ、何か言いたげに口をぱくぱくさせ、少し顔を紅潮させた後で、「俺も同じことを考えたんだけれど、駄目なんだと。法律は冷たい」とむすっとした。

「因果関係がはっきりしないから」成海彪子は穏やかに言ったが、納得はしていない様子だった。

「だけど、あいつの台詞、知ってるか？『爆弾だったら一瞬のことですから、苦しむよりは良かったんじゃないですか』」野口勇人が顔をしかめた。

「そんなことを言ったんですか？」さすがにその物言いはひどい、と私は眩暈を覚える。

「週刊誌の情報です。飲み屋でそんなことを言ったとか」

「言ったに決まっている」

「本音かどうかは」

それからまた、里見八賢の行方に関する話になり、彼らは私に、里見八賢がどうして連絡をくれないのか、心当たりはないか、と話してきた。

「どうして里見さんは、野口さんに、段田さんと連絡を取るように言ったんでしょうか」

里見さん、野口さん、段田さん、とリズム良く発せられる「さん」が耳に心地よく響いた。

私からすれば、疑問点はほかにもある。

どうして里見さんは、「段田」と嘘の名前で私を呼んだのか。どうして野口勇人に、連絡先を教えたのか。

偽名は、私を守るためかもしれない。私を巻き込みたくないという意思も感じる。それならば、そもそも私のことを伝える必要はないだろう。

では、どうして?

そこで私の目に、部屋に置かれたカラオケ機器が入った。視線の移動に気づいたのか、野口勇人が、「段田さん、よくここで里見さんと会っていたんでしょ」と言った。

「え」

「里見さんが言ってたから。俺に、段田さんの連絡先を教えてくれた時、わざわざここの割引券に携帯端末の番号を書いたんだ。いつもここで会っている、って」

彼らが会う場所としてカラオケ店を指定したのは、てっきり、周りに聞かれる心配がなく、落ち着いて話せるからだろうと思っていた。

いえここで会ったことはありませんよ、と答えかけたところで慌てて口を噤《つぐ》んだ。さすがにおかしい。

どうして里見八賢はそのようなことを言ったのか。そもそも、本当に言ったのだろうか。誰かに陥れられていく恐怖を覚えたが、それと同時に、「これは里見さんからのメッセージではないか」とも思った。

檀先生、お願いします。

頭に、そう言ってくる里見八賢の姿が思い浮かんだ。もしかすると、と思わずにはいられない。もしかすると彼は、私の〈先行上映〉を期待しているのか？

カラオケ店では飛沫が、思った以上に飛び交う。実際に、経験もあった。学生時代の合コン等でカラオケ店に行けば、その夜に、友人の、知りたくもない未来の場面を〈先行上映〉で観るのが常だった。

会った人物の行動を調べてくれませんか。

里見八賢からの無言のメッセージなのか。一度、そう考えると、そうとしか受け取れなくもなる。

里見八賢が自分の仕事場や同僚のではなく、私の連絡先を彼らに伝えたのは、やはり私に期待をしてくれたからではないだろうか。檀先生ならどうにかしてくれますよね、と。

自分の〈先行上映〉を役立てる時が来たのかもしれない。そう思った瞬間、「そうしたい」「役立ちたい」という気持ちに包まれている。頭の中の蓋、罪の意識を入れた箱の蓋を、意識していた。あの教え子のためには何もできなかったが、誰かの力になることで穴埋めができるのではないか。

「一つ、お願いがあるんですが」と切り出した。「歌ってもらってもいいですか」

もちろん目の前の二人は驚いた。ここに来たのは話をするためで、決して、悠長に歌うためではない。この場を楽しんでどうするのだ、と非常識な人間を見るような目を向けてきた。

私は慌てて、「里見さんが言っていたんですが、最近、このカラオケ店でただ話しているだけだと、店員に怪しまれてしまうことがあるそうなんです」と頭の中で作り出した嘘を、整えたり検証したりすることなく、産地直送よろしく、そのまま喋った。「危険な事件の犯人がカラオケ店で相談をしていた、という事案があったそうで」

ちらっと壁の隅に設置された、小さな、ドーム型の防犯カメラに視線をやった。ほら、あれでチェックされているのだ、と無言ながら訴えた。成海彪子と野口勇人も釣られるように、目を向ける。

怒られるか、もしくはやんわりと拒絶されることも想定していたが、ほどなく成海彪子が、「それなら少し歌っておきましょうか」とコントローラーに手を伸ばした。

安堵が必要以上に表に出ないように気を付けながら、「助かります」と私は頭を下げる。「何曲も歌うよりは、一緒に歌って、済ませてしまってもいいでしょうか」

成海《なるみ》彪子《ひょうこ》

わたしはこれから、あまり世間に類例がないだろうと思われる、わたしたちのことについて、わたしたちサークルがやろうとしていたことについて、できるだけ正直に、ざっくばらんに、有りのままの事実を話そうと思います。

これは谷崎潤一郎《たにざきじゆんいちろう》の「痴人の愛」の冒頭を真似したんですけれど、本当のことを言えば、「類例がない」というほど類例がないわけではないかもしれません。

谷崎潤一郎は、「痴人の愛」しか読んだことがありません。父が好きだったんです。

父は、娘のわたしから見ても、あまり面白味のない生真面目な人で、おそらく、勤務先でも言葉数の少ない人畜無害な社員として、認識されていたはずです。運動は昔から得意だったみたいだけれど、取り立ててスポーツに打ち込むわけでもなくて、趣味が、文学とカンフー映画だったのではないかと思います。ビートルズも好きでした。谷崎潤一郎とジャッキー・チェンとビートルズ、それらが父の三種の神器です。父自身、自分の親の趣味を受け継いだようでリアルタイムで楽しんでいた世代とは違いますから、ほんと優れた作品は息が長いものですね。

書斎の谷崎潤一郎全集の横にはカンフー映画のDVDやレーザーディスク、ブルーレイ、ビートルズのレコードやCDがたくさん並んでいました。もちろんそれは父の親の所有物で、もはや骨董品《こっとうひん》じみたところもありましたが、並べていることで、別の満足を感じていたに違いありません。絵画や陶器と同じです。

わたし自身は、谷崎潤一郎は今の今まで一冊しか読んだことがありませんし、ビートルズに関しては、父の部屋で聴いた「ア・デイ・イン・ザ・ライフ」の間奏とおしまいの、例のオーケストラの演奏部分が恐ろしくて仕方がなく、興味が持てなかったのですが——大人になってからはむしろ大好きな曲になりましたが——カンフー映画だけはずっと親しいものでした。幼少期から二十代半ばの今に至るまでずっとです。

今、流行っているネオ・カンフーとは異なり、父が好きだったカンフー映画は、派手さはないものの、身体を使った生々しさに味わいがあります。格闘シーンは演舞的で、相手と向き合い、小気味良く手足を動かし、繰り出す手を小気味良く払いのけ、旋風の如き回し蹴りが次々と飛び出す様子には興奮させられました。子供のころから、ほかの友達が観ているようなCGアニメよりも、「プロジェクトA」や「スパルタンX」のアクションシーンを好んでいました。

「スパルタンX」は最高です。スペインが舞台であるのは新鮮ですし、ジャッキー・チェンだけでなく、ユン・ピョウ、サモ・ハン・キンポーの三人組が贅沢《ぜいたく》で——余談ですが、わたしの氏名にはジャッキー・チェンとユン・ピョウの名前の漢字が二つ入っています——最後に三人が剣を合わせて、「一心同体、三銃士！」と言うシーンは大好きです。

お気に入りの映画という意味では、「猿拳」も外せません。ジャッキー・チェンは出てきませんが、ユン・ピョウとサモ・ハン・キンポーの組み合わせが楽しく、終盤、猿を真似たアクションをしつこく繰り返すのも——しつこすぎるかもしれないけれど——可愛らしくて、これまた何度も観ました。

小学校三年生くらいになると、周りの同級生たちは各種スポーツや外国語教室、塾などに通うようになりました。わたしは両親に、「カンフーをやりたい」とお願いしました。もちろんカンフー教室と看板を出しているところはなく、中国武術とはいえ、たくさんの流派があるようだったので、たぶん両親はかなり悩んだはずです。結局は、すぐ近くにあった空手の道場と体操全般を教えてくれるスクールに入会させてくれました。

家ではよく父相手にカンフーの真似事をしたものです。もちろん、子供のわたしと父が対等に組み合えるわけがないですから、一方的にわたしが叩いたり、蹴ったりするだけといったところでしたが、わたしが息つく間もなく激しく拳を当てるとさすがに父も困り、「ちょっと待ってちょっと待って。大変だから大変だから。一回待ってくれ一回。一瞬でいいからやめて、一瞬でいいから」と大声で懇願してきます。必死に言ってくるため、何かのっぴきならない異常事態でも起きたのかと攻撃を止めるのですが、するとそのタイミングを待っていたかのように父は身体の向きを変え、「引っかかったな！」とくすぐってきました。それが父の数少ない反撃方法だったのです。「一瞬の長さは人それぞれ」と説得力皆無の言い訳をしていましたが、一回だけ、一瞬だけ、一秒だけ、そういった表現に対する信頼度はゼロどころかむしろマイナスになりました。

申し訳ないです、本筋に入る前なのに話が長くなってしまいました。

「カフェ・ダイヤモンド事件」について話さないといけません。

カフェ・ダイヤモンドの事件が起きたのは、五年前の五月二十二日です。週刊誌やテレビでは、「ゴー点ニーニー」と気の利いた数字の並びのように言う人がいますが、わたしは好きではありません。あの時、たまたまあの店にいて被害者となった人たち、たとえばわたしの両親のような――結婚記念日を祝うために予約していたのです――人たちの死までもが記号化されるように感じてしまいます。一人娘であるところのわたしを残し、猟銃を持った犯人たちに、爆弾を巻きつけられ命を奪われた彼らの無念さが、「ゴー点ニーニー」では消えてしまいます。

こうして話していて、ふと思ったのですが、カンフー映画には復讐ものがかなりあります。そういったものをたくさん楽しんできたにもかかわらず、両親が殺害されても復讐したいという思いは抱きませんでした。もちろん犯人たちも死んでいましたから、やりたくてもできなかったという側面はあるかもしれませんが、もし彼らが生きていたとしても、復讐心はなかったような気がします。大事な人が突然消えてしまうと、本当に心が萎《しお》れてしまい、復讐するエネルギーなどまったくなくなってしまうのです。そのことが分かりました。

ロシアンブル

ロシアンブルはソファに座りながら携帯端末のニュースアプリを開き、その記事を読みながら、眩暈を覚えている。「愛知で、タクシーから降りた乗客が、通りかかった見知らぬ男に背中から刺される」「北海道千歳《ちとせ》市の三十代女性が、元交際相手の男性を刺殺」「二次会への誘いを断った女性が、上司に待ち伏せされ、刺され、重体。千葉県」と次々とニュースが表示される。

「もうおしまいだ」ロシアンブルは嘆く。今こうしている間も日本のどこかでは、誰かが誰かに刃物で刺されているのではないか、と思わずにはいられない。「アメショー、刃物はどうして規制されないんだ。これが全部、同じ日に起きた事件だぞ」

「何ですか？」テーブルでノートパソコンを操作しているアメショーが、背中を向けたまま言ってきた。

　3LDKの賃貸マンションのリビングだった。〈猫ゴロシ〉とネコジゴにまつわる、この仕事を引き受けた際、依頼主のロトくじ十億円当選男が用意してくれた住居だ。一部屋ずつを自分のものとして使い、情報の取りまとめやプランの検討をする際はリビングを使う。

「どこもかしこも刺殺事件ばっかりって話だ」

「そのうち、絞殺事件ばっかりだから、人間の手も使えないようにしろ、とかシアンさん、言い始めますよ」

「何だよそれは」ロシアンブルは言い返しながら、自分の両手を見る。

「どんなものでも危険はあるんですよ。包丁なくなったら料理が作れません」

「ああ言えばこう言う男だな」

「シアンさんのことですよ、それは。いつも心配ばかりで。ああ言えば、こう心配。こう言えば、ああ心配」

「あ」ロシアンブルはさらに携帯端末のニュース記事を見て、声を上げてしまう。「終末時計がまた進んでいるぞ。残り百秒だと」

記事にはこうある。「地球滅亡までの時間を示す『終末時計』の針が二十秒進み、残り百秒となった。一九四七年の開始以降、最も『終末』に近づいた」

インターネット上の百科事典サイト内の「世界終末時計」の項目を見れば、おおよそ次のような説明が書かれている。もともとは、アメリカの科学誌「原子力科学者会報」の表紙に描かれた時計で、核戦争などによる人類の絶滅を午前零時になぞらえ、その終末までの残り時間を「零時まであと何分（秒）」という形で象徴的に示す時計である、と。

「シアンさん、それって実際に、そういう時計があるわけじゃないですからね？　仮想的なやつですよ。はじめは核戦争とかの恐怖があったから、専門家たちが、『危ないですよ』と警告するためのもので」

「知ってるよ。たぶん、世の中で俺くらい、世界終末時計のことを気にしている人間はいない」

「腕時計にでもすればいいんじゃないですか」

呆れるような言い方をしてくるアメショーを、ロシアンブルは気にしない。いつものことだからだ。「今回は、世界が、『核戦争と気候変動』という二つの脅威に直面しているから、二十秒進んだんだと。核戦争と気候変動、どちらも怖いだろ。残り時間はもうわずかだ」

「シアンさん、知っていると思いますけど、その時計ももともと、最後の十五分くらいしか存在していないんですよ。ずるですよ、ずる」

「冷戦が終わった時は、十分前まで戻ったんだ」

「だから恣意的《しいてき》なんですって、そんなのは。たぶん来年あたり、『包丁が怖い』という理由で、もう二十秒くらい進みますよ」

「おまえはどうしてそんなに他人事《ひとごと》でいられるんだよ」

「他人事ですよ」あっけらかんとアメショーが言う。「そんな心配していたところで、どうにもならないんですから。終末時計の針を戻せるわけでもないですし」

「しかも、おまえは登場人物なんだしな」その話を思い出した。

そこでアメショーはくるっと振り返った。「シアンさん、よく考えてくださいよ。僕が小説の中の人物だということは」

「俺もそうだということなんだろ。分かってるって」もちろんロシアンブルは分かっていなかった。アメショーの言わんとすることは分かるが、今こうしてここにいる自分が小説内にいるわけがない。「だけど、変だと思わないのか？　小説というのは文字だけだ。それなのにこうして、肉体はちゃんとある」

ロシアンブルは自分の両手を見つめる。指の爪やささくれ、関節の皺、手の甲に浮かぶ血管や生える毛、すべてが実感を持ったものとして目に映る。顔を触れれば、産毛《うぶげ》の感触がある。眉にも触れた。耳の穴の中に指を入れれば、音がする。

「そう文字で書いてあるだけかもしれないですよ」アメショーの笑みには同情が浮かんでいる。「指の爪やささくれ、関節の皺、手の甲に浮かぶ血管や生える毛、すべてが実感を持ったものとして目に映る。そう書けば、そのように読めるだけです」

「紙っていうのは二次元だろ。平べったいわけだ。だけど、ここは三次元だ」ロシアンブルはリビングの天井に設置された、LED照明を見る。

「それもそう文字で説明しているだけですよ」

「環境問題も、恐ろしい殺傷事件も全部、文字で書いてあるだけだったらいいけどな」

「書いてあるだけです。ただ、この小説を読んでいる人の世界にも、その問題はあるかもしれませんが」

はあ、とロシアンブルは息を吐く。埒《らち》が明かない。

「だから考えても仕方がないんですよ」アメショーはさらに言った。「もう最後まで決まっているんですから。今、僕たちが抵抗しようとしても何も変わりません。読者がこのページを飛ばして、最後をめくってみれば、僕たちがどうなるのかも先に分かっちゃいますよ。それこそ三次元にとっての四次元と同じです。時間の行き来も可能なんですから」

「もし、おまえの言う通り、これが小説だとしたら」ロシアンブルは右手の指で、左手を揉むようにする。力をこめれば痛みがあるし、皮膚に皺もよる。「どうして、おまえにこんな話をさせるんだ。『自分は登場人物です』と語らせる意味があるのか？　どんな話なのか分からないが、話が停滞するだけだろ」

　アメショーは肩をすくめる。「小説だということを前提にすれば、話を進めるのに都合がいいんじゃないですか」

「都合が？」

「話を強引に進めることや、省略することがやりやすくなるのかもしれません」

「省略？」

「作り手の個性が出るのはどこを省略するか、どこで場面を終わらせるか、ですからね。カラスが一声、かあ、と鳴いたら場面が替わってもいいんですよ」

　その時点でロシアンブルはもう、説明を求めることをやめた。

　それからしばらくアメショーはテーブルの上でディスプレイと向き合っていた。罰森罰太郎邸から持ってきたハードディスクドライブをパソコンに接続し、中身の確認を行おうとしている。

「想像はしていましたがすごいですよ」

「何が」

「家中に防犯カメラがあったんですね。ほぼ全室、と外も東西南北、いろんな角度に」

「その録画情報が全部入ってるのか？」

「たぶん。二十近くの映像ファイルがあります。一日経つと上書きされていくのかもしれませんが」

「全部か？」「全部？　どういう意味ですか」「俺たちの映った映像はあそこに残っていないんだろうな」

「心配性ですねえ」アメショーはそう嘆くこと自体に飽きた様子だった。「かもしれない運転もここまで来ると」

「何だそれは」

「車の運転の話ですよ。教習所で言われるじゃないですか。『人が近くにいるけれど、飛び出してはこないだろう』『右折するけれど、対向車の車は速度を上げてはこないだろう』とか、楽観的な予測をする『だろう運転』ではなくて、『人が飛び出してくるかもしれない』『対向車が急にスピードを上げてくるかもしれない』という『かもしれない運転』を心掛けなさい、という」

「聞いたことがあるな」

「シアンさんは、『かもしれない』って考えすぎなんですよ。罰森罰太郎の家には、僕たちのやばい映像が残っているかもしれない運転とか」

「運転ではないけどな」

「あ、これ」

映し出されたのは、見覚えのある広い部屋だった。罰森罰太郎の家、ロシアンブルたちが、家事代行サービスのカジさんが倒れているのを発見した場所だ。

実際にその場にいた時は、カジさんのことで余裕がなかったが、改めて見ると、映像越しにもダイニングテーブルの高級さが分かる。天板は明らかに大理石で、並ぶ椅子の背もたれも凝ったデザインをしている。

「これが罰森罰太郎か」

「資産がたくさんあるとはいえ、普通の人間ですよね」

「猫にはひどいことしたけどな」

テーブルの長い側の辺に座り、タブレット端末を触っていた。細身で、若々しい顔をした男だった。童顔なのだろう。画面を指でこすっている。仕事に関わる情報を閲覧しているのか、パズルゲームをしているのかまでは分からない。音声は入っておらず、無声映画を観ているようだ。

「来ましたよ」

何が来たのかは、見ていれば分かった。二つの人影が、厳密に言えば全身、黒い恰好をしているから影のように見えただけなのだが、とにかく入ってきた。二人とも体格は悪くないが、一人は見るからにがっしりとしている。キャップを被っていた。

てきぱきと動く引っ越し業者のようだ。

罰森罰太郎は動揺していた。とっさに動けず、自分に近づいてくる二人を眺めている。誰だおまえたちは、と訊ねることすらできない。壁をちらっと見た。

「侵入者がいたのにセキュリティが反応しなかったことに驚いているのかも」アメショーが言う。

「どうしてセキュリティが作動しなかったんだ」

「それはほら、僕たちのために、カジさんがセキュリティを切ってくれていたからですって」

「こいつらは、それを知っていたってことか？」

「たまたまかもしれないですよ。こいつらは単に、罰森罰太郎の家に強引に入ることだけ考えてきた可能性も高いです。セキュリティがやばい、なんて考えもせず」

「そんないい加減なことでいいのか」

「僕たちみたいに準備をちゃんとする人間ばかりじゃないってことですよ」

画面内の黒ずくめの者たちは、乱暴に罰森罰太郎を拘束する。顔に袋をかけ、手は結束バンドで縛りあげた。家事サービスのカジさんが現れ、黒ずくめの一人が思い切り突き飛ばしたことで、転倒し、頭をテーブルにぶつける瞬間も映っている。

「ああ、カジさん、可哀想に」とロシアンブルは思わず言った。

黒い服の二人が、罰森罰太郎を抱えるようにして画面から消えた。

「黒い恰好ですけど二人とも同じ衣装ってわけではないんですね。ほら、これはジャンパーだし、こっちの人はジャージで」アメショーは映像を止め、指差す。

「だから何だ」

「黒色で揃《そろ》えようね、と言い合ったけれど、チームのユニフォームがあるわけじゃないってことです」

だから何なんだ、とロシアンブルはもう一度言いたくなる。「男だろうか」

「どうでしょうか。ぱっと見、骨格は男のように思えますけど。あとはこっちに映ってます。外のカメラの映像です。車でここまで乗り付けていたんですね」

別の映像に切り替える。罰森罰太郎邸のすぐ脇に停められたSUVだ。そこに二人が近づき、開いたスライドドアの中に抱えてきた罰森罰太郎を押し込んでいるのが見えた。

各々が別々のドアから車内に入る。車のエンジンが動き出すのが微《かす》かに伝わってくると、こちらに尻を向ける形で遠ざかっていった。

「嘘だろ」ロシアンブルが嘆いたのは、もちろんこの拉致《らち》犯《はん》たちの無防備に対してだった。「ナンバー映ってるぞ。どういうつもりだ？」

「防犯カメラの位置を気にしていなかったのか、もしくは、この車からは足がつかないと思っているのか、どっちかですかね。どちらにせよ、手掛かりはこのナンバーしかないですけど」

車のナンバーから所有者を見つけるのは、昔に比べて難しくなっており、こちらの身分証明が必要だった。が、潤沢な予算を事前にもらっているロシアンブルたちが、真っ先にやったのが架空の身分を用意することであったから、そのハードルはすでに越えている。

檀先生

カラオケで熱唱したつもりはなく、それは成海彪子も野口勇人も同様で、単に一緒に歌ったというだけだったが、飛沫とはこちらの想像以上に飛ぶものなのか、私は目論《もくろ》み通りに〈感染〉した。

自宅でソファに寄り掛かりながら、テレビを眺めていたところ、ぴかっ、ぴかっと例の閃光めいた瞬きがあり、気づくと場面が見えた。

今回は、わざわざ狙いを定めて、〈先行上映〉を観るために準備していたのだから、私からすれば、「よし来た」という思いが強かった。どのような場面が見えるのか予想を立てる余裕もあった。成海彪子か野口勇人のどちらの未来かは分からないが、そのどちらかが食事をしている様子や家でくつろいでいるところが見えるかもしれない。場合によっては成海彪子の色っぽい場面、入浴時やもしくは恋人と抱き合うようなところが映し出される可能性はある。そうなったところで、経験上、興奮や期待よりも、罪悪感を覚えることが多い。

が、映し出された場面は予想外のものだった。

狭い部屋に男がいた。

あまりに狭く、納戸に椅子を持ち込んだのではないかと思うほどだった。トイレだとは遅れて気づいた。

ワイシャツを着た男が便座に、蓋の上に座り、下を向いている。

男の前に立つ人物、つまりこの映像の視点人物が手を前に出し、その拘束された者を、おい、とか、ほら、とか言って呼んだ。

顔がやつれ、髪の毛もぼさぼさに乱れている男はこちらを眩《まぶ》しそうな目つきで見た。里見八賢だ。唇が少し開くが喋りはしなかった。喋っても無駄だと分かっているのか、その気力がないのか。

里見八賢は立ち上がり、近づいてこようとしたが、チェーンのような金属音がした。彼の腕か脚に金具がつけられており、チェーンが伸びている。便器かトイレ内のどこかに括《くく》りつけられているのだろうか、そこから離れることはできない様子だった。

視点人物は、里見八賢の足元に何かを投げた。その手は明らかに男のものだったから、これは野口勇人の〈先行上映〉なのだろう。床に転がるのは、細長い形状のパンだった。動物に餌《えさ》を与えるかのようだ。

トイレの床は清潔とは言い難かったが、里見八賢はすぐにパンを拾い、齧《かじ》りはじめた。目が充血し、息は荒く、正気を保とうと必死の形相にも見えた。

車酔いのような症状が起き、場面が消える。

私は茫然としたまま、しばらく考えがまとまらない。何なのだ今のは。鼓動が速くなる。〈先行上映〉なのは間違いなかった。が、あまりに現実離れした状況だった。加工による、偽映像を鑑賞させられた気分になる。

監禁されているのか？

どこのトイレなのか。どうしてトイレなのか。

まずい、まずい、と呟きながら私は部屋をぐるぐると歩き回る。どうしようか、どうしようか、と。もう一度、確認のために先ほどの映像を観たかったがリプレイはできない。

〈先行上映〉ではなく、ただの妄想、疲れからくる夢だったのではないか。そうであってほしい、と私は思った。実際、可能性はゼロではないが、先ほど見えたのは、いつもの〈先行上映〉の様子とかなり近かった。

里見大地のことを考えた。彼の父親があのような姿になっているとは、にわかには受け入れがたい。しかも当の息子、里見大地はそのことを知らないのだ。

胸がぎゅっと潰れるように痛み、苦しくなる。

何が起きているのか。

サークルのメンバーに、里見八賢は監禁されている。

仲間割れ、という言葉が浮かぶが、いったい何を理由に対立が生まれるというのか。

映画ならまだしも、知っている人物が動物のように監禁されている状況など、信じられるわけがなかった。それこそ、布藤鞠子の執筆する小説に出てくる、猫への虐待やそれを咎める二人組のほうがまだ受け入れられた。

もし今の場面が本当ならば、と私は考えてしまう。こうしている今も、里見八賢は監禁されていることになる。

彼は、私を頼ろうとしているのだろうか？　檀先生、よろしくお願いします。彼の声が聞こえてくるようで、私は怖くなり頭を振る。里見八賢は、私の〈先行上映〉を期待しているのか。だからサークルのメンバーに、私に連絡を取りたくなるようなことを口にしたのか。

カラオケ店に行けば、檀先生ならぴんと来ますよね？〈先行上映〉で私に気づいてください。今日、サークルの野口勇人たちと会っていた時、私はそう語り掛けてくる里見八賢の気配を感じた。

落ち着かないといけない。

ヘディングしなさい、ヘディング。母の言葉が頭をよぎった。母はわざとなのか勘違いなのか、「頭を使ってよく考えろ」という際に、ヘディングヘディング、と言う。父はそれを隣で聞くたび、苦笑いをしていたが、「ヘディングとはそういう意味ではない」と指摘はしなかった。以前、国内旅行の際、観光地でたまたま会った夫婦の夫のほうが、「考えろ」が口癖の兄がいたのだ、と話してくれたのだが、「うちの母親は、ヘディング、と言う」と伝えたところ、とても好評で盛り上がったこともあった。

落ち着いてヘディング。私は気持ちを落ち着かせる。

先ほどの場面を思い出す。里見八賢はトイレにいた。

なぜ、トイレに？　はじめは監禁中にトイレに連れていかれたところだと思ったが、もしかするとずっとトイレに繋がれているのではないかとも気づいた。長期間、監禁する場合、その人間の排泄《はいせつ》をどうするかという問題は厄介に違いない。それならば、とトイレに縛り付け、本人に便器を使わせるのは悪いアイディアではないだろう。

そう思ったところで私は、こんなアイディアに良いも悪いもない、と舌打ちした。

どうすればいい、どうしようどうしよう、ヘディング、考えろ、と私は頭を回転させる。いや、暴走気味に慌ただしく回転する頭を必死に制御したというほうが正しいかもしれない。

里見大地に連絡をしていた。まずは、里見八賢が家に帰っていないかを知りたかったのだ。

休日の夜に突然かかってきた、担任教師からの音声通話に里見大地はやはり、びっくりした様子だった。

「恥ずかしながら、大事な書類をなくしてしまってね。昨日、帰り際に大地と喋ったから、大地の荷物に紛れ込んでしまったのではないか、と一縷《いちる》の望みをかけて、電話をしたんだ」と嘘をつくと、彼は一度通話を終えた後で親切に荷物を確認し、「鞄には何もないよ」と連絡をしてくれた。

そこでそれとなく父親のことを訊ねたのだけれど、答えは、「まだ帰ってきていないんだ」というものだった。

やはりそうか、と私は、冷たい泥のようなものを胃のあたりに塗られるような、重苦しい感覚に襲われた。思えば私も里見八賢に、「会う約束はどうなりましたか」と数回メッセージを送っているのだから、無事ならば返信があったはずだ。

「連絡もなく、家に帰ってこないなんて、少し心配だな」不安がらせたいわけではなかったが、私は言うほかない。

「まあ、そうなんですよね。今までも仕事でこういうこともあったから、大丈夫だとは思うんですけど」

いや、今回は大丈夫ではないぞ！　と叫びたいのを必死にこらえる。興奮するよりも、落ち着いて話をしたほうが受け入れてもらえるのは間違いないのだ。

「念のため、警察に相談したらどうかな」

「え」

本音からすれば、私が今すぐ警察に駆け込みたいくらいだった。ただ、家族以外が騒いだところで警察が取り合ってくれるとも思えない。「ところであなたは？」「その子の担任教師です」「はあ。どうしてそんなに必死に？　家族は気にしていないのに」といったやり取りが想像できた。「子供たちのことを常に気にかけていますので」と答えたところで、「教師の鑑《かがみ》ですね」と感心されるよりも、怪しまれるほうが可能性は高い。

「警察に言うなんて、ちょっとおおごとじゃないですか」

おおごとなんだよ、と私は思う。

「婆ちゃんが面倒臭がりそうだなあ。どうせそのうち帰ってくるよ、とか言ってるし」

どうすべきか、と私は、「ヘディング」した。そして、「あの占い師」を思い出した。どうして最初に思いつかなかったのか。

新幹線事故を〈先行上映〉で観た際、里見大地が乗るのを止めるために、「知り合いの占い師が言っていた」と嘘をついた。その時に捏造した、実在しない「知人の占い師」だ。里見八賢には種明かしはしてあったが、大地は知らないはずだ。

「え、あの占い師が」さすがに新幹線事故のことがあるからだろう、大地は笑い飛ばすどころか、急に不安が増した声になった。「あの占い師」など実際にはいないため申し訳ない気持ちになるが、彼に危機感を与えるためには仕方がなかった。

「そう、あの占い師が大地のお父さんの身を心配しているんだ」

あの占い師の霊験《れいげん》あらたか、とでも言うべきだろうか、沈黙の後、里見大地が「警察に行ったほうがいいかな」と言った。

「そうだね。それがいい」

「婆ちゃんと相談して、連休明けにでも」

連休明けなどと悠長なことを言っている場合ではない。お父さんはトイレに監禁されているんだから、と言いたかった。言ってしまったほうがいいのでは？　とも思う。とっさにいくつかのことが頭に浮かんだ。里見大地と祖母を説得し、警察に連れて行ったとする。が、「里見八賢がしばらく家に帰ってこない」「トラブルに巻き込まれている可能性がある」と訴えたところで、「心配ですね」「分かりました」と受け止めてはくれても、すぐに本格的な捜査を始めてくれるとは思えない。

家出の届け出は珍しいものではないだろう。そのすべてに全力で対応するのは難しい。

野口勇人や成海彪子のことを話し、「彼らが何かを知っています。探ってください」と訴えるのはどうか。

いったい何を言っているのだ、と呆れられる可能性はあるが、少しは気にかけてくれるかもしれない。

それでどうなるか。警察は、野口勇人たちに連絡を取るかもしれない。成海彪子と話をしてくれるかもしれない。が、彼らの家や彼らが所有している物件にいきなり踏み込み、里見八賢をトイレから救出してくれる可能性はほぼゼロだろう。段取りを踏まずに、そこまで乱暴な捜査はできないはずだ。

さらに言えば、中途半端に野口勇人たちに接触することで、彼らに危機感を抱かせ、却《かえ》って里見八賢に危険が及ぶことも考えられた。

「先生、聞いてます？」里見大地に呼びかけられ、私は彼の話を聞いていなかったことに気づいた。謝って、もう一度、言ってほしいと頼む。

「警察もそうだけど、まずは会社に連絡したほうがいいかなって」と彼は言う。父親の働いている場所、という意味では、内閣府も会社のようなものだろう。「お父さんの出張がどうなっているのか確認しないといけないし。こっちは勝手に、仕事で帰ってこないと思っていたけれど」

もっと急ぐべきだと主張したかった。「あの占い師」の力をもっと強調し、急《せ》き立てたくなった。が、それが本当に近道なのかどうかと悩んでしまうところはあった。

「連休中に婆ちゃんと相談して、どうするか考えてみますよ」

「ああ、うん、そうだな」私はそう答えるしかできなかった。「もし警察に行く時は俺が同行してもいいから」

里見大地は一瞬黙った。どうして担任教師がそこまで親切に対応してくれるのか、と感動しているのだろうか、と思っていると、「警察に占い師の話をして、信じてもらえるかな」と心配を洩らすだけだった。

　里見大地との通話を終えたところ、待っていたかのように母からメッセージが届いた。用件は、「果物がたくさんあるから、今度、取りに来るように」という命令ともお願いともつかないものだった。いつもならしばらく放置するが、私は、「今から取りに行ってもいいかな」と返信をしていた。

成海彪子

　わたしは専門学校を卒業すると、育ててくれた祖父母の家を出て、都内で一人暮らしを始めました。お金に余裕はありませんからトレーニングジムで昼間働きながら、副業として、比較的近い場所にある後楽園球場での、ビール販売員もやるようになりました。

　在京人気球団、東京ジャイアンツの本拠地で、キャッシュレス決済や食べ物販売の無人化など新しい技術を次々と導入しているにもかかわらず、なぜか球場自体はいつまで経っても——天候に振り回されるのも野球のうちとでも勘違いしているのか——屋根なしのままで、わたしは子供時代、母と一緒にイーグルスを応援していたから、同じリーグ同士ということでイーグルス戦が行われるたび母のことを思い出し、イーグルスが試合を逆転すれば、お母さん見てるかな、と空を見たくなりました。

　その日、スタンドで醜い野次を飛ばす観客がいました。もちろん騒がしくしたり、選手をからかったり罵《ののし》ったりする客はいます。昔に比べれば、まだ少なくなったほうかもしれませんが、その日の三人は目に余りました。耳に余ったと言うべきでしょうか。背広姿の四十代、三十代、二十代といった具合の、おそらくは社内の先輩後輩の関係なのかもしれませんが、三人とも外見は整っていて、身なりも悪くありません。ただ、相手チームの五番打者に差別的な野次をしきりに飛ばしていました。その選手は最近、自らの体質についてカミングアウトして注目を浴びていたため、彼らはそのことを揶揄《やゆ》するようなキーワードを叫んでは、勝ち誇ったようにはしゃいでいました。

正直なことをいえば、そのことが打率や打点、エラー数に関係ないことならば――実際、彼の場合、関係がなさそうです――プロ野球選手が個人的な事柄を発表する必要があるとも思えませんでしたが、彼には彼の使命感や都合があったんだと思います。にもかかわらず、からかいの種にするのは理解に苦しみます。野球と関係がないという意味では、「ふたご座のくせに！」と揶揄するのと同じくらい、的外れです。

飲み物を販売するためにその近くをわたしは何度も通ったのですが、彼らの言葉を聞くたび不快になりましたし、周りの観客も同じだったに違いありません。試合中にたしなめるのもまたその場の空気を乱してしまいますし、誰もがひたすら忍耐を試されているような状況でした。

「ちょっとそこのお姉さん、ビール」彼らは通路沿いに座っており、たびたびわたしを呼び、ビールを頼んできました。ビアショルダーを背負ったわたしは営業的な笑顔を浮かべ、近づいたのですが、すると彼らがまた、五番打者を大声で罵りました。

腹立たしかったのは、差別的な物言いに対してよりも、ユーモアセンスゼロの、不快なだけの発言にもかかわらず、彼らがさも「自分たちはお笑いのセンスがある」かのように誇らしげだったこと、その勘違いに対してだったのかもしれません。苦笑いしか浮かばないブラックユーモアは、ユーモアではありません。「くそつまらない言葉」を大声で発しているだけです。

「そういうことを言うのやめてくれますか」気づくとわたしは、笑顔のまま口にしていました。

彼らは、自分たちより身分が低い人間が口答えしてきた、とでも感じたのか一瞬、驚き、むっとしたものの、すぐに嬉しそうに言い返してきました。「おまえに関係ないだろうが」「差別はいけませんなんて、さすが優等生！」とわたしのことなど知らないくせに、茶化しました。

「差別がどうこうとかじゃないんですよ。ぜんぜん面白くないのに、冴《さ》えてるギャグみたいに叫んでいるから、こっちが恥ずかしくて。鳥肌が立っちゃうんです。勘弁してください」

よろしくない対応でした。いっそう彼らは喜び、わたしに対しても下品で差別的な言葉を向けてきます。

ああ、これはもうどうでもいいな、とわたしは思いました。あの事件で両親を失って以降のわたしには、こういった傾向があったのは事実です。何か面倒なことにぶつかると、どうなってもいいや、もうどうでもいい、と心の中で洩らしてしまうのです。

「ちょっと、表に出てもらってもいいですか？」と挑発しかけました。映画「スパルタンX」を思い出していたのは間違いありません。あの映画の冒頭、移動軽食店をやっているジャッキー・チェンとユン・ピョウは公園で迷惑をかけているバイク乗りたちを、「仕方がないな」といった感じで、やっつけてしまいます。あの痛快さが大好きで何度も観ていましたから、この三人組は懲《こ》らしめなくてはいけない、と思ったのです。

ただ、これ以上、ややこしい事態になるのは避けたかったために、言葉を呑み込み、その場から離れました。

ビアショルダーを担いだまま、スタンドから屋内フロアへと入ります。アルバイトを取りまとめている事務所に事情を説明し、謝罪し、そのまま辞めて帰ろうとしました。

その時、同僚のビール販売員が近づいてきました。「部長」です。彼女はわたしよりも一回りほど歳上で、野球マニアが高じてこの仕事を始めたらしく、さばさばとした性格と気風《きっぷ》の良さで、仕事関係者はもとより、ジャイアンツの選手からも親しまれていました。部長と呼ばれているので、わたしもそう呼んでいましたが、実際に「販売部の部長」といった役職ではありませんでした。ニックネームが「部長」だったのです。

部長はビールを売りながら試合状況にも注意を払い、ちらっと眺めただけで投手の調子を察したり、打者の苦手コースに気づいたりするという噂がありました。不調に陥った選手が、彼女にアドバイスをもらいに来たという真偽不明の逸話もあります。販売員は試合に気を取られてはならないと指導されているのですが、彼女だけは許されている節があったほどです。

「彪子さん、ジャッキー・チェン好きなんだってね」ずいぶん前ですが、待機の時間にわたしに話しかけてくれたことがありました。誰かから聞いたらしいのですが、そう言ってくるからには彼女もジャッキー・チェンの映画が好きなのかと思えば、「わたしは、『ドラゴン特攻隊』しか観たことがないけれど」と言うので笑ってしまいました。

「あれはほとんど、ジャッキー映画じゃないですよ」と指摘するのを抑えられませんでした。

「え、そうなの？　恰好良かったけど」

「あれ、はちゃめちゃですよね。第二次世界大戦中の中国が舞台ですけど、侍みたいな日本軍とドクロみたいな面を被ったドイツ軍が攻めてきたり」

「乗用車の窓から身を乗り出しちゃってね。暴走族みたいに」部長も愉快気に言いました。「しかも最後の戦い、みんなやられていっちゃうでしょ。敵も味方も次々。お馬鹿な映画だと思っていたから結構、ショックだったよ」

「どういう気持ちで脚本書いていたんでしょうね」と話したところでわたしは、父のことを思い出してしまいます。「実は、父もあの映画、好きだったんですよ」

「わたしは別に、好きなわけじゃないんだよ」部長が困惑した顔で噴き出しました。「観たことがあるだけで」

「最後、ジャッキーが車を走らせる時に言うじゃないですか」もちろん、と言うべきでしょうか、わたしは、石丸博也《いしまるひろや》さんの吹き替えの声で聞きました。

「何だっけ」

「『戦争反対なんだよ！』って」

「そうだっけ」

「父は、『戦争反対なんだよ』は人類の歴史が続く間、ずっと言われ続けなくてはいけないメッセージだと言ってました」人道的な理由というよりも、国益を守るために戦争はできるだけ避けなければいけない、と。

「そんなに大層な映画だったのかな」

部長が言い、わたしたちは同時に笑いました。

さて、その時の部長は、わたしの腰を軽く叩くと、「あの客たち、ほんと腹立たしかったんだよね。彪子さん、何かがつんと言ってくれたんでしょ？　あいつら動揺しているのが遠くから見えたよ」と褒めてくれたので、驚きました。

「部長、わたし、首になっちゃうかも」

「そんなことはさせないから」

「人事権を握っているみたいな頼もしさがありますね」わたしが言うと彼女は、けたけたと笑い、「チケットの融通くらいは利かせられるけれど」と肩をすくめました。

人気の対戦カードの即完売したチケットも彼女に言えばどうにかなる、という噂は本当だったのか、とその時、知りました。

じゃあね、と部長が去った後、わたしはささくれ立っていた気持ちがだいぶ平らかになっていたのですが、油断大敵と言うべきでしょうか、いつの間にか、後ろから先ほどの三人組がやってきていたのです。

わたしの肩を乱暴につかんで振り返らせるものだから、驚いてしまいます。

彼らはわたしを見て、嫌な笑い方をしていました。三人とも蛇に似た顔です。

せっかくの試合中、しかも接戦だというのに、観戦しないでどうするんですか。何しに来たんですか？　ほんと馬鹿なのでは？

わたしは溜め息を吐き、背負っていたビアショルダーを肩から下ろします。三人が囲むように立っています。酔っているせいもあるのでしょうが、無防備もいいところです。

防犯カメラの位置を確認はしました。録画されたところで構わないとは思っていましたが、見える範囲にはありませんでした。

さてどうしよう、と頭の中で動きを想像します。三人のうち誰かが動き出すのに合わせ、腕と脚を振れば、それほど時間をかけずに動きを止めることはできるはずです。

相手が女性の場合、安易につかみかかり、たとえば羽交《はが》い絞《じ》めのようにし、力ずくでどうにかしようとする男がよくいます。そうやって来てくれれば、簡単でした。つかんできた身体をひっくり返す関節技は、反復練習しています。

とはいえ、こちらが暴行したと非難されるのも不本意です。どうしたものかと悩んだ末に、わたしはその場で、後方転回をやりました。場所をほとんど移動しないバク転を、五回くらい。言わずと知れた、映画「猿拳」の最後の格闘シーンでユン・ピョウがテーブルの上でやってみせた、あれです。くるっ、くるっ、と回転する様子がお気に入りで、これもよく練習していましたから、簡単にできました。

サーカスじみた動きではありましたが、高速でくるくる跳ね回るわたしに、男たちはぽかんとしました。

その隙に脚を払うべきだったのかもしれません。ただ、横から、「ちょっと、三対一はひどくないですか？　お兄さんたち、このまま大人しく客席に戻ったほうがいいですよ」と見知らぬ男が言ってきたことで、状況が変わります。隣には別の、無愛想な男もいまして、「因縁つけているところ、動画で撮ったから。会社にばらされるとまずいんじゃないの」と携帯端末を振っていました。

それが庭野さんと野口さんです。

カフェ・ダイヤモンド事件の被害者遺族である二人が、やはり同じく、被害者遺族のわたしと、そこで会ったのです。

何という偶然！

と言いたいところですが、もちろん偶然ではありません。彼らは被害者遺族と連絡を取り、集まりを企画していたのです。わたしの祖父母に連絡を取り、彼らから後楽園球場でアルバイトをしていることを教えられたのだといいます。

「会えるかもしれないと思って観戦に来たのだけれど、まさか、こんな形で見かけるとは」と愉快気に言いました。

「くるくる回転して、凄かった。何あれ」野口さんがむすっと言ったのも覚えています。

それがサークルに参加することになったきっかけでした。

ロシアンブル

俺は知らないよ、何も悪いことはしていないし、被害者だ。車盗まれたんだから。

ロシアンブルたちの前にいる男、車谷《くるまや》店長は感情的に、ところどころ声を裏返して訴えてくる。車を盗まれた男の名前に、「車」がつくのはただの偶然だろう。

ロシアンブルは横のアメショーと目を合わせる。この車谷は正直に話しているとは感じた。パソコンやAV機器、家電製品の中古ショップだった。この車谷来夫《くるお》が経営しており、ほかに店員はいないらしい。

「というか、あんたたち何なんだよ。急に来たと思ったら、ＳＵＶはどうなった、とか。客じゃないのかよ」

「客でもあるよ」アメショーは言い、先ほど店頭にあった中古のケーブルをレジカウンターの上に置いた。「これ買っていくから」

「とにかく、車谷さんの車が事件に関係しているのかもしれないんだよ」ロシアンブルはできる限り、穏やかに話すように努めた。

「だからさっきから言ってるように、俺のあの車は盗まれたんだって」

「だけどそこにあるよね？」アメショーが店の前の駐車場を指差した。

罰森罰太郎宅の防犯カメラに映るＳＵＶのナンバーから車の持ち主を、数日かけて割り出し、彼らは、車谷店長に会いに来たのだが、店の前に当のＳＵＶがあることには、来てすぐに気づいた。

「盗まれて、返ってきたんだよ。警察が見つけて連絡してくれてな」

「ええと、どこで盗まれたんだっけ」

「マッサージ店だ。国道沿いの」車谷店長が答える。「肩こりとか腰痛とかやってくれるところ」

ファストフード店やラーメン店が並んでおり、共通の広い駐車場があるのだという。そこに停めていたところ、「いざ帰ろうとしたら車がない」という目に遭ったらしい。

「ちょっと外の車を見せてもらってもいいか？」ロシアンブルは言った。

嫌だよ、と車谷店長は言いたかっただろうがそうしなかったのは、店に来た時にロシアンブルたちが、「俺たちはヤバい方面の人たちにヤバい依頼されてヤバい調査をしている、ヤバい人間なのだ」とリンカーン大統領の名演説さながらに述べ、その証拠とばかりに、彼の体をあっという間に床に倒し、押さえつけてみせたからだろう。素直に協力するか、それとも痛い目に遭ってから協力するか？　どちらがいい、と突き付けたのだ。

「もう一回倒されたら、治りかけていた腰痛がまた大変になっちゃうからな。いいよ、好きに車を見ればいいだろ。壊したり、盗んだりするなよ」と苦々しく言いながら彼は車のキーを渡してくれた。それからふと手元に置いた小型ディスプレイに目を落とすと、「今日は勝てそうだなあ」と呟いた。どうやら東京ジャイアンツのファンらしい。それだけで、むっとしてしまうところはあったが、ロシアンブルは口には出さなかった。

黒のSUVは特に変わったところはなかった。まずはスライドドアを開き、ロシアンブルは中に身体を入れる。罰森罰太郎が押し込まれたシートを確認するためだ。

「拉致犯に繋がるヒントとか出てくればいいですけどね」アメショーは乗り気ではない声を出す。

「いいから、おまえも探せよ」

「何をですか」「何か、罰森罰太郎の連れて行かれた先が分かるようなヒントをだよ。運転席をチェックしろ」

「はいはい」「はい、は一回でいい、と言われたことないか？」「じゃあ、今の『はい』から一つ引いておいてください」

ロシアンブルは舌打ちをしたものの、怒ったところで響かないのは分かっているため、何も言わない。

「あのさ、ちょっと見るだけじゃなかったのかよ？　車に悪さしているんじゃないの？」いつの間にか車谷店長が店から出て、様子を見に来ていた。

「暇なのか？」車から体を出してロシアンブルは言った。「実は、この車を盗んだ奴らはひどい犯罪に関係しているんだよ。だから、そいつらを捜している。車内に手掛かりがないかと思ってな」

「あんたたち、警察ではないって言ってただろ」

「犯人を見つけたくないのか」

「え？　そりゃまあ」

「警察よりも俺たちのほうが一生懸命ですからね」運転席からアメショーが体を起こした。

「実は俺たちも前にやられているんだ。同じ車種で。気づいたら、盗まれていた」ロシアンブルは即興で嘘を並べる。

「マジか。そりゃ大変だったな」彼は急に、志を同じくする仲間同士のような顔になった。

「しかも、そいつらがもっとひどい犯罪に手を出していると知って、いても立ってもいられなくなった。とにかく弁償させたくてな」

「俺の車にドライブレコーダーでも付けていれば良かったんだが」

「カーナビを見せてもらってもいいか？」犯人たちがナビゲーションシステムを使い、移動していたのなら罰森罰太郎を連れて行った先が判明するかもしれない、と思ったが、期待はしていなかった。さすがにそこまで不用意ではないだろう。

「あ、シアンさん、見つけちゃいましたよ」アメショーが少し弾んだ声で言う。

見れば、自分の指をこすり合わせるような仕草をしている。

「これ、猫の毛ですよね」

慌ててロシアンブルも近づき、その指先が摘《つま》んでいる毛を見た。

「猫、飼ってます？」アメショーは、車谷店長に質問した。

すると彼は、「いいや」とかぶりを振った。「猫は好きじゃない」「猫アレルギーか」「いや、そういうんじゃないけどさ」

アレルギーでもないのに、猫を嫌う神経がロシアンブルには理解できなかった。

もちろん、人にはさまざまな事情がある、物事の善悪は一面的に判断できるものではない、とロシアンブルは常日頃から考えてはいた。誰かを批判、非難、糾弾した結果、それが誤っていたとなれば、気まずいのはもちろん、場合によっては非常に劣勢に立たされることになる。つまりよほどのことがない限り、寛容でいたほうが良いのだ。そこまで分かっているにもかかわらずロシアンブルは猫のこととなると脊髄《せきずい》反射的に、かっと来たり、むっとなったり、ちっと舌打ちをしたりしてしまう。かっ、むっ、ちっ、となる。猫が嫌いな人間には悪い要素がある、と思い込んでいるのだ。

だからこそ、ネコジゴハンターなどをやっていられるのかもしれないが、とにかく、猫嫌いの発言を聞き、ロシアンブルはこの車谷店長の自分内評価を大いに下げていた。

「その毛、猫のなの？　犬の可能性とかないの？」

「猫ですね」

「そんな毛だけで分かるわけ？」

「まあ、猫のことに関しては専門家みたいなものなので」

アメショーの口ぶりは軽薄なものだから、冗談や軽口のように伝わったかもしれないが、実際のところ、ロシアンブルたちは猫にまつわる知識、情報、噂話、あれやこれやについては詳しかった。

「持ち帰って調べるか」ロシアンブルはその猫の毛を指差す。「構わないか？」と車谷店長を振り返った。

「そりゃもちろん。猫の毛なんてシートにあっても困るからな」

アメショーがどこからか取り出した小さな袋に、その毛をぱらぱらとしまう。

「じゃあ、後は、ほどほどに頼むよ」と車谷店長は店に引っ込んでいき、それからしばらくロシアンブルたちは、警察の鑑識係さながらに車内を調べたが特別な発見はなかった。カーナビの履歴もやはり削除されていた。

店に戻り、車谷店長に報告すると、「車が盗まれたマッサージ店の場所を教えてくれないか」と頼んだ。


こういった調査には進展もあれば空振りもある。空振りの場面を長々、読者に披露するのもお互いにとって生産的とは思えない。もちろん、小説が生産的であるべきかどうかという議論はあるし、寄り道や空振りこそが小説の肝《きも》とも言えるのだが、ロシアンブルたちがマッサージ店の駐車場にいるところは、なるべく簡単に済ませたほうがいいだろう。

マッサージ店の駐車場でロシアンブルが周囲を見回している。

「あそこのカメラに、盗難の様子が録画されていないですかね」アメショーがマッサージ店の看板脇についている防犯カメラを指差した。

「角度からすると映っているかもしれない」うなずくとロシアンブルは大股で、マッサージ店に向かい、アメショーも続いた。

防犯カメラの録画データを見せてくれないかと頼むためだ。SUVが盗まれた時の模様を確認できれば、犯人の姿を把握できる。

が、結論から言うとうまくいかなかった。

いつもの不意打ちと暴力紛いの脅しをするまでもなく、マッサージ店主は、「分かりました分かりました」とすぐにカメラの録画情報を保存したハードディスクを持ってきてくれたのだが、チェックしてみれば保存期間は二十四時間で、過去の映像はすでに上書きされ、消えていたのだ。

これればかりは仕方がない。駄目でもともとの精神で、「あそこに置いてあったSUVが盗まれたの知っているか?」と訊ねたものの、「ああ、少し前に警察がいたけれど、車両盗難だったんですね」と呑気《のんき》に言うだけだった。警察もおざなりな捜査しかしていなかったのだろう。

マッサージ店の受付にはフォトスタンドが置かれ、むすっとしたサバトラ猫が写っていた。

「これは?」と短く訊ねると店主は、「うちのなんですよ」と目を細める。

この男は良い人間だな、とロシアンブルは短絡的に判断する。

さて次はどうしましょうか、と駐車場に出たところでアメショーが言った。「こうなったら、もう諦めませんか?」

「何を」

「罰森罰太郎ですよ。ネコジゴの一味ということで、俺たちは彼に制裁を加えようとしているわけじゃないですか」

「ああ、そうだ」何を今さら。

「だけど、誰かが罰森罰太郎を拉致しちゃったんですから、後はそっちに任せてもいいんじゃないですか？　たぶん、そっちでひどい目に遭っているんでしょうし。天罰は誰が下そうと天罰ですよ」

「そんなわけがない」天罰は正しい者が下すものだろう。

「わざわざ俺たちがそこから連れ戻して、懲らしめるまでもないというか。しかも、そうだ、あの車には猫の毛がありましたよね。ということは、拉致した奴もきっと猫好きですよ。仲間みたいなものです。僕たちは次のネコジゴのところに向かいましょうよ」

「ただ、仕事として請け負っているからには」

「真面目すぎるんですよ、シアンさん。いくら真面目でも、世界終末時計の針は戻りません」

携帯端末に着信があったのはその時だ。見ると、家事代行サービスのカジさんからの通話だと分かる。

耳に当てたロシアンブルは、「怪我のほうは大丈夫か？」と訊ねた。救急車で運ばれたのだろう、とは思っていたものの、その後の情報はなかったため、どうなったのか気になってはいた。

「警察沙汰にはならなかったんだな」

罰森罰太郎が拉致され、そこにいた家事代行サービスの人間が怪我を負ったのだから、それなりの事件として扱われるだろうと思っていたのだが、一向にニュースとして報じられなかった。

「罰森さんが連れ去られたのは、自業自得だと思ったので警察に助けてもらう必要はないかと思いまして」カジさんは言った。猫の敵と分かったからには同情はいらない、と強く思っているのだろう。「わたしは単に、転んでテーブルに頭をぶつけたと説明して、少し入院していたんですが」

「今は？」

「すっかり回復しました。そうしたら先ほど、連絡がありまして」カジさんの少し興奮した鼻息が聞こえた。

「誰から」「罰森さんです。家に戻っていたらしくて、それで今、呼ばれたので罰森さんのご自宅に来ているんです」

「罰森は拉致されたのではなかったのか」

「解放されたようです。ただ、罰森さんもこの件は大ごとにしたくないらしくて、黙っているようにと言われました」

「今すぐそっちに向かう」

「あ、はい」

「セキュリティシステムは解除しておいてほしい」ロシアンブルは言う。「そうしたら、何かの口実でそこから立ち去ってくれ」

「分かりました」

通話を終えた。話の内容を伝えると、アメショーが微笑んだ。

「どうかしたか」

「こんなにいいタイミングで連絡が来るだなんて、さすが都合良くできていると思って。こんな偶然、現実だったらそうそうないですよ」

小説の中の出来事だからだ、と言いたいのだろう。

そんなことがあるわけがない、間違っている、とロシアンブルは正したかった。小説だったらもっと、びっくりするようなことが、もっと突飛なことが、もっと都合のいいことが起きなければ失格ではないか。

内心でぶつぶつ言いながら、乗ってきた車のところへ早足で向かった。

「カジさん、これからはフードデリバリーの仕事一本で生活していくんですかね」

「それがどうかしたのか」

「いつか、僕たちがハンバーガーの出前を頼んだら、カジさんが運んできてくれることがあるかもしれませんよ」

ロシアンブルは想像する。携帯端末に、「配達依頼」の情報が出て、おそらく複数の配達人が早い者勝ちで請け負うのだろうが、それをたまたまカジさんが受ける。自転車を漕ぎ、配達先に辿り着き、インターフォンを押す。現れたのはロシアンブルかアメショーでお互いが驚き合う。

「小説だとそういう偶然が起きそうじゃないですか」とアメショーが笑う。「というか、フィクションは全部、作家の都合で作られていますからね。何か起きるのも、何か起きないのも、偶然が起きるのだって、偶然が起きないのだって。お婆さんが川に洗濯に行くのも、そこで桃が流れて来るのも来ないのも」

「現実のほうが偶然が多いけれどな」

「現実には作者がいないですからね。まあ、いるのかもしれないですけれど」とアメショーは言ってから、こうして僕がこんな話を喋っているのだって作者の都合ですよ、と呟く。「それで、罰森罰太郎のところに行ったら、どうします」

「やるべきことをやるだけだ」過去の、猫に対する罪を認めさせ、猫が受けた仕打ちをそのまま返す。

車のロックを外し、運転席に入ると、アメショーも助手席に身体を入れた。

「訊き出さなくていいんですか？　誰に拉致されたのか、とか、どうして帰ってこられたのか、とか」

「別に必要ないだろ。俺たちは俺たちの仕事をするだけだ」

そう言って前を見たロシアンブルは、うわっ、と声を出し、運転席で跳び上がりそうになった。シートベルトが引っかかり、体に食い込む。

目の前、フロントガラス越しに見えるボンネットに、カラスが現れたのだ。どこからか飛来し、着地した。こんな場所にカラスが留まるものなのか、と首を捻《ひね》る間もなく、カラスは嘴《くちばし》を開き、こちらを嘲笑《あざわら》うように高らかに鳴き、飛び去った。

ロシアンブル

「分かった、分かった。というか、この間の話なら、もう分かったと何回言えばいいんだよ。拉致して、帰してくれたと思ったら、また来たのか。おまえたちを売るようなことはしないと約束したただろ」罰森罰太郎は癇癪《かんしゃく》を起こしたように騒ぎ始め、ロシアンブルはげんなりする。

「この間の話というのは何だ」

「どういうことだよ。関係ないのか？」

「自分の行いが自分に返ってきたってことだから、仕方がないよ。自分がやってきたことを思い出して、受け入れたほうがいい」アメショーが言う。

「俺が今まで何をしたって言うんだ。稼いだだけだろ」

「お金持ちなのは悪いことじゃないし、誰も責めていないって。俺たちは、罰森さんのことを縛ってはいるけれど、連れ去ってはいない。ここは罰森さんの家なんだから。乱暴に連れ去った奴らに比べたら、優しいんじゃないかな」

「おまえたちは、あいつらとは別なのか。そうなのか」

少し字数のずれた俳句のようだな、とロシアンブルは思いながら、「あいつらが誰かは分からないけれど、別だろうな」と言った。それから例の、「ルワンダの虐殺を知っているか？」で始まる口上を述べようとした。が、その前に罰森罰太郎が、「おまえたちも何かを輸入したいのか。どうせ、同じ目的だろ」と喚《わめ》くので調子が狂う。

「輸入？」

隣のアメショーを見れば、彼も眉をひそめている。

「ええとそれは、罰森さんを拉致した奴らは輸入をお願いしてきたってこと？」

「前に何度かな。頼まれたんだ」

「輸入業もやっているのか？」動画配信のプラットフォーム開発や仮想通貨といった、実体のないもので財産を築いてきただろう罰森罰太郎が、「物」を運ぶというイメージが合わなかった。

「プライベートジェットだよ」むすっと罰森罰太郎が答えた。

「プライベートジェットを運搬するのか」

「はあ？」と呆れた言い方をする罰森罰太郎は、明らかにこちらを馬鹿にしている。はあ、そんなことも分からないの？　と言わんばかりだ。「俺がプライベートジェットを持っているから、それを使って外から荷物を運び入れろと言われたんだ。あまり大きい声では言えないが、一般の飛行機に比べるとプライベートジェットの入国審査、出国審査は緩いんだよ」そうして彼は、ずいぶん昔、有名実業家がプライベートジェット機で、大型荷物に隠れる形で不法出国した事件を持ち出した。あれからかなり年月が経っているが、仕組みはそれほど変わっていない、と。

「本当にそんなことあるわけ」

「まあ、何でもかんでも大丈夫ってわけではない。ただ、空港職員も仲間なら少し話は変わってくる。楽器入れの中はチェックしない約束だよ、と指切りしておけば」

「ようするにおまえは連れ去られて、『普通じゃ持ってこられないようなものを持ってきてくれ』と脅されたわけか」

「頼まれたのはずいぶん前だし、持ってくるのももう終わった。俺はちゃんとやったんだよ」

「ちゃんとやったのに、連れ去られちゃったわけ？」アメショーが首を傾《かし》げる。「分かった。持って来る物を間違えたんでしょ？　注文したものと違う！　と怒られたとか」

罰森罰太郎は鼻で笑う。「いや、単に俺が交渉しようとしただけだ」

「交渉？　取り分を増やせとか？」

「これ以上、金が欲しいと思うか」

「思うよ。お金を持っている人は際限なくお金を欲しくなるからね」

「俺は欲しくならない」

「じゃあ、どういう交渉だ」知らなくても困るわけではなかったが、ロシアンブルは訊ねた。

正直に話さなくては解放されないとは理解したのだろう、実際のところは正直に話しても解放はされないのだが、とにかく罰森罰太郎は隠すつもりはなさそうだった。「あいつらは俺を脅して、何度か仕事をやらせた。まあ、輸入の手伝いくらいでいいのなら、と引き受けたんだが、終わってみると腹が立ってきた。だから連絡して、『おまえたちはどうせ悪いことを企んでいるんだろう』と脅してやったんだ。警察に通報してもいいんだぞ、と」

「強気だなあ。そうしたら、連れ去られちゃったわけ？　甘く見積もりすぎでしょ」

「この家のセキュリティはかなり厳しくしたし、外に出る時も警戒するようにした。なのに、セキュリティが壊れていたんだ。今日もだな」

「それはびっくりだね」アメショーは棒読み口調で言った。「で、連れ去られて脅されちゃったわけ？　罰森さん、頭がいいんだか悪いんだか分からないよ」アメショーが笑い声を立てる。

「よく帰してもらえたね」

「俺の話術が効いたんだろ。言葉で相手を油断させたり、安心させたりするのは得意なんだ。仮に何らかの事情で俺が誰かを殺したとしても、警察に、『仕方がないね。次から気を付けるんだよ』と言われる程度で済ませられる自信があるよ」

調子が良く、腹立たしい男だ。ロシアンブルは自分の顔が引き攣るのが分かる。おそらく拉致した者たちも、罰森罰太郎を脅したり痛めつけたりはしても、命を奪うことまでやりたくなかったのだろう、とは想像できた。

「どうにか無事に帰ってきて、家事サービスの女も退院したし、これで元通り、と思ったら、今度はおまえたちだ」

「ごめんね」

「おまえたちの目的は何なんだ」

ああ、やっと本来の話をすることができる、とロシアンブルは息を吐いた。「九〇年代にアフリカ、ルワンダで起きた虐殺のことは知っているか？」

百日間で八十万人が死んだ。百万人という話もある。

いつものペースで話しはじめると、罰森罰太郎が不意打ちを食らったようにきょとんとした。

それからやはり、いつもの手順で〈猫ゴロシ〉のことを思い出させ、猫が受けた苦しみが今、おまえに跳ね返ってくるのだ、と説明した。

いつもと違うのは、「十億円を当選した人の依頼によって、この仕事をしている」と話した時に、罰森罰太郎は動じなかった点だ。「十億でいいのか？　それなら、俺が上乗せして払うから、こんなことやめろよ」と勝ち誇った言い方をする。

ロシアンブルはもちろん、彼のそのような申し出は無視し、持ってきたバッグから痛めつけるために必要な工具のたぐいを取り出し、並べた。

おい聞いているのか、お金ならやると言ってるだろ。

罰森罰太郎も恐怖に耐え切れなくなったのか、饒舌《じょうぜつ》になり、こちらを脅し、取引を持ち掛けてきたが、アメショーは鼻歌まじりに準備を続けるだけだ。そのうちに泣き落としに変わるが、ロシアンブルとアメショーの対応は変わらない。

「あの時の猫がどういう目に遭ったのか、覚えているか?」

ぶるぶると彼は頭を左右に振る。

いつの間にかその防音地下室からアメショーが消えており、少しして戻ってきた。手には薬缶《やかん》がある。

「罰森さん、上のキッチンのIHヒーター借りちゃったよ。お湯沸かしモードだとすぐに沸騰するんだね。驚きの早さ」

ロシアンブルはその、薬缶の口から溢れる湯気に一瞥をくれた後で、「〈猫ゴロシ〉の時、おまえが動画配信者に出した指示を覚えているか?」と訊ねた。「いくつかあるが、代表作はたとえば、『薬缶で沸かした熱湯を』というのがあった。いいアイディアだよな」

「いや、そんなことは」

「調べているんだよ、こっちは」当時の動画配信サービスのログを入手し、期限切れで削除されていたログもあったが、それについても金に物を言わせて可能な限り復元し、投稿されたメッセージと接続アドレスの突合せを行っていた。「どうするんだ」

「あの時の猫たちはそれに答えてもらえたか?」

「どうするんだよ。お金ならやると言ってるだろ」

「あの時の猫ちゃんもそう言ってたと思うよ」

薬缶を持ち上げたアメショーは、それを少し傾け、躊躇することもなく椅子に座った状態で固定された罰森罰太郎の太腿《ふともも》に、お湯をかけた。

悲鳴がしばらく聞こえるが、ロシアンブルたちは特に気にかけない。「自分がやったことを思い出してみろよ。まだまだ序の口だ」

「ちょっと待て。ちょっと待て。待つんだ」と罰森罰太郎が騒ぐ。

熱湯をかける。悲鳴が響く。このあたりはあまり気持ちがいい場面でもないため、早送り、もしくはぼんやりとしたフィルターをかけたほうがいいのかもしれない。

とにかく薬缶の湯がなくなると、罰森罰太郎は口から泡を出すような状態で、先ほどまでと口調も変わり、「待ってください」と懇願していた。

「ちょっともう一回、お湯沸かしてくるね」と軽やかにアメショーが部屋から出ていく。

「あいつらのことはいいのか？　俺を拉致したあいつらだ。あいつらは放っておいていいのか」

「別にそれは構わない。俺たちとは関係ないからな」どうせ時間稼ぎ、命の引き延ばしのための演説だ、とロシアンブルは取り合うつもりもなかった。

「いや、あいつらも絶対、猫を狙うぞ。猫を」

「何だそれは」

「俺を拉致した奴らの一人も同じだったんだ」

「同じ？」

「〈猫ゴロシ〉を支援していた人間を探しているんだろ？　ネコジゴを。あいつもネコジゴの一人だ。だからこそ、俺に目をつけた、と言っていた」

「言ってる意味が分からない」

「拉致した男の一人が言ったんだ。車を運転していた奴だ」

罰森さんは〈猫ゴロシ〉の視聴者だったんですよね？　知ってますとも。自分もそうだったんです。ネコジゴメンバー同士ですから、縁がなくもないですよ。だから協力してください。どうしてあんなことをしたんだろうと今は後悔しているんですけど、罰森さんは反省していませんよね。だって、いまだによくＳＮＳで仄めかしているじゃないですか。猫の虐待を推奨するようなことを。

「拉致した奴がそう言っていたわけか。だとすると、俺たちがまだ、会いに行っていないネコジゴメンバーの一人だな」

「すでに会った奴の可能性はないのか」

「俺たちに会ったネコジゴメンバーが、そんなに元気なわけがないだろう」

罰森罰太郎は嫌そうな顔をした。「あいつらは絶対、良からぬことを企んでいるんだ。プラスチック爆弾を持ち込むんだから、それを猫に使うくらいのことは」

唐突に出てきた、「プラスチック爆弾」というキーワードにロシアンブルは少し戸惑う。「何だそれは」

「プラスチック爆弾って、プラスチックでできているのかと思ってたんだけれど、違うんだってね」またアメショーが薬缶片手に戻ってきた。階段を降り、どこから話を聞いていたのか、「英語で、粘土みたいに形が変えられるって意味なんでしょ」と言う。「プラスチック・オノ・バンドはどっち？　プラスチック製？　それとも形が変わるほう？」

湯気の出る薬缶を見て、罰森罰太郎はぶるぶると震えた。

「爆弾を持ち込むというのはどういう意味だと訊いてるんだ」

「あいつらは俺のプライベートジェット機に大きな楽器ケースをいくつか載せた。照明器具というのもあった。中は見るなと言われたが、気にはなる。一つだけ隙を見て、覗いてみたんだが、箱に記号が書いてあった。調べたら、どうも爆発物のようだったんだ。危うく、何かあったら機内で爆発していたところだ。いいか、あいつらは何か良からぬ事件を起こすつもりだ。ほかの荷物には銃器もあったんじゃないか」

「何をするつもりなんだ」

「あいつはネコジゴだったんだから、猫に危害を加えようとする可能性もある。充分ありえる。そう思わないか？」

「だからって別に、おまえが許されるわけではない」

罰森罰太郎の顔がすっと青くなった。「だけど、俺がいなければあいつらの情報は入らないだろ」

ああ確かにそうか、とアメショーがのんびりと納得するような返事をした。

罰森罰太郎がほっとした表情になる。

「いや、そんな情報はいらない」ロシアンブルは冷たく言うと、薬缶をアメショーから受け取り、持ち上げた。

「聞いているのか、おい、やめろって」

「話術が巧みなんだろ？　ええと、俺は何と言えばいいんだっけか。『仕方がないね。次から気を付けてね』か。残念だな。次なんてないんだ」

喚き声が聞こえるが、ロシアンブルは特に何も感じなかった。

防犯カメラ等の録画データがないかを念のため確認した後で、罰森罰太郎の家を後にした。

敷地を離れ、停めた車に向かっていると、背後で罰森罰太郎の家に炎が広がり始める。ロシアンブルたちが放ってきた火が、壁や屋内のカーテンを燃やしているのだ。

檀先生

「学校のほうはどうなの。最近の中学生はいい子にしているの？」母は剝《む》いたリンゴを載せた皿をダイニングテーブルの上に置き、私の前に座った。

夜九時過ぎに到着したのだが、彼女は特に気にする様子もなく、私がこの家に住んでいた時と同様に、「おかえり」と言うだけだった。

「いい子の定義によるけれど」私は話しながら、里見大地のこと、その父親の里見八賢のこと、彼が監禁された〈先行上映〉のことを母に喋ろうかどうかと悩んでいた。

利害関係なく頼れるのは親くらいだよ。昔から母はよく言い、その恩着せがましい言い方に、親なら当たり前だろうとでもいうような反応しかできなかったが、教師になってからは、それは決して、当たり前のことではないと理解できた。頼れる親が、実際に頼りになるかはどうかは別にして、存在することは幸運なことなのだ。

おまけに母は、〈先行上映〉のことも知っているのだから説明も早い。他言することもないだろう。

ただ一方で、母を巻き込んでしまう恐怖もあった。ここで悩みを吐露しても、母は解決策を持っていない。つまり心配をかけるだけだ。

無言でいるわけにはいかず、なぜなら沈黙はすなわち「相談事がある」ことを明かしているようなものだから、「そういえば、自分で小説を書いている生徒がいるんだ」と言っていた。勝手に話してしまい申し訳ない、と布藤鞠子に対し、内心で謝る。

「へえ、自分で」

「それが面白くて。いや、面白いけれど怖くて」私は、彼女が書いているネコジゴハンターの小説について概略を説明した。「この間、読んだところにも痛々しいシーンがあった。でもまあ、彼女なりに読む人に気を遣ったのか、少し曖昧な書き方にはしてくれていたけれど」

すると母は、「いいじゃないの。面白そう」と予想以上に喜ぶ。「怖いけれど、夢があって。猫の復讐だなんて」

「夢があるとは言えないような」

「それって、作り話の役割のような気がするんだよね」

「役割？」

「こんなことすると、こうなっちゃうよ、って。昔話もよく、意地悪なおじいさんがひどい目に遭って、正直者にいいことがある、とかそういう話が多いでしょ。あれは子供を洗脳するためだよね。意地悪おじいさんみたいなことをすると大変な目に遭うよって」

「洗脳と言われると怖い」私は苦笑する。確かに、昔話には教訓や道徳が込められていることが多いだろうが、それはまた違う話にも思えた。

「それと同じように、猫にひどいことをしていると、ネコジゴハンターが来るかもよ、というのは脅し、というか、牽制《けんせい》になるでしょ」

「なるかなあ」作り話は作り話として受け止めるだけで、それを現実と結びつけて教訓にするとは思いにくかった。

「わたしが通っていた中学には」急に母が思い出話を始める。リンゴを齧った後で、「女子中学生正門落下複雑骨折事件、というのがあってね」と言った。

「怖そうな、面白そうなタイトルだけれど」

「正門をね、始業時間になったら閉めるんだけれど、わたしたちより五年くらい前の三年生が、遅刻して無理やり門をよじ登って、入ろうとしたんだって。そうしたら、足を引っかけて落ちちゃって、大腿骨《だいたいこつ》が折れちゃったって。骨が突き出して」

「想像するだけで痛そう」

「という話をね、先生から聞かされていたわけ。へえそうなんですか、なんてわたしは聞いていたけれど、やっぱり怖いから、よく思い出したし、門をよじ登るのだけはやめようって思ったの。浸透していたせいか、ほかの生徒も、あの正門だけは登らなくて」

「まあ、そうだろうね」それがどうかしたのか。

「今から考えると、あれ、作り話だったんじゃないかなあ」

「え？　骨折事件が？」

「女子中学生正門落下複雑骨折事件ね」「正式名称はどうでも」

「そういうことがあったんだよ、と言えば効果あるってことでしょ。でっち上げでもいいから」

「よっぽどうまくでっち上げないと、若者は騙《だま》せないかもしれない」

「確かにそうだね。ばれそう」母はあっさりと認める。「とにかくそれと同じようなもので、ネコジゴの話も効果があるんじゃないの？　その生徒はそのために書いているんじゃないの」

布藤鞠子にそんな思惑があったのか？　すぐにはぴんと来ない。何かのメッセージを託しているのだろうか。それならばもっと別の意図があるのではないか。別の意図とは何だ？

母がダイニングテーブル上のリモコンを操作し、モニターの電源を入れた。テレビ番組が映し出され、真ん中に立つ男が、「俺ね、しょっちゅう医者に行ってるんだけどさ。待たされるのが本当に苦痛で」と不満を洩らしていた。

時事ニュースを面白おかしく取り上げる番組だった。昼のワイドショーならまだしも、夜にこういったタイプの番組は珍しく感じるが、何年も放送が続いている。司会役のマイク育馬が、自分の持病について語り、騒いでいた。

「こっちは小便が近いから困って、病院に来ているっていうのに、待たされてると余計に悪化する」と言って自分で笑う。何が面白いのか、私にはさっぱり分からない。

日中、成海彪子と野口勇人から聞いた、「カフェ・ダイヤモンド事件での、マイク育馬の言動」のこともあり、観ているだけで不快感を覚えた。

五年前、彼が警察の動きについて軽率に言及したせいで、人質が全員亡くなったという噂が本当かどうかははっきりしない。が、もし自分がそのような疑惑を突き付けられたら、平静ではいられないだろうし、その後も同じようには仕事を続けられないだろう。こうして元気良く出演できている彼は、私とは神経回路が異なるに違いない。

「マイクさん、発言は気を付けたほうがいいですよ」番組の出演者が注意をするが、言い方は軽かった。「舌禍多いんですから」

「まあ、確かに。いろいろ問題起こしちゃってるからね、私も。すぐ怒られちゃう」と舌を出し、周りがまた笑う。

怒られる、という言い方が気になった。悪いことをした、と反省しているのではなく、怒られたことを後悔しているかのようだ。裏を返せば、怒られなければ、咎められなければ、問題なかったのに、と受け止めているのではないか？

マイク育馬は威勢よく喋り続ける。「アンデルセン童話だっけ？　王様は裸だ！　と言った子供の話があったでしょ。あれと一緒。誰かが言わないといけないことってあるんだよ。白い目で見られても、大事なことを言う人間が必要ってこと」

あたかも自分の過去の失言は、世の中のために必要だった、ジャーナリストの使命感ゆえ！と印象付けるような発言だった。ただ、少なくとも、カフェ・ダイヤモンド事件の際に警察の動きを犯人に伝えてしまったことには、社会的意義を見つけにくい。単に、中継の最中に「見つけた！」と言いたかっただけだ。使命感どころか、幼い承認欲求のために口走っただけではないのか。

「この人、偉そうよね」テレビを見た母が言った。「偉そうな人って、だいたい、自信がないからなんだよね。お父さんも言ってたけれど」

「このマイク育馬、自信がないようには見えないけれど」

「偉い人は、実績と実力があるから、余裕があるわけ。偉そうな人ってのは、あくまでも、『偉そう』だから立場を維持できるわけでしょ。だから、ずっと偉そうにしていないといけない。偉そうっていうのは、結局、偉そうな言い方と偉そうな態度で醸し出すしかないんだから、やめられない。あとは攻撃されないように、威張っていないと立っていられないのかも」

「なるほど」

「でも可哀想だよ。今は良くても、この人が現役引退して八十歳とかになった時のことを考えてみてごらん。老後は、誰も慕ってくれないんだから」

まあね、と私は同意しつつも、カフェ・ダイヤモンド事件の被害者たちは、その老後すら迎えられなかったのだ、とは思った。

「マイクさん、そんなことを言っていると恨みを買いますよ」と別の出演者が言った。

「恨まれたって別に困らないですよ。私の通院しているクリニックの待ち時間が長いとか、ジャイアンツが勝てなくなるとか、そっちのほうが怖いですよ」

スタジオに笑いが広がる中、マイク育馬は、「最近、ジャイアンツ連勝続きで気分がいいですからね。暇があれば観戦に行ってます」と誇らしげに鼻の穴を膨らませた。「ジャイアンツには勝ってもらわないと。スポーツに限らず、結局、勝てば官軍ですよ。負け犬がいくら吠えても、何も変わらない」

「負けてもチャレンジすることに意味があると思いますけれどね」番組内のバランスを取るためだろうか、コメンテーターが言うが、マイク育馬はそのバランスを取られること自体が不愉快なのか、むっとした。

「負けてもチャレンジなんて甘いですよ。生き恥を晒《さら》すくらいなら死んだほうがマシだと思いますよ」

「王様は裸だ！　と得意げに叫んでいるおまえが裸だっつうの」母は淡々と、リンゴを齧るついでのように嘆く。「何が生き恥を晒すくらいなら、なんだろうね。生きていくことなんて恥だらけだっていうのに」

「まあね」

「おまえはすでに恥ずかしいぞ、とこの男に言ってやりなよ」

「言ってやりなよ、と言われましても」私は苦笑しながらも、サークルのメンバーはこのマイク育馬のことこそ監禁すべきではないか、といった悪い考えが芽生えるのを抑えられなかった。同時に、里見八賢のことをまた思い出す。押し込めても押し込めても、浮かび上がってくる、恐ろしいあの光景だ。

やはりこのまま自分の中に抱えていることはできない。

母には申し訳ないが、この恐怖と悩みを共有してもらいたい、と私は話すことに決め、「実はさ」と言いかけたが、そこでちょうど母が、「リンゴもう少し剝くから」と席を立った。

気勢を削がれたような気持ちで座り直したところで、携帯端末が音を発し、振動しはじめた。見ると里見大地の自宅電話だったため、飛びつくようにし、耳に当てる。

「ああ、先生。夜に申し訳ないけど、心配してくれていたから」

「どうかしたか。警察に行くことにしたか」

「お父さんからメッセージが届いたんだ。俺と婆ちゃんのところに」

私は一瞬、頭が固まる。得た情報をどう受け取るべきか判断がつかなかったのだ。明らかに声の調子は、「朗報ですよ」と訴えてきていたが、そんなわけがないとも思った。「何という内容だったんだ？」

「出張が長引いているけれど、来週には帰れるから心配しないでくれ、って。まあこれで、一安心だね」

そうだな、と私は答えたが、果たしてそれは里見八賢からのメッセージなのかどうか、とは気になる。

「先生と会う約束も破ることになって申し訳ない、と書いてあったよ」

私のところには届いていない。直接、返信してくれればいいのではないか、と不満とも疑問ともつかないものが胸の内に湧いた。

「心配してもらって、すみません。お騒がせしました」里見大地は大人びたことを言った。「あの占い師さんにもよろしく」と。

もっと疑わなくてはいけない。安心するのはまだ早いぞ、と食い下がりたかった。携帯端末を奪われているのならば、本人以外の人物がメッセージを送ることはできる。その端末には、家族や私からのメッセージが届いているのだから、それに合うような文面を拵《こしら》えて、返信すればいい。が、根拠もないのにしつこく粘ることもできなかった。

通話を終えた私は、状況がより厄介になったことを知る。これで、里見大地や祖母が警察に届け出る気持ちが弱くなった。

どうすればいいのか。

追加のリンゴを食べ終えたところで私は、実家を後にした。結局、母に、抱えている悩みを打ち明けるのはやめた。台所と行き来する彼女の姿が、だいぶ老いたように見えたからかもしれない。巻き込めないと思ったのだ。

「仕事もいろいろ大変かもしれないけれど、無理するんじゃないよ」帰りがけに母はそう声をかけてきた。

「無理はしない、といつも思ってはいるよ」

「あとは、忙しい時ほどよく考えてね。ヘディングだよ、ヘディングを使って」

昔の映画の台詞「フォースを使え」みたいに言わないでくれ、と思ったが、その時だけ気持ちがふっと軽くなった。

檀先生

「早いですね」と言った私は自分でも、おどおどしているのが分かる。

約束の時間は十時で、その十分前には到着したのだが、店の奥側に個室があり、そこに案内されると彼ら三人がすでに座って、待っていた。

里見大地から、「お父さんからメッセージが届いた」と聞いたのが土曜日の夜で、翌日の日曜日に考えた末、わたしは成海彪子に連絡を取り、「里見さんの件で新情報がありまして、サークルの人たちともう一度お話ししたい」と伝えたのだが、すると彼女はすぐに話を通してくれ、次の日、つまり三連休の三日目に会うことになった。

待ち合わせていた喫茶店の個室は細長く、宮殿的な、ロココ様式という表現が正しいのだろうか、曲線と装飾の目立つテーブルがあり、椅子が並んでいる。

「はじめまして、庭野です」と男性が向かい側で立った。

二十代のように見えるが、三十代後半か四十代前半と言われても違和感はない。髪は短く、少し目が垂れ、穏やかな顔つきだ。ピーター・セラーズとジャッキー・チェンに似ていると言っていたが、確かに、言われてみれば、といった感じではあった。

野口勇人は寝起き状態で連れてこられたかのような不機嫌な面持ちだったが、カラオケ店での初対面の時もそうだったから、これが彼にとっての通常運行の外見なのだろう。

「お忙しいところ申し訳ないです。急な話に対応していただいて、ありがとうございます」私が頭を下げると庭野が、「こちらこそ、三人で押しかけるように来てしまって申し訳ないです」と丁寧に言った。

「わたしたちも里見さんのことは気になっていますから、新情報と聞いて、いても立ってもいられなくて」成海彪子が言う。

三人の顔を見る。嘘をついているのか、何を企んでいるのかを読み取りたかった。

里見大地や警察を動かすための、証拠を手に入れるべきだ。私はその考えに衝き動かされていた。

「実は、里見八賢さんの息子さんと話ができたのですが、お父さんからメッセージが届いたようなんです。今週には出張から帰る、と」

「え」「そうなんですか」「へえ」サークルのメンバーは三人三様の返事をした。

「息子さんと付き合いがあるんですか？」成海彪子が訊ねた。

担任教師だから、と答えそうになるのを我慢した。彼らの前では私は「段田」であり、「メーカー勤務の会社員」なのだ。

「里見さんのことが気になって私から電話をかけたんです。そうしたら、メッセージが届いたところだと教えてくれまして」

真向かいに座る庭野が、私をじっと見ている。こちらの嘘を探ろうとしているのだろうか、見透かすような顔つきにも思えた。

「良かった。里見さん、無事なんですね」成海彪子がほっとしたように言う。

「だけど、僕たちが送ったメッセージには返信をくれないのはどうしてなんだろう」庭野が首を傾げる。「段田さんのところには返事ありましたか？」

「なかったです」どこまでを正直に話し、どこから偽るべきなのか、線引きは曖昧なままだ。

「忙しいのは間違いないみたいなので、個別に返信する余裕はないのかもしれません」

「内閣情報調査室って何やるところかよく分からないけれど、潜入捜査みたいなのもやりそうだからなあ」野口勇人が茶化すような言い方をする。

あなたたちが監禁しているんですよね。そう突きつけたかった。彼らを私はじっと観察する。不自然な素振りはないように見えたが、トイレに人を監禁するような人間に、表面を装うことなど容易だろう、とも思う。

「それとあと、里見八賢さんから息子さんへのメッセージには」ここからは私の、「嘘をつく力」

が試される。腹に力を込め、なるべく抑揚のつかないように、「何か困ったことがあったら、サークルの人たちに相談しなさい、とも書いてあったそうです」と続けた。

「そうなんですか」と成海彪子が少し驚いた。

「里見さん、息子さんにサークルのことを話していたんですかね？」庭野が訊ねる。

「いえ、息子さんは分かっていない様子だったので、もし何かあったら、サークルのことを調べて連絡を取ってみろ、という意味合いだったのかもしれません」

「へえ」野口勇人の目はひんやりとしたままだ。

私はそこで、トイレに行ってきます、と席を立った。大きめのバッグを椅子に置いたまま、個室を出る。

バッグの中には録音状態にしたレコーダーを入れてあった。マイクの性能は良いため、私がいなくなった後の彼らの会話を録ることができると考えたのだ。私の言い残した、里見八賢からのメッセージの内容について彼らが会話をすれば、そのことが証拠になるはずだ。

私の予想では、里見大地へのメッセージは監禁している側がなりすまして送ったものだ。少しでも警察への届けを遅らせるためにだろう。実際、それは効果があった。

つまり彼らは、私が今口にした文面を聞き、自分たちが作成したメッセージになかった一文があったと気づいているはずで、だとすれば私の離席中に相談を兼ね、やり取りをするのではないか。

店の奥のトイレに入る。そこでしばらく時間を潰したかったが、外で待っている人がいたら申し訳ないため、長居はできない。洗面台で手を念入りに洗う。不自然に思われない程度の時間を置いたところで、先ほどいた個室に戻る。なるべく音を立てずに中に入った。

期待していたのは、私の気配に気づかず、仲間内の会話を続けていた彼らが急にはっとし、黙り、気まずそうにこちらを見るといった場面だったが、そうはならなかった。

彼らはずっと無言だったかのように落ち着いた状態だった。

席に着き、バッグを抱え、脇に置く。中のレコーダーが動作したままなのは、目で確認できた。早く、録音内容を聞きたい。決定的な発言が録れていればいいのだが。

もう一度機会があれば、誰かから携帯端末に連絡があったことにして席を立ってみてもいい、と私は思っていた。

そこで個室に人が入ってきた。店員が食べ終えた食器を片付けに来たのかと思ったが、そうではなく、若い女性が姿を見せると私に手を振り、「檀先生」と言ったのだ。

身体が硬直し、反応ができなかった。十代後半と思しき女性で、いったい誰なのか分からず、事態が呑み込めなかった。

「檀先生、わたしですよわたし」彼女は自らの顔に指を向けた。

仕方がなく私は彼女を眺めるが、そのあいだ、成海彪子や野口勇人、庭野の鋭い視線がこちらに向いているのも感じた。

「あ」その子が以前、別の中学校で担任をしていた際の生徒だったと気づく。手のかからない、明るい生徒だった。「ええとどうしてここに」

彼女は顔をくしゃっとさせた。「どうしてここに、って喫茶店にコーヒーを飲みに来ただけ。さっき、先生がトイレから出てきた時に、もしかして、と思って。この個室に入るのが見えたから。今はわたし、大学生」

「ああ、そうか。元気にやっているんだな」突然の、昔の生徒との再会に小さく感激した。声をかけてくれたことが嬉しくて、つまりその瞬間、私は成海彪子たちのことを忘れていた。

「檀先生、まだあそこにいるの」中学校名を口にする。

「いや、転勤して今は違うんだ」と答えたところで、自分が足を踏み外していることに気づく。背筋が寒くなり、鳥肌が立つ。視界が狭くなる。目を閉じ、耳を塞ぎたかった。

「ああ、そうだそうだ。前に誰かから教えてもらっていたんだった」と彼女はさらに、私の今の勤務先の中学校名も口にした。

背中どころか体の内側に、汗をかいているかのようだ。

気づいた時には私は、「じゃあ、また。お互い頑張ろう」と教え子に声をかける。

「ありがとう、先生。またね」と彼女も部屋から出て行った。

その後のことはよく覚えていなかった。しどろもどろになりつつ、どうにかサークルの三人と話を続け、その店を後にした。記憶はなかったが、そうしたに違いない。

もっと冷静にそれらしい言い訳を口にし、取り繕うことも可能だったのではないか、と後悔するのはＪＲの電車に乗り、吊革につかまった頃にようやく、だった。

成海彪子

ここからやっとサークルの話です。長くなってしまい、申し訳ありません。

庭野さんと野口さんに誘われたものの、孤独な人に付け入ってくる怪しげな団体ではないのか、物を売りつけてくるのではないか、こちらがその気もないのに社会運動に参加させられるのではないか、と警戒心は抱きました。

カフェ・ダイヤモンド事件以降、どうなってもいいな、という気持ちで生きていたとはいえ、面倒なことにはできるだけ関わりたくありません。

ただ、野口さんの家でのバーベキューに行ったところ、居心地は悪くなく、楽しく過ごすことができたため、それ以降、わたしはよく通うようになりました。

メンバーは最終的には十二人となりました。わたしを含めたその十二人は、カフェ・ダイヤモンド事件の遺族の中でも都内近郊在住で集まりやすいという共通点がありましたが、それ以上に、似ている部分がありました。確認し合ったわけではなく、単にわたし自身の見立てに過ぎなかったのですが、集まっていた十二人はみな、「何となく生きているだけ」という様子に見えたのです。元気良く喋る人も無口な人もいましたが、どの人たちも、退場するきっかけと勇気がないからステージに立っているだけだったのではないでしょうか。

サークルの集まりは野口さんの豪邸の広い庭にテーブルを出して行うことが多く、美味しい食事やお酒を囲み、ざっくばらんに話をしていました。カフェ・ダイヤモンド事件に関する話は、はじめのうちは相続でのトラブルやマスコミに対する不満について語る程度だったものの、だんだんとお互いの悩みや苦痛についても話すようになりました。

また、参加メンバーの一人、康雄さんは医者でしたので、わたしたちがそれに甘えて、体の不調について質問をする、非公式健康診断のような日もありました。還暦だという康雄さんは小さな診療所を開いていて、奥様の康江《やすえ》さんも看護師として勤めていました。二人とも名前に「健康」の「康」の字がついているのは偶然だったそうです。「やる気がないから開店休業状態です」と自嘲していましたが、実際、カフェ・ダイヤモンド事件で息子さんを亡くしてからは、「完全予約制」を謳い、仕事の量をかなり減らしていたようです。

サークルを始めた二人、庭野さんと野口さんは、兄弟のように見える時もあれば、同じクラスの同級生同士にも見えました。庭野さんが博識で、温厚、リーダーシップのあるお兄さん、もしくはクラスメイトに慕われる学級委員だとすれば、野口さんは愛想のない弟か、教室の端に座り、皮肉めいたことばかり口にする生徒、というところでしょうか。

「庭野さん、事件前までは俺のこと、鬱陶しい弟だと思っていただろ？　こんなでかい家で引きこもって、将来、厄介なことを起こすんじゃないか、義理の兄になんてなりたくないな、と感じていたんじゃないのか」

みなでバーベキューをしながら、お酒が入った雑談の際に、野口さんが冗談交じりに言ったことがあります。庭野さんは、「もちろん、厄介だと思っていたに決まっているじゃないか」と軽やかに答え、みなを笑わせました。

どうして「サークル」を始めることにしたのか、という話になると、二人の言い分は食い違いました。

「事件の後、庭野さん、俺を心配してうちに来ているように見せかけて、実は自分が一人でいられなかったんだよ。いつもだいたい穏やかで、浮世離れしているから分かりにくいけれど、事件後はほんと心ここにあらずで。死んだ姉ちゃんのことを思い出しては、めそめそ泣いていたんだ。だから、このままだとまずいなと思って俺が提案した。誰か、同じ境遇の人間と会ってみたらどうかな、と」

庭野さんはそれを否定し、「あのままだと、勇人君が部屋にこもったまま、腐ってしまうような気がしてならなかったんだ」と話しました。「勇人君がテレビ局に行って、マイク育馬の番組に突撃して、殴り込む夢を見たのは、一回じゃなかったからね」

「それは確かに正夢になってもおかしくなかった」野口さんはうなずきました。

もちろんマイク育馬のことは時々、サークルの集まりの中で話題になりました。

生放送をしていたマイク育馬のせいで、犯人たちが自棄《やけ》を起こしたのだとしたら、どうしてそのマイク育馬が今も、のうのうと生きていられるのか、反省もせずにテレビ番組で偉そうに振舞っていられるのか納得はいきません。サークルのメンバー全員に、マイク育馬へのもやもやとした思いはありました。

とはいえ、事件を起こした犯人や最悪の形でしか解決できなかった警察に比べれば、マイク育馬を強く責める気にもなれませんから、心の底から憎むというよりは、口に出すことで不満を発散したかっただけ、といった部分もありました。

だから、あの四人がいつの間にか、マイク育馬に対して強い憤り、憎悪を、心の内で大きく膨らませていたことには驚いてしまいました。

四人とは、そうです、野口さん、哲夫《てつお》さんと沙央莉《さおり》さん、それから将五《しょうご》さん、あの時、飛び出して行った四人です。野口さん以外はみんな苗字が同じで——全国でもかなり多い苗字でしたから驚くほどの偶然ではありませんが——だからわたしたちは下の名前で呼んでいました。

哲夫さんはわたしの父親ほどの年齢で、カフェ・ダイヤモンド事件で奥様と息子さんを亡くされていました。「息子がボーナス入ったからと予約してくれたんだ。俺が渋滞に巻き込まれて到着が遅れたせいで、あいつらだけが人質になった」と悔やむように言っていました。

あの事件までは製薬会社の工場の管理をしていたらしく、責任を担う役職だったそうです。カフェ・ダイヤモンド事件の犯人たちは、やはりそういった工場から硫酸や硝酸などを入手して爆発物を作ったようですから、そのことでも哲夫さんは自分が関係者であるかのような罪の意識を——もちろんそんなことは関係ないんですけれど——抱いていました。


沙央莉さんはわたしとほぼ同い年の女性です。

「わたし、昔から、暗い暗い、と言われていて。友人はもちろん、知り合いと呼べる人もいなくて。親は頼りにならないですし、ほんと一人でどうにか生き延びてきた感じだったんですよ。だから、夫みたいな人に会えたのは本当に奇跡的で。今までのつらかったことは、夫に会うためだったんだなと思えるほどだったんですけど」

彼女は、カフェ・ダイヤモンド事件でまさにその旦那さんを——結婚して一年も経たないうちに——亡くしてしまったのです。

もともと諦めていた人生だったので、今さらこんな仕打ちを受けてもショックではない。もともと一人だったではないか。そう自分に言い聞かせているんですけれど、やっぱりつらいです。

無表情で言う彼女は、いつも暗い面持ちでしたから、一緒にいることがプラスになっているのかどうか気になっていました。それなのである時、「成海さん、何か働ける場所がありませんか」と相談してくれた時は非常に嬉しく感じました。すぐに野球場での販売員の仕事を紹介しました。愛想良く振る舞うのが得意ではなく苦労している様子でしたが、生真面目に頑張っていました。慣れてきたところではあったのですがわたしと同じように、今回の計画の前に球場の仕事は辞めました。その仕事の最終日に、「わたしには接客業は無理だと思っていたから、人生の中でそれをちゃんとやれたことはすごく達成感があった。成海さんのおかげ」と言われた時は泣いてしまいました。

将五さんは、無口で無表情であの体格ですから、正直なところ最初のころはかなり怖かったです。サークルに参加している時もむすっとして、みんなが気を遣って話しかけても、はあ、とか、別に、とか気乗りしない返事ばかりで、それだったら来なければいいのにと思ったこともありました。

事情は分からないのですが、十代のころから両親とは離れてお兄さんと二人で生活してきたらしいです。その親代わりで育ててくれた三つ年上のお兄さんが、カフェ・ダイヤモンドの厨房のスタッフで、あの事件の被害者でした。仕事はさまざまな業種を転々としているようで、最近はビルの警備員をやっていました。

十代後半からボクシングジムに通い、二十代半ばには他の格闘技も始めたというだけあり、服の上からも筋骨隆々なのは分かります。しかも、いくつか物騒な話も聞きました。野口さんが、将五さんの地元にいる知人から聞いた話なのですが、たとえば、コンビニエンスストアで店員に難癖をつけるクレーマー客に腹を立て、駐車場に引っ張っていき、こっぴどく殴ったことがあるだとか、お兄さんの運転する車を無茶な運転で危険に晒そうとした相手を、信号待ちのタイミングで運転席から引きずり出し、こてんぱんに打ちのめしたことがあるだとか、それらは実際にあったことのようです。

どちらも正義感から起きた行動だというのは、分かります。弱い人に攻撃を仕掛けたり、自分の利益のために暴力を振るうこととは違いますから、どちらかといえば――かなり偏った評価かもしれませんが――悪人ではなく善人に分類されるような気もします。正義感を燃料に暴走する機関車のようになることがある、そういうことなのでしょう。

「将五は純粋なんだよ。純粋で、何でも信じやすい。水道工事の詐欺に引っかかったり、寸借詐欺に騙されたこともあるらしい」野口さんは言い、サークルの中でも将五さんを、弟のように捉えていた様子でした。

野口さんがマイク育馬の自宅住所を見つけ、ほかの個人情報を集めたことがありました。野口さんは、あの大きな庭を持つ家を見ても分かるように、働かなくても食べていけるほどの財産を持っていましたから、お金を使って、情報や物を手に入れることは難なくできたようです。

「それ以上、踏み込まないほうがいいです。マイク育馬のことは気にしても仕方がないですから」やんわりと釘を刺してくれたのは、羽田野《はたの》さんでした。

サークルの中では最年長の還暦過ぎの男性で、小学校の校長先生だったと聞きました。先生だったからなのか、それとも先生だったのにと言うべきなのか、羽田野さんはいつも落ち着き払っていて、年下のわたしたちの話をいつも静かに聞いてくれ、年長者ぶった物言いもせず、時に穏やかにアドバイスをくれる存在でした。羽田野さんもあの事件で奥様と息子さんを亡くされたというのに、自分のつらさはほとんど口にしなかったと思います。

庭野さんと野口さんが同級生のように見える、と話しましたが、羽田野さんはそのクラスの担任教師という感じでした。

「マイク育馬を擁護するわけではないですよ。ただ、法律上はマイク育馬を罰することはできないんですよ」羽田野さんはそう言いました。「因果関係が認められなくて」

「因果関係？」野口さんが顔をしかめました。

「遠い昔、はるかかなたの銀河系で法律の勉強をしたことがあるんですが」羽田野さんはそういった軽口も言ってくれます。「習ったんですよ。たとえば、商談で取引先のところに行くために道を歩いていたとします。車がすぐ近くを通りかかって、道路の水を思いっきり飛ばしました。そのせいで服が汚れて、着替えなくてはいけなくなり、取引先に着く時間が遅れて、結果的に仕事が駄目になりました。そういった場合、取引がうまくいかなかった損害を、車の運転手に請求できるかといえば」

「できないんですよね」と庭野さんがそれを受けて、うなずきます。「仕事がうまくいかなかったのは、車が水を撥《は》ねたから、とは言い切れないから」

それと同じく、マイク育馬の言動を、事件の悲劇的結末の原因として裁くことはできない、とそういう話でした。マイク育馬が大人しくしていたとしても、事件はそのような結末になっていただろう、というわけです。

「納得いかないな」野口さんは露骨に不満そうでした。「さっきの譬え話だと、商談がうまくいかなかったのは、絶対、その車のせいだろ。通りかかった車が水をかけてきたから、そのせいで時間に遅れたし、予定も狂った。影響はあった。間違いない」

野口さんが主張すると、将五さんが——おそらく哲夫さんと沙央莉さんも——強く何度もうなずきました。

「私も気持ちの上では、同意したいんですが」羽田野さんはつらそうでした。きっと児童の気持ちに寄りそういい校長先生だったんだろうな、と思わずにはいられません。「法的には難しいはずです」

「だけど羽田野さん」野口さんはさらに続けました。「あのマイク育馬って男は、『中途半端に怪我を負うよりも、爆弾で一息に死ねて、被害者も良かったんじゃないですか』とか言ったんだよ。許せるわけがない」

「勇人君、それって本当なの？」庭野さんが訊ねました。

「『中途半端な怪我を負って、生き恥を晒すくらいなら』とも言ったらしい。こんなひどい発言はない」

確かにそれはひどい、とわたしも怒りが湧きました。わたしたちだけではなく、さまざまな病気や怪我を乗り越えようとしている人たちにも大変失礼で、野口さんがその後に続けた「だったらおまえも、ひどい怪我を負ってみればいい」という言葉を、ほぼ同時にわたしも心の中で唱えていました。

「それはどこの情報？」

「週刊誌や、インターネット上にいくらでも」

「インターネット上では、火のないところに煙どころか山火事を起こすこともできるから、慎重になったほうがいい」

「庭野さんは、あの男の肩を持つのか」

「そういうわけではないよ。ただ、そのマイク育馬の発言が本当にあったのかどうかも分からないし、仮に、そうだったとしても本心かどうかは分からないじゃないか」

「発言しているなら本心だろ」野口さんは目を剝くようにし、言いました。隣の将五さんは憎しみと怒りを抑えるように荒い息を何度も吐いていています。

「そうとは限らないんだ」庭野さんは落ち着いていました。「人間は本心じゃないことも言葉にできる。それが厄介だし、同時に優れている部分だ。基本的に、人間は言葉でコミュニケーションを取るだろ。目と目で通じ合う、とか、阿吽《あうん》の呼吸、表情を読む、とか言うけれど一番手っ取り早いのは、言葉だよ」

そこで庭野さんは、自分が剪定の仕事で出会った、依頼主の話をしてくれました。

「その人とは話す機会が多くて、親しくなったんだ。会社の部長だったんだけれど、部下に裏切られた、と嘆いていていてね。『いまだに信じられない。あんなにいい関係だったのに』と首をひねっていたんだ。いったいどうして裏切ったんだろう、と。それで僕が、『どうしてその部下のことを信じていたんですか』と訊ねたら、こう言うんだ」

だって彼はいつもわたしに、「尊敬しています」「ずっとついていきます」「感謝しています」

と言ってくれていた、と。

「びっくりしたよ。その部下は、ただ、そう言っていただけなんだよ。彼は、部下の態度や行動ではなく、発していた言葉だけで信頼していたんだ。もちろん、『お世辞だろうな』『真に受けたらいけない』と思っている部分はあったのかもしれないけれど、ただ、ずっとそう言われていると、本心だと思ってしまったんだろうね。これはその人だけじゃなくて、人間の、言葉でコミュニケーションを取る動物の、本能的な部分だと思う」

「だから噂話が好きなのかもしれないですね」羽田野さんが納得するように言いました。「ルワンダで起きた虐殺も、ラジオから流れていた『隣人を殺せ』という言葉が関係していた、と言われています。はじめはみんな聞き流していたのに、繰り返されると影響を受けてしまう」

ですね、と庭野さんが言う。「人は情報を言葉で得るしかないので、噂話のようにして重要なことを広めていく。弊害もある。言葉は、少し表現を加えるだけで意味が変わるから、伝言ゲームの過程で、真実とは異なる内容になる可能性はあるし、わざとそれを起こすこともできる。とにかく人は言葉を信じやすいし、影響も受ける。言葉の暴力とはよく言ったものだよ」

わたしはそこで、何人もの女性と同時に交際している男性の話を——インターネット記事で読んだのかもしれません——思い出しました。その男性は、「あなたが一番大事だ」「おまえだけだ」と言い、女性たちを繋ぎとめていたということでした。

その話をすると庭野さんは、「そういった人間が一番、強いんだろうね」と言いました。「本来、人間は、嘘をついたら後ろめたくなるようにできているんだ。言葉でコミュニケーションを取る生き物だから、嘘をなるべくつけないようにプログラムされているんじゃないかな。ただ、中には、そのプログラムから抜け出して、平気で嘘をつける人がいる。そういった人からすれば、ほかの人たちをコントロールするのは容易《たやす》いのかもしれない。『愛している』『君だけだ』と心にもないことを言うだけで、何人もの女性の人生を台無しにする男もいれば、高齢者からお金を奪う人もいる。これが動物だったら無理だよね。匂いや挙動で、敵か味方かばれてしまう。犬は嘘で尻尾《しっぽ》を振ったりしないし、猫はその気もないのに威嚇したりしない」と言って庭野さんは、自分の近くに寄ってきた猫に視線を落としました。そうだよ、と言わんばかりに老猫が鳴き声を出します。

「マイク育馬はその、平気で嘘をつく人間の典型だな」野口さんが高らかに言います。

なだめようとした結果、野口さんの怒りを増長させてしまった、と庭野さんは少し慌てた様子でした。「マイク育馬の言葉も真に受けたらいけないということだよ。悪ぶっているだけで、心では反省しているのかもしれない」

将五さんが鼻息を荒くしていました。マイク育馬が反省するわけがない、と言いたげでした。

「人間は言葉を真に受けてしまいがちだから、焦って判断しないほうがいい、と言いたいだけだよ。誰かが、『あいつは悪いやつだ』と言っても、それはその人がそう言っているだけかもしれない」

確かにその通りです。わたしがこうして話していることも、わたしが「そう言っているだけ」ですから、いくらでも嘘をつくことができます。

「僕は、勇人君がマイク育馬を襲ったりしないかどうか、心配で仕方がないんだ」と庭野さんは訴えるように言いました。「あんな人間のために、勇人君が人生を無駄にする必要はないから」

「庭野さん、言っておくけれど」野口さんが言います。「俺はもう別に、人生なんてどうでもいいんだよ。もともとどうでもいいと思っていたけれど、あの事件以降、本当にどうでも良くなった。ただ、被害者遺族の俺たちがこんなにいろいろ悩んでいるのに、マイク育馬はまったく気にしていない、そのことは納得がいかない。こっちがこんなに苦労しているってのに。まったくもって神様なんていないよな。神は死んだ、と言ったのは誰だっけ、ニーチェ？」

野口さん自身は映画やアニメでその言葉を知っていたようで、深い意図もなく言っただけだったのでしょうが、羽田野さんが、「ニーチェか。懐かしいですね」と言い、ニーチェの有名な本「ツァラトゥストラ」のことを口にしました。

チャラチャラした虎のことかと思った、と野口さんが言い、みなが笑いました。

檀先生

職員室に戻り、回収したばかりの小テストの採点を始めようとしたところで、「檀先生」と呼ばれ、顔を上げた。隣の隣の机にいる、理科を担当する先輩男性教員だった。「そういえば、さっき檀先生が授業中に、変な電話がかかってきたんですよ」

「え？」

「保険会社を名乗って、檀先生に替わってください、と言うから、今、席を外していると説明して。胡散臭いから、用件を訊いたんだけれど、どうも要領を得なくて」

「女性ですか」念頭にあったのは成海彪子のことだった。

「女性が良かった？」と先輩教員は意味ありげに笑みを浮かべる。「男の人だったな。それで、商品の紹介をしたいから連絡先を教えてくれないか、と言ってね。ほら、俺って個人情報とかには厳しいでしょ。だから、そこはぴしゃりと」

「助かります」ひたひたと背後から黒い影が近づいてくるような気配を感じ、後ろをきょろきょろ確認してしまう。「何でしょうね」

「借金ですか」

思ってもいなかったことを口にされ、私は返事がすぐに出なかった。

「金貸しが、職場に嫌がらせも兼ねて電話してくることとかありそうだからね」

経験談ですか？　とは言わない。電話の主は誰だったのか。サークルのメンバーであるところの、野口勇人か？　庭野？　いったい何のために。

「檀先生」がこの学校にいるのかどうか。それを調べたかったのではないか。

昨日、あのコーヒーショップで会った時、私が帰った後で、あの教え子から情報を聞き出したのではないか。成海彪子あたりが、「彼のことをよく知りたいから、いろいろ教えて」と頼めば、あの教え子は怪しいと警戒するよりも、「檀先生に恋のチャンス！」などと興奮し、話した可能性はある。段田ではなく檀であること、仕事は中学教師であることを知り、彼らはどう思っただろうか。

こっそりと録音したレコーダーには、特に大した会話は入っていなかった。警察に持っていける証拠とはならない。いったい何をしに行ったのか。自分の首を絞めただけだ。

隣の隣の先輩教員をもう一度見る。彼がいくら個人情報の扱いには厳しい、と豪語しようとも、

「そんな先生はいませんよ」と嘘をつかなかったのだから、ここに私がいることはばれた。そう思っていいだろう。

鼓動が速くなる。緊張なのか不安なのか、携帯端末を手に取ろうとしたところ、指が驚くほど震えていた。

挙動不審と思われないように、と気を付けながら、机の上の整理をし、鞄に書類を入れ、帰り支度をした。

檀先生今日は早いですね、と同僚から声をかけられるのがどこかで聞こえるが、私は、「おつかれさまです」とおどおど繰り返しながら、学校を出る。

小走りで駅までの道のりを進んだが、途中で左側に男が並んだ。体格のいい若い男だった。直後、右にも男が現れる。左右の男たちがぎゅっと身を寄せ、私を挟む形だ。

横を見た瞬間、目に入った男の横顔は昨日会ったばかりの野口勇人のものに見えた。

直後、視界が消えた。テープのようなものを乱暴に目に巻かれたのかもしれない。立ち止まりたかったが停止できない。

腰のベルトがつかまれた。両脇の男たちが、神輿《みこし》を担ぐと言ったら大袈裟《おおげさ》だが、強引に前へ前へと引っ張っていくのだ。

唐突なことで声が出ない。暴れることも忘れていた。

スライドドアが開く音がし、車内に入れられる。心臓が取り出されて風に当てられるような、寒々とした恐怖に襲われた。

車での移動時間は三十分ほどだっただろうか。単に長く感じただけで、実際にはもっと短かったとしてもおかしくはない。

野口勇人がいるのは間違いないが、ほかの人物が誰なのかは判断がつかない。息遣いが聞こえるだけだ。停車し、ゆっくりと曲がりつつ後進しはじめたところで、車庫入れをしているのだと見当がつく。

スライドドアが開き、私は引っ張り出され、また運ばれる。

これは全部夢なのではないか、目覚めたら私は職員室の机にいるのではないか、と思いたかった。

ばたばたと屋内を歩かされる。引っ張られるがままに進んでいくとドアが開かれる音がした。押し込まれる。壁がすぐ近くにあった。先日の〈先行上映〉の場面が頭の中を走る。トイレなのだ。私もまた、里見八賢のようにトイレに監禁されるのではないか。

手が引っ張られ、足も触られる。金具の音がした。鎖だ。慌てて身体を動かしたが、強く押さえつけられ、そうこうしているうちに目隠しが外れた。

前に足先があり、見上げれば、立っているのは見知らぬ男だった。体格が良く、短髪で、格闘家然としている。目つきが鋭いが、無表情だった。落ち着き払っているようにも、無気力なようにも見える。

「あの、ここは？」

彼は何も答えずに後ろを向くと、姿を消した。

サークルの一員なのかどうかも訊けなかったが、私もその男に続いていこうと立ち上がり、足を踏み出したがそこで、腰が引っ張られた。

やはりチェーンが繋がっている。便器の裏の壁の金具に結ばれていた。このために後から施工したのかもしれない。

手足は自由だったものの、行動できる範囲は狭い。トイレのドアから出ることはできなかった。服のポケットを探る。当然ながら、携帯端末はなかった。真っ先にやったことは、チェーンを外すための挑戦だった。はじめは遠慮がちに引っ張ったものの、外れる気配はない。だんだんと力を強くし、そのうち接続部分が壊れるだろうと高をくくっていたのだが、音が鳴るだけでびくともしなかった。チェーンをつかむ指が痛み、さらには、思い切り引いた際の反動で肩の関節も痛くなった。

大丈夫だ、と言葉に出している。このトイレからは脱出できるはずだ。焦るな。落ち着いて。落ち着いて。焦るのが一番良くない、と言い聞かせた。

大きく息を吐き、吸う。深呼吸を繰り返す。

床に尻をつき、膝を抱える。チェーンが音を立てる。

「先生も惜しかったよな」声が聞こえたところで、私は目を覚ました。いつの間にか蓋を閉めた便座に腰掛け、眠っていたらしい。身体を起こすとチェーンが鳴る。トイレに監禁されたのは夢ではなかった。

前にいるのは、野口勇人だった。ドアから少し離れた、ちょうど私の手が届かない位置に立っている。

「あの」私は怒りや恐怖よりも安堵を感じていた。知り合いなのだから、助けてもらえるだろう、と素朴に思ってしまったのだ。いつ帰してもらえますか？　今は何日の何時ですか？　どうしてここに閉じ込められたんでしょうか？　何を訊ねるべきなのか。

「段田さん、じゃなくて檀先生だよな。檀先生、いったいどういうつもりだったんだよ。偽名を使ったり、先生だってことも隠して」

「それは単に、個人情報を出すのが怖かったからで」

「里見さんに何を聞いているんだ」

「え」

「何か聞いていたんだろ。俺たちを怪しんでいるから、また会おうとしたんだろ」

「そういうわけでは。あの里見さんはどこなんですか？　里見さんもトイレに繋げられていますよね」

何で知っているんだ、と野口勇人は言わなかった。ただの山勘で口走ったのだと受け止めたのだろう。

「まあ、檀先生にはしばらく、ここにいてもらう」

「学校に行かないといけないんだ」と必死な思いで洩らした。生徒が待っているんだ、とまでは言えなかった。「ここにずっとはいられない」

野口勇人は、とても見苦しいものを見た、と軽蔑する顔になるだけだ。

「待ってください」取り残されるのが怖かったために、「里見さんはどこにいるんですか」と声を大きくしていた。

野口勇人が立ち止まり、こちらにまた少し近づいた。

何か言いたげに、じろじろと眺めてきたが結局、何も言わずに立ち去った。

頭が次第に、ずきずきと痛くなる。恐怖と不安が全身を巡っているのかもしれない。

便座に腰を下ろしたまま、膝に手を乗せる。身体を休めるにも、楽な姿勢を見つけることができない。動くたびにチェーンが音を発し、頭に響く。

こんなことがあるのだろうか。現実とはとうてい思えず、私はやがて目が覚めるのではないかと期待し、そうこうしているうちにまた眠っていた。なぜか夢には、布藤鞠子の創作したネコジゴハンター二人組が現れる。

ロシアンブル

「マンクス！」アメショーは嬉しそうに言った。「実物、見たことがないかも」

例の車の中から見つかった猫の毛に関する調査が戻ってきたのだ。遺伝子情報を調べたところ、マンクス種だと判明した。イギリスのマン島が原種の猫だ。

「黒のマンクスのランピー」

「ランピー？」

「マンクスのうち、まったく尻尾がないタイプのことだ」

「僕、あのエピソードが好きなんですよ。ノアの箱舟に動物が乗っていく時、最後に飛び乗ったら扉に挟まれて、だから尻尾がない、という」

「ノアの箱舟ねえ」

「シアンさんがノアだったら、絶対、箱舟なんて作らないでしょ。もうおしまいだ、って諦めちゃって」

「その時が来たら分からない」ロシアンブルは答えてから、その時が来たら、と怖いことを言ってしまったと後悔する。

アメショーはソファに座ったまま携帯端末を眺めていた。「マンクスってこれですよ。可愛いなあ。シアンさんも見習ったほうがいいですよ、この悩みなんて一ミリもない、穏やかな寝顔」と表示させた画像を見せてくる。目を細め、腹を見せた無防備この上ない猫の姿だ。

ロシアンブルは顔を寄せ、じっと見つめ、「これは」と感想を述べる。「不安だらけの世の中に悲嘆して、何も見たくないと目を閉じている顔だ」

「本気で言ってるんですか？　この体勢、見てくださいよ。不安な人はもっと背中を丸めて縮こまりませんか？」

「不安な猫はそうなるんだ。どうにでもしてくれ、煮て食うなり、焼いて食うなり好きにしろ、と。絶望的な状態を表している」ロシアンブルは答えた後で、「とにもかくにも」と本題に戻る。

「罰森罰太郎を拉致した時の、運転手の身元は判明した」

もともとネコジゴメンバーの情報については依頼人から、あの十億円所有の依頼人からもらっていた。もらっていた、とはいえもちろん、前時代的な紙に書かれた一覧やデータの入った外部記憶装置などではなく、サーバに接続するためのＵＲＬとパスワードを伝えられていた形だが、とにかくアクセスしたデータベースには各ネコジゴメンバーの氏名、住所、職業、写真、それ以外の補足的な情報、特徴や賞罰についても保存されていた。必要になるたびロシアンブルたちはそのデータを閲覧し、活用していたのだが、猫を飼っているメンバーが複数いることには気づいていた。

ネコジゴメンバーは自宅で飼っている猫にも虐待行為をしているのかと思いきや、実際に会いに行ってみると、立派で美しい毛並みの、愛らしい猫を可愛がっていることが多かった。

「自宅で猫を可愛がっているのに、別の猫を焼くように煽るなんて、どういうことなんだろ」アメショーは首を傾げていたが、ロシアンブルは、「そういう倒錯もあるだろうな」と理解していた。「自分が愛する子供が健康で平和に暮らしている中、目の前で、飢えている子供がいたら」

「どうにかしてあげたい、と思いますよね」

「おまえはな。俺もそうだ。ただ、こりゃいい眺めだ、うちの子じゃなくて良かった、と幸せを覚える奴らもいる」

「そんなことある？」

「これだけの人間が生きていれば、いろんな人間がいるんだよ。何十億という数を舐めるなよ」

「舐めてはいないですけど。それで、どういうことになるんですか」

「罰森罰太郎を攫《さら》った車の運転席には、マンクスの毛が落ちていた。運転手の服についていた可能性が高い。で、そいつは、罰森罰太郎に自分もネコジゴメンバーだったと話していた」

「マンクスを飼っている、ネコジゴメンバーがいたってこと？」

ロシアンブルはうなずく。データベース上に情報があったのだ。ロシアンブルはメッセージアプリを操作し、そのネコジゴメンバーの情報をアメショーにも送る。

「これも何かの縁と言うべきかもな。次はこいつに会いに行くぞ」

檀先生

頭を小突かれ、目が覚めた。ネコジゴハンターの夢を見たことは覚えているものの、内容は思い出せない。

前には足があった。正確にはスリッパを履いた足だ。

「食事」

男がいた。最初にこのトイレに私を引っ張り込んだ若者だ。やはりむすっとしたままだったが、鼻息は荒い。興奮しているのか、緊張しているのか。

喋りたかった。ただ、言葉がうまく出てこない。何を要求したらいいのか分からなかったし、何を訊ねればいいのかもとっさに判断できなかった。

「ほとんど眠れないんです」私は訴える。嘘ではなかった。狭いトイレの中、横になることもできないのだ。便座に腰かけ、壁に寄りかかった姿勢で眠るが体のあちこちが痛い。

「我慢して」男はそう口にしてから、「我慢してください」と言い直した。言葉遣いに気を付けるくらいの社会性はあるのだ、とほっとするところはあった。

あわあわと口を動かしているうちに、彼は立ち去ってしまう。

行かないで。それから、母親の顔が浮かんだ。「悩んでも仕方がないからね」「やれることをやるしかないでしょ」「人事を尽くして天命を待つ」「くよくよしても天気は変わらない」と大らかに言う母に近くにいてほしかった。

見れば、トイレのドアの開いた先に、菓子パンとパックの野菜ジュースが置かれていた。全身の毛が逆立つ。まさか、という思いはあった。まさかこのままずっとここに監禁されるわけがないだろう、と。

深呼吸をする。息苦しかった。

野口勇人は、「しばらく」と言っていた。しばらくここにいてもらう、と。つまり、解放するつもりはあるということだ。

彼は発言に責任を持つのだろうか。

それも分からない。

いつの間にか眠っていた。姿勢をさまざまに変え、少しでも楽な場所、楽な体の形を見つけ、眠った。もちろん熟睡できるわけがなく、体のあちこちが痛かった。頭は重苦しく、膜のかかった脳で物を考えているかのようだ。

それからやはり、学校のことが気になった。

無断欠勤を同僚たちは心配してくれているだろうか。

生徒たちはどうしているのか。

担任の教師が行方をくらましたとなれば、動揺する生徒もいるかもしれない。「なんだよ、うちの担任、失踪したのか」と面白いエピソードとして語れる生徒ばかりではないだろう。何もできないくせに。

その言葉が響いた。大きくはないが、はっきりと聞こえる。あの教え子の声だ。

あの教え子が誰かを暴行する様子が見えた。実際に見たわけではないから、それはただの想像の場面だ。するとさらに、暴力を振るう父や寝たきりの兄を前に立ち尽くしている、彼の姿が思い浮かぶ。

申し訳なかった。私は謝っている。本当に申し訳ない。

「何を謝っているのか」彼は困惑と軽蔑のいりまじった歪んだ表情を浮かべる。

「気づくことができなかったから」

「気づいたら何かできたってこと」

「話は聞いてあげられたかもしれない」

「話を聞いてもらって救われるとでも」

「救いたい、というよりも単に話を聞きたかったんだ」

「それなら、今からでも話を聞いてくれればいいのに」

「今から間に合うならぜひ。どこで会えばいいのかな」

「先生は、人の未来が見えるのに、ほんと意味ないね」

スリッパの足で頭を小突かれ、目覚める。パンとジュースが置かれる。

それが二回続いたが、果たしてどれくらいの時間が経過したのか、二日なのか四日なのか、半日なのか。

「仕事に行かないといけないんです」

次にまた体格の良い若者が食事を持ってきた時、私はようやくまともに言葉を発することができた。

「学校に行かないと。生徒が」

「無理です」男は極力、言葉を発したくないのだろうか、短く答えてくる。

「無断欠勤をしていたら、学校側が不審に思います。警察に通報する可能性もあるから」

「大丈夫」男は言った。「先生の携帯端末を使って、学校には連絡を入れているから」

風邪で喉をやられたのでしばらく休む、と報告してあるのだという。

私はがっかりすると同時に、納得するところもあった。里見八賢の場合もやはり、同じ手法を取っていた。彼の携帯端末を使い、なりすまして息子の里見大地にメッセージを送ったのだ。

家に戻りたい、と痛切に思った。口からぽろぽろとパンくずが零《こぼ》れ落ち、私は自分がパンをいつの間にか齧っていたことを知る。

空腹だったことにショックを受けた。正確には、衰弱や恐怖で自分が自分の状態を把握できていないことにうろたえた。

落ち着け、と指示を出す指導者をよそに、身体や神経伝達物質はてんで好きなことを始め、統制が取れない。そういった混乱が、私の中で起きている。

無愛想な若者はいつの間にか、そこから立ち去っていた。

心細くなり、かすれるような悲鳴が、震えた鳴き声にも似た息が口から洩れた。

どうなってしまうのか。

里見さんもこの近くにいるのだろうか?

里見さん、と大きな声で叫んでみたが返事はない。壁を叩き、チェーンを激しく引っ張り、便座を壊すために乱暴に身体を動かしたが成果はなかった。

ここから出たい。出なくては。そう思えば思うほど、トイレから出られなくなる心境だった。

へディングしなさいよ、と言う母の声が聞こえる。よく頭を使ってへディングへディング、と言う。考えろ、と私は自らに言い聞かせる。

次に若者がやってきた時、私は、「パンに毒が入っている」と主張した。口の中が乾燥しており、唇の皮が喋るたびに痛い。「毒が入っているから食べたくない。具合が悪い」と悲観的で、投げやりな言葉を思いつくがままに発した。

ここから抜け出す策は思いつかない。ただ、自分でできることをやるほかない。自分でできること、自分だからこそできること、と来れば、例の〈先行上映〉しかなかった。ありがたいことに若者は、私の思惑通り、「毒なんて入っていない」と言ったかと思うと、それを手っ取り早く証明するためにパンを一口齧ってくれた。

私が無言でいると彼は去った。

落とされたパンに私は飛びつく。無心で、相手の歯形が残っているところから全部食べた。それから私は、時間の感覚がないため、いつが夜なのかも分からなかったが、〈先行上映〉を待った。

見逃してはならない。座った姿勢で、時折、膝に顔を伏せるようにしたり、横の壁にもたれかかったりとしながら、眠るのを我慢していた。

ぴかっと閃光が、その瞬きがあった瞬間、心が弾んだ。今の状況から抜け出すヒントがあるかもしれない。

見えたのは、庭野だった。屋内だが、具体的な部屋の様子はよく分からない。

テーブルがあり、そこに人が数人、十人前後だろうか、座っている。〈先行上映〉の視点の主、無愛想な若者が椅子に腰を下ろし、庭野を見ている形だ。

その庭野は、「待合室のこのエリアを、人質を並べておく場所にする」とテーブルに広げた大きな紙を指差した。「人質エリアと呼ぼう」

うっすらとしか確認できないが、家や施設の間取り、設計図のようなものかもしれない。と思っていると、「クリニックの防犯装置はことここです」と別の人物が指差した。

クリニック、待合室、人質という言葉が私の頭を引っ掻いてくる。

「両手両足はそれほど強く縛る必要はないかと思う。あまり、苦痛を与えたくないので」

「どっちにしろ爆発したら、変わらないし」と野口勇人が言っていた。

庭野がうなずき、少ししてから、「明日、十二時開始で」と周りを見た。「行儀よく、ルールを守るのは、もうやめにしよう」

ぐらっと身体の芯が揺れ、情景が消えた。

どういった場面なのだ。映像を巻き戻すような感覚で、記憶を確認する。最初は、彼らが映画製作をしているのかと思った。若者たち主体のテログループが計画を練る場面を、芝居しているのではないか、と。まさか本当に、彼らが恐ろしい事件の相談をしているなど現実味がなく、だから、ああこれは演技だと思い込みたかったのかもしれない。

いや、よく考えてみろ。内なる声が言ってくる。人を監禁するような奴らだ。現に私は今、トイレに閉じ込められているではないか。

こんなことをする者たちは、何をやるか分からない。彼らは何かを起こすつもりなのだ。

人質に爆弾を巻きつけるようなことも言っていた。

爆弾テロ事件の被害者遺族がどうして、と首をひねりたくなる。息を吐く。彼らの恐ろしい話し合いを知り、どうにかしないと、と思うよりもここから脱出するための情報が得られなかった、という落胆のほうが大きかった。

眠っているのか起きているのか、頭に霧がかかっているような時間が過ぎる。どこかの建物が派手に爆発し、炎が上がる光景、逃げ惑う人や緊急車両のサイレン、そして身体に巻きつけられた爆発物もろとも燃える人の姿、そういったものを想像する。忘れたくて目を閉じる。それを繰り返した。


胸を長い棒のようなもので押され、目を覚ました。便座にうなだれている私に、できるだけ近づかないようにしているのだろう。

目を開けば、前には野口勇人が立っていた。いつもの若者ではないことが良い兆しであると期待したかった。

パンを投げてくる。

飛びつき、食べる。飢えた動物のよう、という表現が浮かぶが、実際に飢えた動物であるのは間違いなかった。

何か問われたのは分かったが、聞き取れなかった。

こちらの体調でも確認してきたのかもしれない。

すると、「知っていますよ」と声がした。私が言っていた。パンを咀嚼《そしやく》しながら、言葉に出していたのだ。

　こちらに同情するのか、嘲るのか、冷たい視線を向けた後で野口勇人が立ち去ろうとしたため、慌てて声を大きくした。「事件を起こそうとしていますよね」

　足を止め、野口勇人が戻ってきた。私はパンを食べ続けていたのだが、その頭をまた棒で押してくる。

「何を知っているんだよ」野口勇人の目が充血していた。「言ってみろ」

「爆弾を使って、テロを起こそうとしていますよね？」

　戦略も段取りもなかった。このままここで汚れた雑巾のように人生の時間を費やしていくのであれば、どうにでもなれという気持ちになっていたのだ。

　棒の先を私の顔面に向けていた。目を突く予備動作に見え、ぎゅっと瞼を閉じる。痛みが襲ってくるのを覚悟するが、衝撃は来なかった。

「里見さんに聞いていたんだな？　やっぱりそうか。邪魔してくると思ったんだ。これだから」

「里見さんはどこなんですか。トイレに監禁されているんですよね？　知っているんです」

　発言することで自分が得するのか損するのか、そういった計算をする余裕もない。無視され、放置されることのほうがよほど恐ろしく感じていた。

「先生、しばらくここで大人しくしていてくれ」「いつまで」

「しばらく」答えを隠しているのではなく、彼も答えを知らない様子だった。

「里見さんは？　どこにいるんですか」

「無事ではあるから安心していい。俺たちは単に、邪魔をされたくないだけなんだ。自分たちがやりたいことをやるだけだ」

「爆弾テロなんて、良くないですよ」訴えながらも私は、「良くない」で悪事が止まるのなら苦労しない、とも思った。

野口勇人の眼差しには憐憫《れんびん》が滲んでもいた。

「俺たちはもう、全部を終わりにしたいだけなんだよ。いいか、なるべく、じっとしているほうがいい。体力を失うとまずい。頑張って生きていれば、まだ可能性はあるはずだ。諦めるな、と教師はよく言うだろ」

可能性？　何の？　死なない可能性、ということだろうか。

彼はすっとトイレから離れ、私の視界から消えていく。茫然とするほかなかった。すぐに戻ってきてくれるのではないか、としばらく待ったが、足音も聞こえなくなっていた。

やがて家の玄関から人が出ていく音が聞こえ、施錠している気配も、錯覚かもしれないが、伝わってくる。

私は呼吸を整える。

ここから出られないのでは？

不安の泡が頭で一つ破裂する。途端に、次々と泡が生まれて、弾ける。考えてはいけない、落ち着かないと、と念じても次々と泡が湧き出る。

食べ物もない状態でずっとここにいるのか？　いつまでもつのか。鎖で繋がれたまま、飢えてしまうのではないか。

足は床を叩いていた。立ち上がり、地団駄を踏むようにし、壁を殴った。チェーンを踏むようにし、体重をかけて壊そうともしたが、バランスが崩れ、ひっくり返る。便器を激しく揺する。力ずくで壊すことはできそうだったが、チェーンが外れなければ意味がない。

時間をかけ、少しずつでもチェーンや壁に力をかければ、いずれは何かが壊れる。私はそう期待する。

何かが壊れる？　自分の精神が正気を失うのが先ではないか。

ぼろぼろになった里見八賢の姿を思い出さずにはいられない。頭を左右にぶんぶんと振る。

こんなところで、人生が終わるなんてことがあるはずがない。

時間の経過が分からなくなると、人は平静を保てなくなる。どこで得たのか分からない豆知識を、ほとんど都市伝説的なデマかもしれないが、思い出し、恐ろしくなる。

途端に頭の中で秒数をカウントしはじめた。時間を知らなくては、と焦った。でなければ正気を保てなくなってくる。

とはいえ、正確にカウントする余裕があるわけもなく、すぐに数え方はいい加減になり、やめた。呼吸が荒くなる。

ヘディングだ。ヘディングしなくてはいけない。

気持ちを落ち着かせるために、そう頭の中で唱えた。

母が助けてくれるのではないか。その可能性について想像する。

野口勇人たちは、私の携帯端末を使い、私になりすまし、「無事です」と職場に連絡を入れる。母からのメッセージがあれば、「反応がなければ怪しまれてしまう」と彼らは判断し、母宛てにも何らかの返信メッセージを送るのではないか。

そして母なら、私のふりをしたメッセージに違和感を覚えるのではないか。それこそ頭を使い、怪しんでくれるはずだ。必死に私の行方を探し、いずれはここに辿り着く。きっとそうだ。母が見捨てるわけがない。

私は叫んでいた。大声で周囲の誰かに気づいてもらいたかった。言葉にならない喚き声を発したり、「おーい」と呼びかけたりを繰り返し、その合間にチェーンを引きちぎろうとした。休んでは声を出し、声を出しては休み、ところどころで意識を失うかのように眠ってもいた。どれくらい時間が経ったのか把握できなかった。

家のインターフォンが鳴った。ように私は感じた。というよりもそれまでも時折、誰かがやってきた気配を感じ、みしみしと床が軋《きし》む音に助けが来た、と何度もぬか喜びをしていたため、それも聞き間違いだろうとは思った。続けて玄関ドアを押し引きする音もした。

私は、「母さん」と洩らしていた。やはり来てくれたのか、という安堵を覚え、全身の力が抜けてくる。

鍵がかかっているため、ドアは開かない。そこで母が帰ってしまうかもしれず、私は大声を出した。喉が痛いが、構わなかった。足も鳴らす。床を何度も蹴った。

最後の機会、ここから抜け出すラストチャンスだ、と必死だった。ここにいる！　助けて！

人が家に入ってくる気配があった。私は歓喜する一方で、恐ろしい人物だったらどうすればいいのか、と緊張もした。ただ、どちらにせよ人に会えるほうが良かった。一人きりで時間を過ごすのはもう限界だ。

思い付き、トイレの水を流した。そうすればここに人がいることに気づくだろう、と今さら思いついた。

廊下を進んでくる足音がし、私は、母さんここだ、と声を発した。

が、開いたドアの向こう側に現れたのは見たこともない男だった。しかも二人だ。誰だ、と首を傾げ、暴力を振るわれるのではないかと恐怖が走る。

少しパーマがかった髪の、爽やかな顔立ちの男が、「やあ」といった具合に手を挙げる。

「はい、こんにちは。ネコジゴハンターです。猫に頼まれて来ました。ハラショー、アメショー、松尾芭蕉」と言う。男の手は球のついた紐のようなものをつかんでおり、素早く振っていた。アメリカンクラッカーと呼ばれるおもちゃに似ている。ひゅんひゅんと風をかき回す音がする。

また、くだらない駄洒落を言うな、ともう一方の男がうんざりした顔で嘆いた。

布藤鞠子の書く小説に出てくる二人ではないか。

とうとう頭がまともに機能しなくなった。

ロシアンブル

「がっかりだなあ」アメショーがソファに体を埋《うず》めるようにし、嘆いた。「マンクス、見られると思ったのに」

「マンクス？　それはいったい」ぼんやりと訊き返してきたのは、向かい側でくたびれた衣装のように、座り込んでいる男だ。ソファがあるのにそこには座らず、敷物に尻をつけている。

ロシアンブルは混乱していた。

当初の予想とはまったく違っているのだ。ネコジゴの野口勇人を懲らしめるために家に来ただけで、不在ならば次の機会を狙うことにし、退却すればいいだけだった。が、アメショーが家探《やさが》しを始めた。「マンクスを見たいから」という理由からだ。野口勇人は、罰森罰太郎を拉致したメンバーであるため、油断は禁物で、クラッカーロープを振り回しつつ警戒態勢で家の中を見て回ることとなり、そうしていたところ、トイレのドアが開いているのが目に入り、二人で覗き込むと、チェーンで縛り付けられたこの男がいたのだ。

話しかけても口から泡を出すように、もごもごとしか喋れず要領を得ないため、まずは一度車に戻り、玄関を強引に開ける際に使う大型カッターを持ってきて、彼が繋がれているチェーンを切断した。

「助かりました」と言いながらも、やつれた彼は放心状態で、アメショーとどうにかリビングへと運んだ。

トイレでずっと過ごしていたのだとすれば、関節や筋肉は、一定の角度で硬直していたに違いなく、身体を伸ばすのにも痛みがあるに違いなかった。実際、彼は何度も苦痛に呻《うめ》きながら、膝や肘をくねくねさせ、背中を捻った。

部屋は立派なものだった。美しい柄の絨毯《じゅうたん》が敷かれ、装飾の多いテーブルが置かれ、それを取り囲むソファも見るからに豪華で、罰森罰太郎もそうだったがネコジゴ共はどうしてこうも優雅に暮らしているのだ、と嘆きたくなる。

「ええと、誰さんと呼べばいいですか？」とアメショーは例によって、気軽に訊ねている。

「あ、はい、あの」男は若く見えるが、年齢がはっきりとは把握できない。監禁されていたためだろう、髭もずいぶん伸びている。「檀、と言います」

「ダン」アメショーがその響きを楽しむかのように、鸚鵡《おうむ》返《がえ》しにした。「僕はアメショー、あっちが」

「ロシアンブル、さん？」檀と名乗った男が恐る恐るといった具合に言うものだから、当のロシアンブルは、アメショーと顔を見合わさざるを得ない。知っている男だったか？ と確認したくなる。「何で知っているんだ。会ったことがあったか」

男は口を開いたまま、ぱちぱちとまばたきを繰り返した。「え、本当なんですか」と洩らす。

本当なんですか？ とはいったいどういう意味なのか。ロシアンブルは眉根を寄せる。

「まさか、と思いつつも言ってしまったんですが。さっきのあの、挨拶が一緒だったので」

「挨拶？」「松尾芭蕉の駄洒落です」

「改めて言われると恥ずかしいね」アメショーが苦笑する。「流行っているのかな」

「アメショーとロシアンブルという名前も」監禁されていたことで男は朦朧としているのか、たどたどしく単語ごとに区切り、その音を確かめるかのように喋る。

「名前も？」

「読んで、知っていました」

予想もしていない言葉が返ってくる。「どういう意味だ」

「文字通りです。ロシアンブルとアメショー、ネコジゴハンターの二人が悪い奴らをひたすら退治していく小説を、読んだことがあるんです」檀の唇が微かに震えているのは、疲弊のせいなのか緊張のせいなのか判断がつかない。

ネコジゴハンターという言葉までも飛び出てくるものだから、唖然《あぜん》とする。「小説？」何だそれは。ロシアンブルは嫌な予感しか覚えない。意味不明の、辻褄の合わない話をする人間は要注意だ。

「小説？　ほら、僕たちは小説の中なんですよ」アメショーがまたロシアンブルを見る。あっちを見たりこっちを見たり、しかも瞳をきらきらさせている。本当に猫みたいだな、と呆れてしまう。「やっぱりだ」と嬉々としていた。

「小説で読んだって、どういう意味だ」

「文字通りですよ。この檀さんは、僕たちのことを小説で読んでいたんだ。じゃあ、未来はどうなるのか教えてよ。先のページをめくれば筋書きは分かるんだから」

「あ、いえ、ええと」檀は明らかに困惑している。

「小説というのはどこにある」

「どこに、と言いますか」

そこから彼は、自分が中学教師であること、担任クラスの生徒が自作小説を読ませてくれ、そこにネコジゴハンターとしてロシアンブルとアメショーなる二人が出てくるのだと話す。いったいどういうストーリーなのかと聞けば、猫を虐待してきた人間たちのもとを訪れ、次々と拷問まがいのひどい目に遭わせていく、という。嘘を言っているようには見えない。

「心配性で、悲観的なロシアンブルと、楽観的で軽快なアメショー、あ、呼び捨てにしてしまいましたがそれは、小説の中の登場人物のことなので」

ロシアンブルたちはこの家に入ってから、乱暴なことはしていない。トイレにいた彼を助け、このリビングまで連れて来ただけで、暴力や脅し、尋問の技術を見せる機会はなかったのだが、その作中人物たちの振る舞いを知っているために怯えているのかもしれない。

「シアンさん、ほら」アメショーは喜びを隠そうとしない。やっぱり地球は青かったじゃないですか、と興奮するかのようだ。「どっちかですよ。二択。この先生が小説の中に入ってきたのか、もしくは僕たちが小説の外に出てきたのか」

檀は目を丸くし、どう相槌を打とうか悩んでいる。

「先生はこういう夢みたいなことを言う生徒を相手にする時、どう言うんだ」

「あ、いえ、さすがに中学生ともなると」

「ここまで幼稚なことは言わないか」

「シアンさん、どんなに幼稚に見えることでもすべての可能性を検討して、残ったものがそれだけなら、それが真実ですよ」

「可能性なんて、ほかにあるだろ」

「たとえば？　こじつけでは駄目ですよ」

アメショーが挑戦的に言ってくるが、その神経がロシアンブルには理解できない。「こじつけているのはそっちだろ。いいか、一番、現実的な答えは、その小説を執筆する中学生が、俺たちのことを知っている、ってパターンだ」ロシアンブルは言いながら、頭の中で、記憶と記憶が繋がる音を聞く。

「中学生が？　そんな知り合いいないですよね」

「まあな。ただ、今、思い出したんだが、あの子供がいただろ。ネコジゴの一人、マンションに住む家族の父親に会いに行った時だ」

「誰だっけ」

「俺たちにもっと高い報酬を、倍額出すから見逃してくれと言ってきた男だよ。俺たちが安い額で雇われていると思ったんだろう。交渉といっても、ずいぶん偉そうで見下してきているのが丸分かりだった。間違った父権主義というのか？　家族には暴力を働いていそうなタイプだった」

「あ！　いましたね。結局、転んじゃったお父さんだ。ああ、そうか、そうだ、娘がいた。あの子が小説書いているってこと？　確かに言われてみれば中学生くらいだったかな。あの子、キッチンの陰にいたんだよね」

「キッチンで、俺たちと父親のやり取りを聞いていたんだろう」

「なるほど、僕とシアンさんの特徴、知っていてもおかしくないかも」

「そんなに簡単に分かる特徴なんてあるとは思えないがな」

「さっき檀先生が言ってたじゃないですか。心配性、悲観的。中学生がちょっと聞いただけで分かっちゃうんですよ、シアンさんのこと」

「おまえのあの、駄洒落の挨拶も聞いていたってことか」

「東北イーグルスも好きですか？」檀先生はそう訊ねてきた。ロシアンブルは予期せぬことを言い当てられ、黙った。その反応を見て彼は、「彼女の小説の中でもそういう設定になっていたんです。試合結果に一喜一憂する二人組で」と続けた。

「あの時、僕たち、野球中継を観ていたかも」

ロシアンブルは、檀を見る。「その日、父親だけが家にいると思っていたんだ。在宅勤務中という話だったし、母親は昼間、働きに出ていることも知っていた。娘は学校に行っている時間だから、そこを狙った」

「そうしたらその娘が、たまたま家にいたんだよね。腹痛で、学校を休んでいたとか。しかも、キッチンのほうでしゃがんで隠れていた」

「ちゃんとチェックしなかったこっちのミスだな。車の運転と一緒で、慣れてきた頃が一番危ない。俺たちがとどめの一撃を食らわせようとしたら、父親が逃げ出そうとした。で、勝手に転んで、頭を打ったんだ。呼吸はあったが動かないものだから、どうしたものかと悩んでいたところ、娘が茫然と立っていた」

「あ、そういえば」檀が思わず、という具合に声を立てた。

「どうかしたか」

「今思い出したんですけど、別の生徒が前に、その子から急にメッセージをもらったことがあるんです。昼間に、『怖い怖いどうしよう助けて』と。彼女は学校を休んでいた日で」

「キッチンに隠れている時に送ったのかもね」

あの時、突然姿を見せた娘に対し、ロシアンブルたちもいったいどうしたものか、と頭を悩ませた。「口封じのために命を奪うわけにもいかない」

「さすがにそこまで恐ろしくはないんですね」檀が少しだけ表情を緩めた。「そりゃそうですよね。すみません、小説の中のネコジゴハンターとごちゃまぜになっちゃいまして」

「小説だとどんな風なの？」

「冷酷で、二人でおしゃべりしながら次々、猫虐待者たちを退治していくんですよ。拳銃やドライバーを使って」

ロシアンブルとアメショーの目が合う。

「まあ、拳銃とドライバーは使ったことないね」とアメショーが言うと檀は顔をしかめた。「ほかの部分も否定してください」

「結局、僕たちはその子に、黙っていてくれるならこのまま帰るから、と伝えたんだ。どうしてお父さんのところに来たのか、その理由も説明してね」

「彼女の父親は、インターネット上で猫の虐待を実況していた配信者だったということですか」

「正確には、その支持者だな。配信を楽しんでいたみなさん、の一人だ」

「小説では宝くじが当たった人から依頼されたことになっていました」

さすがにそれは事実ではないですよね、と檀は言いたげだったが、ロシアンブルは、「それも俺たちが父親に話したのを聞いていたんだろうな」と話す。

「まさか十億とかじゃないですよね」

ロシアンブルは肩をすくめる。「モデルとして権利を主張したいくらいだ。三島由紀夫は裁判になっていただろうに」とはもちろん軽口で言った。

「どこからどこまでが現実のことなのか分からなくなってきます」

「だから、ほら、僕たちは小説の中にいるんだって」

ロシアンブルは溜め息を吐く。アメショーの言うことも面倒臭ければ、この檀先生の話も胡散臭い。予期せぬ方向に事が進んでいく嫌な予感しかなかった。

体全体がふわふわとしている感覚だった。

ロシアンブルとアメショーと名乗る二人が私の目の前で、ソファに座り喋っている。布藤鞠子の書いた小説から抜け出して、登場してきたのではないか、と何度も思いそうになった。

思い出したのは、ペッパーズ・ゴーストという言葉だ。劇場や映像の技術のひとつで、ペッパーさんなる人が関係していたはずだが、照明とガラスを使い、別の場所に存在する物を観客の前に映し出す手法だ。本来はそこにいない、別の隠れた場所に存在するものが、あたかもいるかのように登場する。

小説の中の二人組が、スポットライトを当てられ、私の目の前に出現したと言われれば、そうかもしれないと思いたくなった。

目の前に存在しているように見えるが、実は存在していない。

触ろうとした手が素通りしてしまうような予感すらあったが、彼らがトイレにいる私を見つけ、チェーンを切断し、このリビングまで運んでくれたのも事実だった。

オカルト的な意味の幽霊でもなければ、映像手法としての幽霊でもない。彼らは目の前に、しっかりと存在している。

布藤鞠子が彼ら二人と遭遇したことをきっかけに、それを元にし小説を書いていた。それがロシアンブルの推測だった。布藤鞠子の小説に出てくるネコジゴハンターの二人組は、地面を軽く蹴るだけで、一戸建てのベランダやマンションの三階あたりの高さまでなら跳躍する、といった荒唐無稽な能力を持っていたから、目の前の二人と差異はあったものの、登場人物造形のモデルに、たまたま遭遇した彼らを使ってしまったという説は有力だった。

ロシアンブルとアメショーは野口勇人に会うためにやって来て、無人の邸宅を探索していたところ、トイレの私を救出することになったのだという。

野口勇人はしばらくここに戻ってこないと私は話した。すると彼らはいそいそと帰り支度をはじめる。

焦る私の脳の中では、さまざまな思い、言葉になるものならないもの、文章になるものならないものが、浮かんでは消え、弾けては膨らんでいる。

野口勇人。監禁。チェーンの音。蹴った床の固さ。パン。トイレの臭い。みじめな姿。便器。叩く壁。壁を叩く自分。憎い。疲れた。眠りたい。母。眠い。成海彪子。ネコジゴハンター？実在？　布藤。布藤は彼らに会ったのか。サークル。庭野。あの場面。昨日観た〈先行上映〉。人質、爆弾。

不規則の、無秩序に同時発生的に湧きあがる意識の泡の中で、危険信号のように強く発光するものがあった。

「そうだ、どうにかしないと」と言っている。「どうにかしないといけないんです。お願いします」

ロシアンブルとアメショーがまた顔を見合わせる。分身に相談するようにも見える。「どうにか？」「お願いとは何だ」

「思い出したんです。思い出しました」私は〈先行上映〉で観た内容を反芻《はんすう》する。「爆弾を用いた籠城事件ではないかと。爆弾テロです。人質を取って」

「それを野口がやるのか？」

「サークルが」「サークル？」

サークルのことも説明しなくてはならない。気が急いて口をぱくぱくと動かしてしまうが、言葉がついてこない。もどかしさに息が荒くなる。どこからどう説明したものか、と整理がつかなかった。「カフェ・ダイヤモンド事件って覚えていますか？」

やはりそこからだ。そこから話すのが遠回りのようでいて、一番、スムーズに違いない。

ロシアンブルとアメショーがうなずいた。「あれだろ、レストランの」

そうですそうですそうです、と私は早口で繋げる。知っていることを話す。彼らものんびりと聞いていてはくれないはずだ。必要最低限の要素しか求めていないのは明らかだったため、なるべく最短距離での説明を心掛けた。

「あの事件って、結局、何が目的だったんでしたっけ」アメショーが首を捻る。「レストランで人質取って、爆弾をつけて、何を要求したんだっけ」

「犯人は全員死んだんだよな」

「そうです。犯人たちは職を失ったばかりで、ただ単に、自作した武器や爆弾を使ってみたかっただけ、というのが真相のようですが」

「で、その被害者遺族がサークルを作っていた、と」

「はい」

「そいつらが爆弾テロをやろうとしているのか。自分たちが爆弾テロでやられたから、自分たちもやってやろう、というわけか。そういうのを何と言うんだったか。紺屋《こうや》の白袴《しろばかま》？　医者の不養生か？」

「ミイラ取りがミイラじゃないの」アメショーが言うが、しっくり来ない。

「のど元過ぎれば熱さ忘れる、は少し違いますね」

「郷に入っては郷に従え、か？」

ロシアンブルが言ってくるが、私は即座に、「どれもほとんど違います」と言った。

「あ」とアメショーが声をあげる。「そういう意味ではシアンさん、あれ、関係しているのかもしれないですよ」

「何だよ急に。あれというのは何だ」

「爆弾、爆弾です。あいつがプライベートジェットを使って、国内に持ち込むのを手伝わされていたじゃないですか。あれって、野口勇人たちが、テロのために爆発物とかを用意するためじゃないですか」

野口勇人の名前が出てきたことに、はっと息が止まりかけた。自分と彼らが繋がった、という感覚に襲われる。

「ああ」ロシアンブルが、なるほど、とうなずいている。「ありえる」

「何ですかそれは」あいつとは誰なのだ。

「俺たちの知っている男が、そいつもネコジゴの一人だったんだがな、プライベートジェットを持っているんだ。それを使って、爆発物を輸入するようにと脅されていた」

「野口勇人たちに？」

「たぶんな。その男は車で連れ去られたんだが、運転していたのが野口勇人だった。運転席に、飼っている猫の毛が落ちていて、だから俺たちはここに来た」

「そういう意味では、檀先生は、猫に感謝したほうがいいよ。特定できたのがマンクスだったからこそ、僕たちもマンクス見たくて急いで来たんだし」

座席に落ちていた猫の毛から、野口勇人に辿り着いたような言い方だったが、果たしてそんなことができるのかどうか、私には判然としない。

「脅されたその人が海外から爆弾を持ち込んだんですか」

「まあ、簡単に言えばそうだな。頼まれて、持ち込んだ」

「いくらプライベートジェットと言っても、検査はするんですよね。百歩譲って、出国ならまだしも入国の検査は厳しい気がします」

「空港職員を買収する手はあるらしい。プライベートジェットを持っているような奴なら、お金はあるだろう。借金を抱えているような職員が見つかれば、そいつのシフト勤務に合わせて、運び込めばいい。見て見ぬふりで金がもらえるなら、やる人間はやる。そういうことだと」

「だけど銃や爆弾ですよ」

「銃や爆弾と言わなければいい。たとえば、『楽器はデリケートなので、ケースを開けないでください』『照明装置を梱包しているので、中身は気にしないでください』とお願いするだけだ」

「確かに、爆発物を見て見ぬふりをすることと、荷物を異状なしと思い、素通りさせることとでは、罪の意識も違うからね。そこのケアをちゃんとすれば、協力はしてもらえるかも。ようするに相手に言い訳を用意してあげればいいんだよ。『そんなにひどいことだとは思えなかった』と」アメショーもそう言った。「だけど理由が分からないよね。どうして爆弾テロなんてやろうとしているんだろう」

分かりません、としか私も言いようがない。〈先行上映〉を観ただけで、別段、彼らの事情や目的を知っているわけではないのだ。

「俺たちみたいに、復讐《ふくしゅう》というわけでもないだろうしな」ロシアンブルが言う。「その昔の事件の犯人は死んでいるんだろ」

「ああ、そういう意味では」私はうっすらと浮かんだものを、その輪郭も定かではない憶測とも呼べないものを口に出していた。「復讐の可能性はありますね。犯人ではなく、別の人への」

マイク育馬のことだ。テレビ番組の司会中に、「警察の動き」を実況するようなことを言い、犯人を刺激し、そのことが最悪の結末を招いた。真偽は分からないが、その話をしている際の野口勇人はずいぶん興奮していた。

そのことを言うとロシアンブルたちは、「そんな裏話があったのか」と興味があるともないともつかない、抑揚のない返事をした。「だが、テロ事件を起こして、その男への復讐になるのか？」

ロシアンブルの疑問はもっともに思えた。私も、「復讐」の可能性についてはそれ以上、主張もできない。ただ、「どうにか止めてくれませんか」とは繰り返した。「たぶん、クリニックです。どこかのクリニックの患者たちが人質に」

あの〈先行上映〉の庭野たちの言葉によれば、きっとそうだ。

なぜそこまで自分が必死に訴えているのか、私もよく分からなかった。監禁されていたストレスと、解放による安堵で、感情が混乱しているのだろうか。ただ一方で、「役に立ちたい」という思いがあるのも自覚していた。

何もできないくせに。閉まっていたはずのあの箱の蓋がずれてくるのが分かる。

「ちょっと待ってくれ、その前に」ロシアンブルが言う。私の頭がぼんやりとしているからか、彼がどのような顔をしているのか、よく把握できない。もしかすると、この二人は本当に、小説の中の登場人物なのではないかと思いそうになる。小説ならばもっと外見描写をしてほしい。そうでなければ輪郭がつかめない、と嘆きたくなった。「どうして知っているんだ」

「え」

「先生は、その爆弾テロ事件の計画を、どこで知ったんだ」

すぐには言葉が出てこなかった。〈先行上映〉のことを話すことは躊躇《ため》われた。信じてもらえないどころか、頭の調子がおかしくなっていると思われる。「言っていたんです。私を残していく時に、あの男が」

ふうん、と答えるアメショーは聞き流しているだけなのかどうなのか。

「ただまあ、事件を止めるも何も、俺たちは野口勇人に用があるだけだからな」

「やっぱり野口さん、ここには戻ってこないんですかね」

「猫連れて行っているんだろ？　ここにいないんだから」

「マンクス見たかったのに」そう言いながらアメショーは部屋をうろうろしはじめる。「どこかにいないかな」と家具の裏側を覗いたり、ソファをどかしたりする。

埃《ほこり》が舞うせいかロシアンブルが咳をしていたが、そのうち、大きくくしゃみもする。ハウスダストが、と嘆いた。

今何時ですか？　私は訊ねた。頭が重くなってきた。疲れが体中に広がる。解放された安堵のせいか、それともサークルの起こす事件への恐怖、その恐怖を忘れたいという思いのためか、急激に頭の働きが鈍くなり、思考が散り散りのまま、まとまらなくなる。

眠りたい。ネコジゴハンターなんて。もっと描写を。母は。父。お父さん。最後の父の言葉、「明日は仕事か？」「いろいろ悪いな」。お父さん、もう一度、会いたい。

またしても意識の川に、思考とも文章ともつかないものが流れていく。サークルの事件？　野口勇人？　知ったことか。考えるのをやめてもう眠れ、という合図だ。どうしてこんなことに。どうしてここにいるのだっけ。攫われたのだ。監禁されるなんて。野口勇人たちに怪しまれたせいだ。教え子が声をかけてきたのがいけなかった。彼女が、「あ、檀先生」と挨拶してきたことがまずかった。あのせいで。いや、教え子に非はない。非はいつだって教師に。

ロシアンブルが何度かくしゃみをする。悪いな、アレルギーが、と申し訳なさそうに言ってくるが、そのあたりで頭の中が泥で埋められていくような感覚になり、睡魔に主導権を握られるのがぼんやりと分かった。

成海彪子

里見八賢さんのことを話していませんでした。そうです、里見さんはわたしたちのサークルの集まりに、毎回ではありませんが、よく顔を出してくれていました。

もともとは康雄さんが連れてきたのです。持病の関係で、康雄さんのクリニックに通っていたらしく、それが偶然だったのか、もしくは康雄さんがカフェ・ダイヤモンド事件の被害者遺族だという情報を知って、通院したのかは今も分かりません。康雄さんの診療所は完全予約制でしたから、後者だった可能性が高いような気はします。

とにかくある時、診察室のちょっとした会話の中で里見さんが、「自分の恩師が、カフェ・ダイヤモンド事件で亡くなった」と口にし、それをきっかけに康雄さんがサークルに誘ったそうです。

里見さんは純粋な気持ちで参加していたのだと思います。事件の被害者だった恩師のことを親のように慕っていたことも、その恩師が亡くなり、ショックを受け、だからサークルに参加してきたのも嘘ではなかったはずです。奥様をずいぶん前に亡くされていたとのことですが、一緒に暮らす息子さんやお義母さんの前では暗い感情を出したくない、とも言っていましたから、サークルで発散させたかったのかもしれません。

ただ、厳密な意味での遺族ではありませんし、里見さんが、テロ組織に対応する内閣府の部署に属していたこともあって、野口さんをはじめとする一部のメンバーとの間には壁があったのは事実です。実際に、言い合いは何度か起きましたし、お酒が入った場では取っ組み合いの手前まで行ったこともあります。

よく覚えているのは、哲夫さんが、「でも、あの時、どうして警察は突入しようとしたんだろうな。人質の命が懸かっているのに」とカフェ・ダイヤモンド事件の強行突入について、言った時のことです。「もっと慎重に行動すべきじゃなかったのか。おかしいよな、やっぱり。人命軽視もいいところで」

「難しいところではあるんです」里見さんは真面目なのでしょう、聞き流すことができず、真正面からその嘆きに答えようとしました。野口さんにしろ、哲夫さんにしろ、自分の中の不満を吐き出しているだけなのですから、いちいち、まともに受け止めなくても良かったのかもしれません。

「様子を見ていた結果、最悪の事態を招くこともあります。たとえば、美術館で起きた事件ですが」

言われて、わたしもその事件のことはすぐに思い出しました。カフェ・ダイヤモンド事件の数年後、都内の美術館で、数人の犯人が来場者を人質にして立てこもった事件のことです。爆弾を体にくくりつけ、警察に金銭の要求をし、そのことはやはりテレビで中継されました。

「あの時は、突入が躊躇われました。それこそ、カフェ・ダイヤモンド事件のことも警察側の頭にあったのは間違いありません。拙速となったらいけない、犯人を刺激してはいけない、と警察側は判断したんだと思います。結果的に、疲弊した犯人が暴走しました」

「犯人が人質を金槌で殴ったんですよね」康江さんは、ああ、恐ろしい、と嘆くかのようです。

「犯人も自殺したんだっけ」康江さんの隣に座る康雄さんが言いました。

「結果的には、そうでしたね」里見さんも力なく、認めます。

「警察がのろのろしていたからだよ」野口さんの非難するような口ぶりに、里見さんも血が昇ったのでしょう、「犯人側が、警察を牽制していたんですよ。電話で交渉している中で、カフェ・

ダイヤモンド事件のようになるぞ、と言っていて、だから、警察も慎重にならざるを得なかったんです」と口にしました。

そこで沙央莉さんが叫ぶような声を出しました。「それって、カフェ・ダイヤモンドの事件のせいで美術館の人質が悲惨な目に遭ったってことですか？」

いつもは静かな沙央莉さんの大声に、みんなの視線が集まります。

「警察が突入できなかったのは、わたしたちの家族のせいってことですか？」

「そういうわけではないです」里見さんは必死に言いました。自身も、被害者側と警察側の間に入る、板挟みのストレスを感じていたのかもしれません。「そんなことが言いたいわけではないんです」

「だいたい」野口さんが里見さんを、告発するかのような勢いで指差しました。「俺たちは家族を亡くしているわけだ。親とか恋人とか、子供とか。あんたの場合は、恩師だろ？　家族と家族同然とでは違いがある。俺たちの感覚とはずれているんだよ」

里見さんはぐっと押し黙り、悔しそうに唇を嚙んでいました。明らかに里見さんのほうが年齢的にも、人間の成熟度的にも上でしたから、自分が我慢すべきだと分かっていたのだと思います。

まあまあ、と羽田野さんや庭野さんが割って入らなければ、どちらかがつかみかかっていた可能性もあります。

檀先生

布藤鞠子の書く小説に登場する二人組、猫の虐待事件に関わった者たちを成敗して回る男たちが、自分の目の前に現れる。

そんなことがあるわけがないのだ。

身体を揺すられ、目を開き、つまり自分が眠っていたことに気づいた私は、ああやっぱり夢だったのか、と納得するような思いだった。

変な夢を見てしまったな、と。

が、「あ、起きた。先生、朝だよ」と言ってくる顔は、アメショーと呼ばれる男だった。

「嘘をつくな。朝ではないぞ。そろそろ夜だ」ハンドルを握る運転席の男は、ロシアンブルだった。「先生、五時間近く眠っていた」

そんなにですか、と私は答えながらも状況が把握できない。車の後部座席にいることは分かった。アメショーは助手席からこちらに腕を伸ばして、私を起こしてきたのだ。

姿勢を変えようとすると、手足が引っかかった。小さく悲鳴を上げてしまう。鎖で繋がれていた記憶が血液に乗り、全身に回り、警戒心と恐怖心を刺激してくる。

「ああ、悪いな。先生が逃げたりしないように、繋いであるんだ。鎖よりは緩いはずだが」

見れば両足はマジックテープのバンドのようなもので巻かれ、手首と車内のアシストグリップとも紐で結ばれている。自由を奪われる恐怖はもうごめんです、と震える声で訴えた。

「僕はね、あの野口勇人の家のところで先生を解放してあげたかったんだよ。こんな風に連れ回すのは申し訳ないし、こっちとしても面倒なんだから」

「警察に駆け込まれたら、そっちのほうが面倒だ」

「檀先生は、僕たちのことはよく知らないんだから警察に行かれたところで困らないですよ」

私のことはそっちのけで、運転席と助手席で喋りはじめる。布藤鞠子の書いていた小説の中でも二人の会話が活発だったのを思い出す。

「檀先生の話を聞いた警察が、野口勇人を探す。そうなると俺たちの仕事がやりにくくなる」

「でも、本当にテロ事件とかを起こすかどうか、檀先生もちゃんとした証拠はなさそうだし、ねえ、そうでしょ？　だったら、警察もそんなに熱心に動かなかったと思いますよ。どこでいつ起きるのかもはっきりしない爆弾テロ情報なんて」

「そうじゃない。そいつらが檀先生を監禁していたのは事実だ。トイレで人を監禁していたとなれば、それなりに捜査はするだろうし、ニュースにもなる」「まあ確かに」「そうなると俺たちが動きにくくなる」「なるほど」

「俺たちが先生に、『絶対に警察に言うなよ』と脅したところで約束を守るかどうかは分からないんだから、一緒に行動したほうがよっぽど安心できる」

「約束します」私は身を乗り出すようにした。「警察には言わないので」だから帰してください、と訴えた。あの監禁状態から救い出されたことでほっとした部分はあったが、このまま、彼らに連れ回されるのだとすれば、それは形を変えた監禁と同じではないか。早く自由を得て、安心したい。「学校に連絡しないと」

「俺も先生を信じていないわけではない。約束を守るだろうとも思っている」ロシアンブルが言った。

「それなら」今すぐ降ろしてください。

「ただ、先生を解放したあと、俺はずっと心配する。それも間違いない。先生が、警察に通報していたらどうしよう、約束を守ってくれるとは言っていたが、監禁されてひどい目に遭っていたのだから、警察に届けたくもなる。もうだめだ、今この瞬間にも通報しているんじゃないか、そんな風に不安になる。その時間が俺は怖い」

「心配しちゃうんじゃないか、と心配になるんだからね、心配性の鑑だよ、シアンさんは」とアメショーが笑う。「『檀先生は裏切るかもしれない運転』だ」

私は何と言ったらいいのか分からなかった。しばらく車内は無言のままとなる。いったいどこへ向かっているのか、と思ったところ、ロシアンブルが、「どこかに食事ができそうな店があったら、そこで夕飯を食べておこう」と言った。

「お腹減ってきたしね。先生が寝ている間に、僕たちは一仕事こなしてきているから」

「え」

「ネコジゴを懲らしめる仕事。ほんとは野口さんの後に行こうと思っていたんだけれど、順番が逆になった。世田谷のマンションに住む人で」

私は、「はあ」と聞いているが、状況を理解したわけでもなかった。ようするに野口勇人邸を去った後、私が眠っている間に、彼ら二人でどこかのマンションに行って、ネコジゴメンバーなる人物に会ってきたということか。小説内のロシアンブルとアメショーが次々と猫虐待者を痛めつけていく場面を、それはほとんど拷問に近かったが、思い出した。

「その間、先生のことは車に置いたままだった。本当はもっと簡単に済ませて、戻ってくるつもりだったからな」

「簡単には済まなかったんですか？」

「男がクローゼットに隠れていたんだよ。がっちりした身体で、あれってアメフトとかラグビーとか、格闘技とかやっているのかな。自分の恋人を守りたかったのか、いきなり飛び出してきて」

「大丈夫だったんですか」

「僕たちは大丈夫だよ。ほら、何もない。向こうは大丈夫じゃなかったけど。というわけで、僕たちも一仕事終えたから、そろそろ野口勇人を見つけに行かないと、と思って、それで今、先生を揺すって起こしたところ。食事もしたいし」

寝起きで頭がぼうっとしている上に、彼らが危機感のない態度だったものだから、私ものんびりとした気持ちになってしまったが、ようやくそこではっとした。「どうにかしないと。爆弾テロが起きるんです」

「そればっかりだなあ。先生は、野口勇人たちがどこにいるのか見当はつかないの？　一応、檀先生が眠っている間にさ、カフェ・ダイヤモンド事件についてインターネット情報を検索してはみたんだ。何か、手がかりになる情報がないかと思って。だけど、何も見つからない」

「どうにか事件を止めたいです」

運転席のロシアンブルがちらっと助手席のアメショーに視線を向けたのが見えた。

「先生がそこまで考える義務はないでしょ。監禁されて大変だったんだし、その犯人グループ、サークルだっけ？　サークルのメンバーに教え子がいるわけでもないんでしょ。そんなに頑張って、止めようとしなくたっていいんじゃないのかな」

アメショーの言葉によりかかり、野口勇人やサークル、〈先行上映〉で観た爆弾テロと思しき事件に関する打ち合わせ、そういったものから目を逸らしたくなった。

「だいたい、先生だって数日、監禁されていたんだよ。満足に食事も取れていなかったんだから、まずは自分の体のことを考えないと」

「それだったら今すぐ、病院に連れて行ってほしいです」

「具合、悪いのか」ロシアンブルが問いかけてくる。

「体調不良だったら、連れて行ってくれますか」

無理だとすぐさま却下されると思いきや、意外にもロシアンブルは、バックミラーに映る私をじっと、短時間ながらするどく観察するようにし、おそらく、それほど深刻な状況ではないと見て取ったのだろう、「駄目だな。食事をとれば、きっと回復する」と冷静に言った。「風呂に入っていなかった割に、臭くもないしな。まだ大丈夫だろ」

がっかりするよりも、私はほっとした。彼が、私の健康状態をそれなりに気にかけているのは伝わってきたからだ。危険な状態になれば、それ相応の対処はしてくれるのではないかと期待できた。

「でも、そもそも、どうして先生は監禁されていたの」アメショーが言った。「テロの邪魔をしようとしたから？」

「私がテロのことを知ったのは、監禁されたあとです」

「知っていなくても、テロのことを知っているように見えたからかもしれないな」ロシアンブルが冷たく言う。「怪しまれたんじゃないか。テロを計画しているんだったら、神経質にはなっているだろう」

怪しまれる要素なんてありませんよ、と反論しかけたところで、そうとも言い切れないと思った。偽名を使い、仕事も偽っていた。だから、里見さんから何かを聞いているのでは、と疑われた。「ああ、そうだ、里見さんだ」

「誰さん？」

「里見さんです。教え子の保護者なんですが。彼もトイレに監禁されているはずなんです」

「あの家は一通り調べたよ。大きい家で、もう一個トイレはあったけれど、そっちには人がいなかった。先生の見た夢とかじゃないの？」

「じゃあ別の場所でしょうか」

「食堂の看板がある。入るぞ。話はそこで」ロシアンブルが言った。「運転しながら複雑な話をしていると危ないからな」

駐車場に車が入っていくと、タイヤが砂利を踏む音が聞こえる。

食堂は外から見た際は、営業しているとは思えない古びた様子だったが、中は打って変わり清潔感の漂う小綺麗《こぎれい》な、立派なインテリアが並ぶ洒落《しゃれ》た雰囲気だった。メニューに並ぶ料理も、パスタからラーメン、カツ丼にサンドウィッチとバラエティに富み、お好み焼きまで用意されており、和洋中を超えた混沌《こんとん》としたものを感じた。「いきなり、たっぷり食べるのは胃に悪いかもしれない」とロシアンブルが心配そうに言ってくれ、あたたかいスープを頼んだ。

ロシアンブルはトンカツの火の通り具合を、「この部分、生じゃないのか？」といちいち確認するようにしながら、「食中毒になったら怖いからな」と呟きながら口に入れる一方、アメショーはフォークで刺した肉を次々と頰張り、美味しい美味しい、と唸《うな》っている。

食事する彼らの前で、私は知っていることを話した。内閣府の国内テロを担当する里見八賢のこと、その彼と連絡が取れなくなり、心配だったこと。彼の家族のところにはメッセージが届いたが、おそらくはサークルのメンバーがなりすまして送信したに違いないこと。

「なるほど」ロシアンブルは言った。「その里見という男を捜そうとしたら、逆に捕まったというわけか」

「その里見さんは、先生と入れ違いで解放されたのかな。それとも、別のトイレに今も捕まっているのかな」

「連絡をしてもいいですか？」

「誰に」

「その里見さんの息子、私の教え子です。里見さんが家に帰っているのか分かります。あとはできれば、母にも。母は、私が音信不通で心配している可能性はあります。警察に届けているかもしれません」私の携帯端末は奪われたままだったため、二人から端末を借りなくてはいけない。いや、仮に借りたとしても、里見大地の連絡先はすぐには分からない。

ロシアンブルはじっと私を見た後で、「申し訳ないが、駄目だ」と言った。「信用していないわけではないんだが、何があるのか分からないからな」

「ごめんね。シアンさんの方針が変わるかもしれないし、その時は連絡してもいいから。とりあえず今は、僕たちに付き合って、一緒に野口を探そう」

「先生、早く食べ終わってくれ」

あ、はい、と私は皿を見下ろし、言われるがままにスプーンを動かす。頭がうまく働かない。

「シアンさん、この情報、知ってますか？」少しすると前に座るアメショーが携帯端末を触りながら、口を開いた。

「見たくない。どうせ、心配になるニュースだろ」ロシアンブルが顔をしかめ、グラスの水を飲む。それからぶつぶつと続ける。地球にニアミスしそうな小惑星が発見されたとか、調味料に発がん性物質が見つかったとか、どこかの国がどこかの国の領空を侵犯し、一触即発のひと悶着《もんちゃく》が起きただとか、繁華街で通り魔事件が起き、犯人が逃走中だとか、そういったニュースなんだろ、と言い、さらに、「それともまた虫か？」とはっとした声を出した。「マダニやヒアリどころじゃない虫が出たか」

アメショーが、私に視線をやり、困ったように苦笑いをする。「先生、ごめんね、シアンさんの口から出てくるのが心配事だらけで」

小説の中でもそうだったので知っています、と私は答えそうになった。

「野球ですよ」アメショーが携帯端末を、ロシアンブルに見せた。「明後日《あさって》の試合で記録が出ちゃうかも、という」

「天童か」ロシアンブルの顔が急に強張る。「よりによって、我がイーグルス戦でか」

何の話かと思って聞いていると、どうやらジャイアンツの打者、天童選手が年間本塁打数の記録を明後日にでも破るのではないか、という話のようだった。大口を叩き、自己中心的な言動の多い天童選手は、ほかの選手やチームを侮辱することが多く、ファン以上に嫌悪感を抱く人がたくさんいることを、私も知っていた。

「先生は、天童をどう思う？」と急に訊ねてくるため、スープで咽《む》せそうになる。

「好きではありません」とこれは話を合わせるのではなく正直に答えた。いくら実力があっても謙虚さのない人間は好きになれないのだ、とも。

するとロシアンブルは微笑み、自分の支持者に会った立候補者のように強く、うなずいた。

それから彼らは、ビッグマウスのバッターが、新記録を達成すること自体が腹立たしいが、さらに、自分たちの応援するチームが屈辱を味わうことになるのは、身悶《みもだ》えするほど許せない、と嘆き合う。

「明後日からの三連戦、試合に負けてもいいからあいつにホームランだけは打たれてほしくないですね」

「うちの先発は？」

「投野《とうの》です。不幸中の幸いかもしれませんよ。うちの先発三本柱が登板できるので」

「よく前向きに考えられるもんだな。投野が打たれたらどうするんだ」それならばいっそのこと、ローテーションの谷間、期待できない投手を当ててもらいたかった、とロシアンブルが洩らす。

「投野が打たれちゃうかもしれない運転」とアメショーが、指差した。「よくそんな風に後ろ向きに考えられますよね。返り討ちにしてやる、みたいな気持ちにならないですか」

ロシアンブルは、「ただな」と言い返す。「俺が先回りして心配していると、意外に軽症で済むことが多いんだ」

「何ですかそれは」アメショーが言い、私もスープをスプーンで掬《すく》いながら、「何ですかそれは」と内心で訊ねていた。

「不幸や恐ろしいことは、予想もしないところからやってくるんだよ。事前に、こうなったら嫌だな、と心配していたことは意外に起きない。子供の頃からそうだ。それによく考えてみろ、もし、予想通りに嫌なことが起きたなら、『嫌なことが起きたけれど、予想が当たった！』という喜びは味わえるわけだろ。それは、嫌なこととは言えない」

「ねじれすぎていて、もはや何が何だか分からないですよ。だったら、朝起きたら、世の中の心配事を片端から思い浮かべればいいんじゃないですか？　そうしたら起きないんですから」

「その通りだよ。俺が心配しているのはみんなのためでもあるわけだ。何でもかんでも俺が心配していれば、それは起きない。絶対起きない、とまでは言えないが。ただな、恐ろしい出来事は、俺の心配と心配の隙間を縫うように、出現してくる」

「心配するプロみたいですね」私は言わずにはいられなかった。

ロシアンブルが首肯した。「東にアンコントロールな大統領がいれば、自暴自棄で核のボタンを押すのではないかと心配し」と詠《うた》うように言い出す。「西にイナゴの大量発生が起きたと知れば、食糧難を危惧し、南に謎の飛行物体が見つかったと聞けば、未知なる知的生物に侵略された世界を思い浮かべながら震える。北に新しい感染症が発見されたニュースを見れば、パンデミックだと気が遠くなる」

「そういう人間にはなりたくない」アメショーは自分で言って、けたけたと笑う。

緊張感のない二人には現実味がなく、私は、「普通は」と思いそうになった。普通は、猫の虐待者を追いかけるような仕事をしている二人が、こんなにのんきに食堂で食事をしながら話はしないのではないだろうか。いや、そもそも普通は、猫の虐待者を追いかけるような仕事など存在しないのだ。

私が頭の中で、ああだこうだと考えていると、携帯端末を握り締め、深刻な表情をしているロシアンブルの表情が気になった。

どうかしましたか、と訊ねると、「やめようね、と決めたじゃないか」と歯軋《はぎし》りをするように言う。

「やめようね？」何の話だ。

「核実験だよ。包括的核実験禁止条約で、宇宙でも大気中でも、地下でも核実験はやめようね、という条約だ。先生だっていうのに、知らないのか？」

「聞いたことは」

「シアンさん、国語の先生には関係ないですよ」

「国語どころか世界中の誰にだって関係することだ」

「だけど、その条約、誰も守っていないですよね。アメリカと中国も批准していないんじゃなかったでしたっけ」

ロシアンブルはそれには答えず、アジアの国の名前を挙げ、「近日中に核実験をする動きがあるんだと」と苦々しく言った。校則を破る生徒の名を憎々しく呼ぶかのようだ。「極秘核実験を」アメショーは、ロシアンブルの携帯端末の画面を覗き込むと、「すでに極秘じゃないじゃないですか。こんなの真偽不明の飛ばしニュースですよ」と笑う。

「ニュースになるからには何かしら根拠はあるだろう」

「情報なんて、いくらでも操作できますよ。存在しないレストランを、存在させることもできますし、実在するロックバンドを架空の存在と思わせることもできるんですから。さらに、国や外交の話なら、情報操作は国の事業みたいなものですからね。あと、七〇年代ならいざ知らず、大気に影響する核実験なんて、誰もやらないですよ」

「常識から考えれば、な。ただ、今、おまえも言っただろ。国や外交の話になれば、何があってもおかしくない。隙あらば、何でもやる。低出力核実験とか言ったところで、低出力の定義次第だ」

フラッシュが焚かれたのはその時だ。ぴかっ、ぴかっ、と光る。来た、と身構えると視界に、場面が浮かび上がる。〈先行上映〉だ。いったい誰が見ている場面なのか、と思えば、すぐに分かる。

前にアメショーの顔があるからだ。この映像の視点となっているのは、ロシアンブルだろう。心当たりはないが、どこかで飛沫感染したというわけか。

人が集まっている場所だった。路上にたくさんの人がいる。日は暮れかかっているが、街路灯や住宅地の灯りもあり、周囲の様子は把握できた。

誰もが前方を眺めている。そして騒がしい。携帯端末をみなが手にし、画面と前方を交互に眺めている。

警察車両があり、制服警官が両手を広げ、どこからか救急車のサイレンも聞こえていた。状況が分かってくるほどに周囲の混乱を感じる。消防車が見え、血相を変え、行き来する制服姿の男たちもたくさんいた。

「ねえ、本当に爆発したの？」アメショーは近くにいた男に、その男も野次馬だろうが、訊ねた。

「爆発したよ爆発。警察が突入して、すぐだ。ありゃあ、人質吹っ飛んでるよ。木っ端《こっぱ》みじん」とまくしたてる男は興奮で、目を輝かせていた。不謹慎なことを言うな、とたしなめる者はいなかった。

そこでアメショーが、「あ」と指差した。みなが見るのとは逆の方向だった。「カジさんだ」と言ったかと思うと「カジさん！　カジさん！」と手を振り出す。

視点人物が、正確にはロシアンブルが振り返る。すると少し離れた場所に、中年女性が立っていた。「あら」と驚いている。

「立てこもりってニュースでやっていたから、見に来たら、ちょうどすごい音がして」女性は恐怖のためか涙ぐんでいた。「お昼頃にちょうど配達で、あのクリニックの近くに行ってたんですよ。さっきニュースで知ったんですけど、もうその頃には人質もいたってことですよね」

「カジさん、頭の怪我は大丈夫なの？」アメショーが気にする。カジさんなる女性は被っているキャップを少し触りながら、「はい、今はもう通常営業です」とうなずいた。

「人質はクリニックにいた外来患者なんだろ？」と言ったのはロシアンブルだ。

「体中に爆弾を」

「体中というか爆弾付きのベストを」アメショーは細かい部分の修正を口にしている。

「建物が壊れている様子はないから、ちょうど人が吹き飛ぶくらいの爆発だったんだろうな」ロシアンブルがそう言っている。「恐ろしいから本当に勘弁してほしい」

その時、大きな音がした。びくっと周りの人たちの身体が震え、飛び上がるかのようだった。クリニックのある場所を見た。また爆発、と誰かが言う。

「ひどすぎる」女性が目をぎゅっと閉じた。

そこで画面が揺れ、視界がぱっと広がる感覚になった。

「先生？　大丈夫？」とは目の前にいるアメショーが心配そうに、手をひらひらと振っている。

「ぼうっとしちゃって、どうしたんですか」

「疲れて眠っているのか？」「だけど目、開いていますよ」

はっとして私は、「すみません、ちょっとぼんやりと」と誤魔化したが、誤魔化すべきではない、とすぐに気づく。「あの、話を聞いてくれますか」

「話ならさっきから聞いているだろ」ロシアンブルは厳しい上司じみているため、私は臆してしまうが、もはや前に進むしかないとは分かっていた。

「なになに、教えて」と顔を近づけ、目を輝かせるアメショーは好奇心に満ちており、それはそれで私は話しにくくなる。

「ええと、私は〈先行上映〉と呼んでいるのですが」

中学教師だという檀は、真面目で誠実そうな印象で、監禁されていたことも含め、「正直者が馬鹿を見る」側の人間に見えた。そういった人間は嘘をつかないように思えたが、さすがに、「飛沫感染により、他人の未来が見える」といった話を真顔でしてこられると、正直者どころか、怪しげなオカルト話を押し付けてくる面倒臭い男かもしれない、と連れてきたことを後悔した。

その場に彼を置き、立ち去ることも考えたくなる。踏みとどまったのは彼が、「信じてもらえないだろう」と自覚している様子だったことと、話す内容が気になったからだ。

彼は必死に説明してきた。爆弾を使った籠城事件の現場にお二人がいたんです。すでに爆発した後の、混乱したところです。診療クリニックのようです。野次馬みたいな人だかりができていました。テレビのカメラもありました。

そういったあたりは、ふんふんと聞き流せたが、すぐ後で檀が、「カジさんという女性と会って、話をしていました」と言うものだから、アメショーを窺ってしまう。

「カジさんという方、ご存じですか？」檀が縋るように訊ねてくる。

「カジさんって、あのカジさんかな」とアメショーがロシアンブルに確認してくる。

「配達の仕事をしている人です」

「やっぱり、あのカジさんか」アメショーは簡単に、檀の話を信じそうになっている。

ロシアンブルは気を引き締めた。事前に手に入れておいた情報を使い、さも能力で言い当てたかのように振る舞い、相手を信用させる手口は、占い師や似非《えせ》予言者がよく使うものだ。簡単に驚いて、胸襟を開くのも危険に思えた。

彼は、檀が嘘をついているようにも見えなかった。

が、檀が嘘をついているようにも見えなかった。

彼は、〈先行上映〉のことを必死に説明した。亡くなる前日の父親に教えられたこと、サークルのメンバーが里見なる男を監禁していることも、そして爆弾を使ったテロ行為を計画していることも実は、〈先行上映〉により知ったのだ、と。

「どれくらいの時間を観られるわけ。何分のシーン？」アメショーはすっかり、檀の話を信じている。

「まちまちです。一瞬の場面のこともあれば、数分のものがダイジェストのように見えることもあります」それから、たぶんその人にとってのその日の印象的な場面、ハイライトの可能性が高い、とも続けた。

「しょっちゅう観るわけ？」

「人に会わない時は大丈夫なのですが、そうではないと、週に何回か」

「多いな」それが本当ならばさぞかし煩わしいだろう。

「ようするに先生が言いたいのは、明日の爆弾テロ事件が起きるのは間違いない、ということか」

「人質に爆弾ベストを着せて、警察が突入するとそれを爆破させるつもりです」

「ただの脅しではなく？」

「実際に爆発したようです」檀の唇が少し震えており、ただのでまかせを口にしているというよりは実際に目にした恐ろしい事態に恐怖する様子には見えた。芝居には思えない。「警察が突入したので、爆発させたんだと思います」

「じゃあ、クリニックがどかんと吹き飛んだってこと？」

「ガラスが割れて、壁も少し壊れていました。建物が半壊、という状況ではありませんでしたが」

「人質を吹き飛ばすのには充分なくらいってことか」ロシアンブルは言う。爆弾を括りつけられた人間の上半身が、破壊される様子を思い浮かべる。「それで、場所は分かったのか？　どこの診療クリニックだ」

〈先行上映〉なる話の真偽がどうあれ、ロシアンブルたちからすれば野口勇人のいる場所が分かればいいのだ。爆弾テロ事件を起こすのだとすれば、そこの近くで張り込んでいれば見つけることができる。

「ああ、そういう意味では」檀は記憶を辿るような顔をした後で、表情を歪めた。「見えませんでした」

「見えなかった？」

「クリニックの看板や、その場所の分かる情報は見えなかったかもしれません」檀は肩を落とす。

「じゃあ、行こうにも行けないね」アメショーが息を吐く。

「あ、でも、カジさんが」檀が思い出したように言った。「お二人に言ってました。『昼頃に配達で、そのクリニックの近くに行っていた』と。ええと、カジさんの配達というのは」

「フードデリバリーだろうな」アメショーが答える。

「ということは、そのカジさんがお昼に運ぶ場所が分かれば、クリニックも見当がつくかと思います」檀が目を輝かせる。

「なるほど」ロシアンブルもうなずいた。「あくまでも、先生の言う〈先行上映〉の話が正しいのなら、だが」

「シアンさん、いいじゃないですか。頼れるのはそれくらいなんですから。その線で行きましょうよ。野口はそこにいます」

「とはいっても」

「大丈夫ですよ。何とかなりますよ」

どうしてこうも前向きに、何とかなる、と言い切れるのかロシアンブルは不思議でならない。同じ生き物なのかどうか、と疑いたくなる。

檀先生

食堂を出た後で私は、二人に連れられ、彼らの住処《すみか》、もしくは仕事場かもしれないが、そこに連れて行かれた。中に入るまで目隠しをされたため、そこがマンションなのか、戸建てなのかもはっきり分からないが、殺風景で広々とした室内は研修所じみていた。

彼らはシャワーを使わせてくれた上、コンビニエンスストアで買ってきた下着もくれ、それだけで私は身も心も生まれ変わるほどの心地良さを感じたが、さらに、アメショーは私にベッドを使わせることにし、自分はソファに寝た。一度、深夜に目覚め、トイレを探そうとしたところ、アメショーに声をかけられ、飛び上がりそうになった。ソファで身体を起こしており、「逃げようとしても無駄だからね」と釘を刺してきた。猫のように、睡眠が浅いのだな、と思った。

朝になり、簡単な朝食を食べたところで、ロシアンブルとアメショーが段取りについての相談を始めた。

「先生、カジさんは、正確には未来のカジさんは、『昼頃に配達に行った場所』とそのテロの起きるクリニックが近かった、と言っていたんでしょ？」

〈先行上映〉によればそうです、と答える。

「だったら、今からカジさんに連絡して、昼くらいまで一緒に行動してもらえばいいのかも。そうしたら配達場所にも一緒に行けるし」

カジさんなる女性の連絡先や住所情報も、彼らは知っているらしかった。

「でも、カジさんに干渉するのは良くないかもしれません」

「干渉？」

「あの、これはあくまでも私の想像、推測に過ぎないのですが」自分のアレルギー体質について、経験をもとに話すような感覚だった。専門的知識や情報に関しては知らないが、体験として法則性を語る。「私が見た未来はあくまでも、その人がそのまま生活を続けた場合に辿り着くものだと思うんです。逆に言えば、未来を知った私が、その人に影響を与えれば、未来が変わる可能性はあります」事故に遭う未来が見えたため、教え子に話し、それを回避した話をした。「だから、なるべくカジさんに変化を与えないほうがいいかと」

アメショーは、牛乳に浸したコーンフレークを咀嚼しながら、「ＳＦ映画みたいになってきたね。ちょっとずれると、未来はたくさん変わっちゃうよ、とか」と目を輝かせた。「でもさ、僕たちがカジさんに会ったところで、フードデリバリーの注文が変わるとは思えないけれど。僕たちがいくら関与しても、注文する人には関係ないでしょ」

「いや、絶対に影響がないとは言えない」ロシアンブルは、私の意を汲《く》んでくれた。「俺たちが今からカジさんに連絡を取って、行動を共にしたとしよう。そのことで、カジさんは本当だったら受けるはずだった注文を受けないかもしれない。カジさんの今日の行動が変化するからな。別のドライバーが、カジさんの取る予定だった注文を取っていくことだってある」

「そんなことありますか」

「ないとは言い切れない」

「失敗は許されないですから。念には念を入れたほうがいいかと」今のままでは爆弾によって人質が死ぬのだ。後になり、うまくいかなかったね、と笑って済ませられるものではない。

「だったら、どうします？」

「カジさんには直接、接触はしない」ロシアンブルが決めた。「こっそりと尾行する。今からカジさんの住むマンションに行けば、まだ配達に出る前に間に合う。配達は自転車を使うんだろ？だったら、こっちも自転車を使ったほうがいい。車じゃ小回りが利かないしな」

「ずっと付け回すわけ？」

「それしかないだろうな。昼頃、どこに配達に行くかを知るためには」

ＧＰＳをそのカジさんの荷物や自転車に仕掛けるアイディアも出たが、ばれてしまったらそれこそ未来が変わってしまうことと、位置情報だけでは配達先に向かっているのか、それとも中継地点を通り過ぎただけなのか、といった判断ができない、と却下になった。

「カジさんが何件注文をこなすのかは分からないけれどな、昼近くの配達先でその周辺にクリニックがあれば、そこが俺たちの知りたい、野口勇人の居場所ということになる。アメショー、おまえはそれを見つけて、位置を連絡してくれればいい」

彼らの目的はテロを未然に防ぐことではなく、結局のところ、野口勇人に尽きるのだなと改めて感じた。

「ちょっと待って。今の言い方だと、僕だけが自転車で尾行するプランみたいじゃないですか」

「ここにある自転車は一台だ。それに三人で自転車で尾行してみろ、目立って仕方がない」

「その間、シアンさんはどうしているんですか」

「この先生が逃げないように気を付けながら、車で待機している」

そっちは待機で、こっちは自転車を漕いで行ったり来たりだなんて不公平ですよ、とはアメショーは言わず、「じっとしているよりは、外で動き回っているほうがいいか」と納得し、「探偵ごっこみたいで楽しそう」と少年のような顔つきになった。

「先生、それにしても怖いものだよな。どうしてこんなに心配事が多いんだ」運転席に座るロシアンブルが言ったのは、アメショーが自転車で出発し、三時間以上が経った頃、コンビニエンスストアの広い駐車場で、だった。私は車の助手席にいた。手首への拘束はない。私を信用してくれたというよりは、仮に逃げたところですぐに捕らえることができる、と判断したのだろう。

私はてっきりロシアンブルが、これから起こる爆弾テロへの恐怖を語ったのだと思い、「そもそもテロは、恐怖を引き出すことや心配させることが目的なんでしょうね」と言った。

テロを起こすのは虐《しいた》げられたり、抑圧されたり、といったつらい状況にある人たちだ。彼らは不満やつらさを訴えても聞き入れてもらえず、かといって、取引材料となるものを持っているわけではない。唯一の武器は、予期できない恐怖を与え、不安がらせることだ。どのような形にしろテロを肯定することはできないが、そこに至る、「起こす側」の覚悟と諦観を想像すると、私は気持ちが重くなり、胸が締め付けられる。

「先生、俺が言っているのはテロのことじゃない。これだ、このニュース」ロシアンブルは携帯端末の画面をこちらに向けた。

首を曲げ、顔を寄せると、「バス停で視覚障碍《しょうがい》者、傘で突かれて重傷」の見出しがあった。ニュースサイトらしい。

どう受け止めればいいのか、この被害者が彼の知り合いなのか、と想像していると、「ほんと、殺伐とした世の中だよな」とロシアンブルが顔をしかめる。「バス停で視覚障碍者が立っているだけで、邪魔者扱いして傘で突く奴がいるんだ。世も末だ。ほんとひどい時代だと思わないか。国が豊かな時ならまだしも、景気も停滞して、未来に希望を感じられない社会になれば、ちょっとしたことで爆発するようにもなる。どんどん、荒《すさ》んだ世の中になっていく。このままだと、どうなるんだろうな。心配で仕方がない」

ネコジゴハンターなる物騒極まりない仕事をしている彼が、「世も末」と嘆くのは説得力がないものには感じた。

「だけどニュースというものはそういうものですから。悲観する必要はないですよ」

ロシアンブルが目を見開いた。無言だった。怒らせてしまったのか、と焦るがここで話を止めるほうが誤解を招く。

「よく思うんですが、ニュースはたいがい、嫌な話しか取り上げないんですよ。取り上げることができない、と言ってもいいかもしれません。もちろん良いニュースを流すこともありますが、それは、ニュースとして価値があるくらい、とびぬけて良い話の場合です。ごく普通の、いい話はニュースになりません」

ロシアンブルは何も言ってこなかったが、話を続けろ、と顔で促してくる。

「街中で困っているお婆さんに声をかける、優しい人はたくさんいます。ただ、ニュースにはなりません。びっくりするほどのことではありませんから。その反対に、困っているお婆さんに唾を吐いて傘で殴る人が一人いれば、それだけでニュースになります。それを見て私たちは、世も末だ、と心配になってしまいます。SNSも一緒です。話題になるのは、珍しい特別なことで、地味な良いことは広まりません。実際は、ニュースにならない、ほっとするような出来事がたくさんあるんだと思います」

ロシアンブルは、私を見たまま依然として喋らない。不愉快そうではないが、満足した様子も感心した気配もなく、何か言いたげに口をぱくぱくとさせている。

すると彼の携帯端末に着信があった。「ああ、アメショー、どうだ？　そうか。その近くに、クリニックはないか。分かった。次の配達あたりが怪しいな」

ロシアンブルは通話を切った。「カジさんが配達先に着いたが、それらしいクリニックはなかったらしい。十二時近いし、そろそろだな」

朝からフードデリバリーを頼む人は少ないだろう、と私は予測していたが、案に相違し、カジさんは午前中からかなりの配達をこなした。それをアメショーが自転車でずっと追い、要所要所でロシアンブルに連絡を入れてきた。「カジさんがデリバリーに向かった」「カジさんが配達を終えた」と。それればかりか、「カジさんの待機中、近くの家の窓にかなり太ったペルシャ猫がいた」だとか、「キジトラと黒猫がブロック塀の上で喧嘩《けんか》していた」だとか、そういったこともわざわざ伝えてくるものだから、私はこっそり呆れた。

ロシアンブルと一緒に車の中で待つことは、恐れていたよりも苦痛ではなかった。何も考えたくない、と頭の中を空にすべく目を閉じ、眠るようにしていたこともあるが、ロシアンブルも運転席で小説らしき本をずっと読んでおり、時折、携帯端末をいじっては、「心配だ」「怖いな」とぶつぶつ呟くくらいだった。

五分経つか経たないか、といったところでアメショーからまた着信があった。二言、三言やり取りして、通話を終えた後で、「次の配達に向かったらしい」と私に伝えてくれる。

デリバリードライバーは商品をピックアップするために店に行き、そこから配達先へ行く。〈先行上映〉でカジさんが口にした「お昼ごろ」というニュアンスからすれば、次の配達先が「当たり」の可能性は充分あった。

またしばらくして、アメショーから連絡が入る。

「了解。今から行く。どこに行けばいい。おまえの位置をこっちに送ってくれ。ナビに入力する」携帯端末を置くと同時にロシアンブルは、エンジンをかけた。「先生、位置情報のコードを言うからナビ設定をしてくれ」

「先生、すごい、すごい。ほら、ちゃんとあったよ、クリニックが」ロシアンブルの運転する車で、伝えられた場所に到着し、路上駐車して外に出るとアメショーが駆け寄ってきて、子供がはしゃぐように言った。彼の指差すほうに目をやれば信号のある十字路の角に、「やすらぎ胃腸クリニック」と看板がある。古い診療所ではないようだったが暗い配色の壁をしており、建物自体もこぢんまりとしているせいか、肩をすぼめてひっそりとした雰囲気だった。

「カジさんはそこのマンションに配達に行っていたんだ」とアメショーが指したのは、まさしく「やすらぎ胃腸クリニック」の隣の隣の建物だった。

確かに近い、とロシアンブルがぼそりと言う。

「シアンさん、すごいよ、檀先生の話は本当なんですね。未来が分かっちゃうとか、びっくり」

「おまえのその無邪気な性格が羨ましい」

「だって、言った通りじゃないですか。カジさんが昼に配達した先に、クリニックが」

「国内にどれくらい診療所があると思っているんだ。配達先の近くに、何かしらのクリニックがあってもおかしくはない」

「無理がありますよ、シアンさん。強がらずに受け入れたほうがいいですって」アメショーは顔をくしゃっとさせる。

「強がっているわけではない」

「はいはい」とアメショーはあしらうように言うと、身体を反転させ、クリニックのほうに歩き始めた。「じゃあ、クリニックの前で待ち伏せしますか」

「待ち伏せ？」

「これからその犯人たちが来るんですよね？　ということは野口勇人と会えますから、不意打ちを仕掛けられます」

彼らは自然と、「やすらぎ胃腸クリニック」の建物へ歩を進めている。路上駐車した車同様、私のことも気に留めていない様子だった。一歩、退いてみる。このままゆっくり遠ざかり、タイミングを見計らって逃げることもできるのではないか。私の頭にふと期待の光が灯った。ゆっくり、ひっそりと距離を空ければ、と足を後ろに動かした。靴が鳴ったのだろうか。自分ではまったく分からなかったが、前にいたアメショーがくるっと振り返り、微笑んだと思うとその瞬間には、私の真横にいた。肩に手を当て、「先生、ついてこないと駄目だよ」と言ってくる。

取り繕うために私は、「すでに中にいるということはないんですか？」と言った。サークルが何時にクリニックを襲うのかは分からない。ただ、〈先行上映〉の中で庭野が、「十二時開始で」と言っていたのは覚えている。集合時間かもしれないし、集合場所からの出発時間の可能性もあるが、クリニックを襲う時間ということもありえる。

「二人が来るのを待っている間に、一回、覗いてみたんだけど、午前の診療は終わりました、という案内が出ていたんだよね」

「昼休みというわけか」

私たちは道を横断し、「やすらぎ胃腸クリニック」の前に辿り着く。確かに、看板に書かれた時間によれば午前の診察時間は終わっている。入口のドアから向こう側は覗けない。

ロシアンブルたちは、サークルのメンバーが来るのを待ち構えるためにどこにいるべきか、と話を始めた。私は視界の先に見える、乗ってきた車が気になり、「路上駐車していて平気ですかね」と訊ねたのだが、そこでクリニックの自動ドアが開いた。男女が三人、出てきた。昼の休憩に外出するのだろう、と私は一歩下がり、通り道を作る。「午後、爆弾を持った人たちがやってきますから、気を付けたほうがいいですよ」と忠告すべきではないかとも思った。

が、いざ話そうとしても口が動かない。「これからここで恐ろしい事件が起きますよ」と伝え、信じてもらえる自信がなかったからだ。

　すると出てきた三人のうち一人が、私の近くで足を止めた。そして、「檀さん、こんなところでどうしたんですか」と言うものだから、驚いた。顔を上げれば、そこにいるのは成海彪子で、「申し訳ないですが、言うことを聞いてください。抵抗しないほうがいいですよ」と物騒なことを言う。

　体に物を押し付けられた圧迫感があり、見下ろすと銃が突きつけられている。困惑で、声が出ない。ぱくぱくと、水面に顔を出す鯉《こい》さながら口を動かすことしかできない。横を見れば、残りの二人、女性と男性がそれぞれ、ロシアンブルとアメショーにも、腰の位置で銃口を突き付けていた。

「中から、段田さんが外にいるのが見えたんです。いえ、段田さんじゃなくて、檀さん」彼女は、私の偽名使用を、非難というよりも苦笑するように指摘した。「ここにいるなんて、偶然のわけがないですよね」

　クリニックの中に入るように、と命じられる。アメショーとロシアンブルは無言だったが、視線で会話をし、相手に従うことにしたのか、その場で抵抗は見せず、指示されるがままに入口へと歩き出していた。

何もかもが裏目に出てしまうような、絶望的な気持ちに襲われる。

成海彪子

その日、サークルに行くと哲夫さんが、「この間、話していた本、読んでみたんだけれどさ」とニーチェの「ツァラトゥストラ」のことを話題にしました。「意味不明だなあ、あれは。分かるような分からないような。ただ、ところどころ、ぐっと来たよ」

「わたしも読みましたよ」とわたしが手を挙げたところ、庭野さんや野口さん、ほかの何人かも読んできたことが判明し、羽田野さんは、「ニーチェさんも読んでもらえて喜んでいますかね」と笑いました。

そこから羽田野さんによる、ニーチェ入門講座のようなものが始まった、と言えるかもしれません。

「『ツァラトゥストラ』は当時、全然売れなかったようです。最後の第四部は自費出版で四十冊配っただけみたいですし。その後、反ユダヤ主義の妹が、ニーチェに介入してきます。ニーチェ自身は、反ユダヤ主義に嫌悪感を抱いていたにもかかわらず、妹により、ナチスと結びつけられることになりました。ナチスは、ニーチェの威勢のいいキーワードを利用しましたが、たぶん、まともにちゃんと読んでいなかったのではないかとも言われています。そして戦後は、さまざまな思想家たちが、ニーチェの考え方とナチスとを切り離すようになり、再評価されました。その流れもあって、私の若いころは誰もかれもがニーチェを読んでいたんですよね」

「そうだったね。自分の若い時もそうだった」と康雄さんが同意しました。

わたしたちは例によって、野口さんの自宅の庭に集まっていました。集まった昼前には翳《かげ》り一つない晴天であったのが、いつの間にかごつごつとした黒雲が現れていましたので、天候が崩れないか少し気がかりな状態ではありました。

「私の学生時代は周りでかなりの友人たちが読んでいましたけれど、たぶん、途中でみんな挫折していましたよ。分かったふりはしていましたが、誰一人分かっていなかったはずです」

「わたし、高校生の時に一度読んでいたんです」と言ったのは沙央莉さんでした。「その時は、何だか偉そうに、漠然とした威勢のいいことばっかり言っていますし、詩的な感じもしませんでしたし、いい印象はなかったんですよね」

「高校時代に読んでいたなんて凄い」わたしにとっては、今読んでも、ちんぷんかんぷんです。

「昔から、友人はもちろん、知り合いと呼べる人も少なく。学校でも本を読んでいることが多かったんです。でも哲夫さん、どこに共感したんですか」

「俺は、今まで真面目に生きてきた。普段の生活でも、たとえばゴミの分別も守ったし、選挙にも毎回行った。誰もいない小さな十字路の歩行者信号も守っていたよ。うちの息子も同じだった。真面目さだけが取柄でやってきたんだ。なのに突然、事件に巻き込まれて家族は死んでしまったわけだ。真面目に生きてきた結果、待っていたのは、この孤独とやりきれなさだよ」

急にみんながしんとなりました。待っていたのはこの孤独とやりきれなさ、とはわたしたち全員が共感することで、その共感が周囲の音を吸い取ってしまったかのようです。

「あの本に書いてあっただろ。抵抗しないやつ、あまりにも我慢強いやつ、なんでも耐えるやつ。そういった人間には吐き気を催す、と。あ、俺のことだな、と思ったよ。あの本の表現を借りれば、あまりにも譲歩しすぎたんだ。真面目に、周りに迷惑をかけずに生きていればそれでいい、と思い込んでいた。『そんなことをしていても、奪われる時は奪われる』とも書いてあったじゃないか。とにかく、自分の望むことをやれ、と。望むことのできる人間になれ。まさにその通りだと思った。そうやって生きてきたほうがよっぽど良かった」

「行儀やルールを気にせず、好き勝手に生きろってことなんですかね？」わたしは気になってしまいます。

「従来の、隣人を愛せば、規律を守っていい子にしていれば天国に行ける、といったキリスト教的な教えでは、人は幸せにならない、それはまやかしだ、とニーチェは考えるようになったんですよね」羽田野さんが説明してくれます。「神様のことを信じて、やりたいことを我慢していても人生は終わってしまう、と言いたかったのかもしれません」

「だから、神は死んだ、と言ったんですか」そう言ったのは里見さんでした。

「私自身は、ニーチェが否定した、『隣人を愛せ』という教えや、他者のために自分の欲求を抑える禁欲的な考え方は嫌いではありませんし、ニーチェのキリスト教批判には誤りもあるみたいですから、正しいとも思わないのですが」羽田野さんは苦笑いをします。

するとか沙央莉さんが、「今回、改めて読んでみて、高校時代よりはいろいろ分かる部分が多かったんです。ただ、永遠回帰の話は本当に恐ろしくて」と言いました。「同じ人生が永遠に繰り返されるだなんて」

「あれってどういう意味なんですか」わたしは訊ねました。この一生が繰り返される、とはどういう状態を指しているのか、うまく理解できていませんでした。

「それも先ほどの、神は死んだ、と同じ話かもしれませんが、現世で立派に生きれば、死後、幸せになれますよ、であるとか、もしくは生まれ変わりますよ、であるとか、そういった考え方は違うとニーチェさんは思ったんでしょうね」羽田野さんが言います。「その結果、辿り着いたのが、人生は別に変わらない、長いスパンで見れば永遠に同じ人生が繰り返される、という思想で」

「かなり残酷な主張ですよ」声が尖《とが》っているように聞こえたのが気になり、視線をやると、沙央莉さんは表情が強張っていました。

「そうですね」羽田野さんも認めます。

つらいことや苦しいこと、悲しいことが起きて、それを努力や仲間の助けにより乗り越えたとしても、結局、また同じことが繰り返されるのだとしたら、「何をやっても変わらない」と絶望的な気持ちになるほかないですから、と。

「ということは、俺があの事件のつらさを乗り越えても、また繰り返されて、あの事件は起きるってことか。それは、やっていられないな」哲夫さんが吐き捨てるように言えば、野口さんも、

「過去をまったく変えられない、時間がループするだけのSF映画なんて誰も観ないだろうに」と呆れました。将五さんがまた、野口さんに同調するかのようにうなずきました。

「ただ、永遠に同じ人生だとなると、『たられば』は消えてしまうんです。『もし自分が金持ちだったら』『もっと頭が良ければ』といったことは考える意味はなくなってしまうんですよ」羽田

野さんが言います。庭木の陰に隠れ、「僕の思想のせいでみんなが怒っているぞ」と心配しているニーチェのために弁護を買って出たかのようです。「誰かを妬《ねた》んだり、恨んだりする意味がなくなります。『どうせ変わらないんだから、どうにでもなれ』『世界は滅びてしまえ』といった思いも、それすら永遠に繰り返されると考えると意味がなくなるんです」

ああ、なるほど、とわたしは思いました。確かに、自分の人生はこれ一つで変更することもできないのならば、誰かを羨んだり、妬んだりしても意味がないのかもしれません。だからといって救われた気持ちになるかといえば違います。

強風が横から吹いてきました。テーブルの上の料理はほとんど食べ終えていたのですが、空の紙皿が一つ飛びました。康江さんが慌ててそれを拾いに行ってくれます。

「天気、悪くなってきましたね」里見さんが言い、もう少ししたら家の中に移動しようか、と庭野さんと野口さんが相談しはじめました。

「同じ人生を永遠に、だなんて耐えられますか?」自分から発言することの少ない沙央莉さんにしては珍しく、訴えるような言い方をします。感情を抑えようとしていたのでしょう、ぴりぴりと顔が引き攣ってもいました。「わたしはいつかまた一人ぼっちの人生を生きて、やっと会えたあの人をテロ事件で喪うことになるわけですよね。いくら、ここから立ち直ってもまた同じつらさを味わわないといけないんですよ。耐えられるわけがないです」沙央莉さんの声はかなり甲高《かんだか》くなります。「どうしてこんな人生なんですか」

訴える声に釣られるかのように、風が庭木を揺らしました。

羽田野さんはそこで、ニーチェの話をしたばっかりにみんなを苦しめてしまった、と責任を感じたのかもしれません、少し慌てたように、「ニーチェさんはこう書いていたのを覚えていますか」と言うと、次の文章を口に出しました。

すべての「そうだった」を「俺はそう望んだのだ」につくり変える。

「あの本にはそう書いてありました」と羽田野さんはみんなに話します。

「ありましたね」沙央莉さんが首を縦に振ります。わたしもそこは読んだ記憶がありました。

「あれってどういう意味なのか」

「どうせ人生は変わらず、永遠に繰り返されるんです。そうならば、起きた出来事は全部、仕方なくそうなったのではなく、自分が望んだものだったんだ！　となるべきだ。そういうことが言いたいんだと思いますよ」

自分が望んだもの！

その時のわたしの驚きを何と言ったらいいでしょうか。

いい言葉、ありがたいメッセージだと感動したわけではありません。その反対です。この期《ご》に及んで、まだそんなことを言われないといけないのか、といった憤りに近かったかもしれません。永遠に繰り返される人生を押し付けられた上に、「これはおまえが望んだものだと思え」と命令されるだなんて、にわかには受け入れがたいことです。暴力を振るった上で「ありがたいと感じるんだぞ」と強いてくるかのようです。

「かなり無茶な要求ですが」と羽田野さんは言いました。「でも、永遠にこれが繰り返されるとすれば、確かに、そう考えるしかないんです。起きたこと全部を、『自分が望んだもの』にするしかない」

「分からないでもないですけど、かなり厳しい要求です」里見さんも当惑気味でした。「俺はごめんだ」野口さんは怒るというよりは、心底、勘弁してほしいという口調でした。「俺はさ、引きこもっていたし、あのころは最悪だった。ひどいことばかり考えていた。あの時間を何度も繰り返すなんて考えたくもない」

そうですよね、と羽田野さんは笑った後で、「ただ、ニーチェさんの別の本、『権力への意志』には、こういう言葉があるんですよ」と続けました。

何と？

「一つでも魂が震えるほどの幸福があれば。ニーチェさんは、そう言っているんです」

魂が震えるほどの幸福、と私は頭の中で口ずさんでみますが、あまりに大仰で、抽象的な言葉に警戒したくなります。

「人生で魂が震えるほどの幸福があったなら、それだけで、そのために永遠の人生が必要だったんだと感じることができる、と。もし、そう生きることができたなら、こう思えるはずなんです。ツァラトゥストラがまさに言っていましたが」

これが、生きるってことだったのか？　よし！　じゃあ、もう一度！

「もう一度、と言われても」野口さんが顔を歪めた。

よし、もう一度この人生を。

そう思うことができる人なんているのでしょうか。わたしも首を傾げずにはいられません。

「でも、そう思えたらすごいですよね」沙央莉さんがぼそっと言います。「これが、生きるってことだったのか。よし、もう一度、だなんて」

「はい。本当にそうですよね」羽田野さんは穏やかな口調で言ってから、「あ、これは別に私が唱えた説ではないですからね。ニーチェさんが言っただけで」と、みんなの気持ちをほぐすようにもしてくれました。

「ありがとうございます」庭野さんが、羽田野さんに頭を下げました。

「どうして礼を」

「羽田野さんみたいな人がいなかったら、僕たちはたぶん、変な方向に突き進んでいたかもしれません」

「変な方向ってどういう」

庭野さんは言葉にした途端、それが現実化してしまう、と心配したのか一瞬、口を噤《つぐ》み、躊躇していたものの、「たとえば、勇人君はマイク育馬を許さないために危ない行動を始めたかもしれないし」とからかうように微笑みました。

何だよそれ、と野口さんは不服そうに答えた後で、「庭野さんも間違いなく、姉ちゃんの後を追っていたよ」と言います。

庭野さんは否定しないばかりか、「もう、どうでもいいと思う瞬間は今もあるよ」と認めました。「ただおしまいにする勇気がないだけで」

全部おしまいにしたい。

その思いは、サークルのみんなにありました。ただ集まるたびに羽田野さんが、みんなの暗い思いを優しく受け止めてくれていたため、変な方向に進まなくて済んでいたのかもしれません。

ありがとうございます。わたしをはじめ、ほかの人たちも急に羽田野さんにお礼を言い出したものですから羽田野さんは照れ臭そうに、「勘弁してください」と手を振っていました。

そこで雨が急に降り出し、わたしたちは片付けを慌ただしく始めます。

全身ずぶ濡れになりながら、庭と室内を荷物を持って行ったり来たりするのは、大変ではありましたが、余分な感情を洗い流してもらっているようで気持ち良かったのを覚えています。

「これもまた、人生の楽しい一瞬ですね」嬉しそうに羽田野さんが言ってくれ、わたしたちは――少なくともわたしは――身体が軽くなりました。

まさか、その羽田野さんまでも奪われてしまうとは思ってもいませんでした。

檀先生

成海彪子に銃で押されるがままに、私はクリニックの中に入る。待合室に足を踏み入れると、「檀さん、こっちに来てください」と長椅子の横の床に座らされた。両手を背中側でテープで結ばれる。

また自由を奪われるのか。あのトイレが思い出され、眩暈《めまい》を覚える。内臓がすべて床下に落ちるように力が抜けた。解放されたと思ったのもつかの間、またこんな目に遭うなんて。

長椅子にはすでに人が座っている。座らされている、と言ったほうが正しいだろう。人質に違いない。三人いて、狩猟用ベストのようなものを羽織らされていた。

〈先行上映〉で観た場面が頭に蘇《よみが》る。

このクリニックの外に人が集まり、消防車が集まっていた。爆発が起き、周囲がひどい騒ぎになっていたのだ。「人質は木っ端みじん」と誰かが言うのも聞こえた。爆弾ベスト、つまりこれが爆発するのだ。全身に恐怖が走り、尻を上げた。逃げなくては。逃げろ。このままでは爆発する。叫びたいが声が出ない。喉がひっくり返るかのようだ。

そして私は転んだ。いつの間にか両足首にも粘着テープが巻かれていたらしい。膝を床に打ち、痛い、と声が出る。前に銃口があった。

拳銃を握っているのは、目の部分だけが開いた、防寒用のフェイスマスクを被った人物だ。男なのは分かる。サークルのメンバーは何人いるのか。周りを見回したかったが、顔を上げた瞬間に撃たれるような恐怖を覚えた。

「大人しく」と別のところから声がした。

万事休す、という言葉が、頭に充満する。一方で私は、ロシアンブルとアメショーがどうにかしてくれるのではないかと期待した。彼らがさまざまな格闘技術を駆使し、ネコジゴと呼ばれる者たちを簡単に伸《の》し、無力化する場面を何度も見てきたからだ。ここでもその力を発揮してくれるはずだ、と。が、すぐに気づく。彼らは縦横無尽に飛び跳ね、複数の相手をあっという間に伸していたが、あれはフィクションの中の彼らなのだ。二人がフェイスマスクの男たちに銃を突き付けられ、私の隣に座らされるのが見えた。この状況ではさすがに彼らも抵抗できないのか。

「檀さん、この二人は誰ですか」私の顔にはアイマスクめいたものがつけられる。その声が成海彪子のものなのは判断できた。

ええと、と答えようとして、口はまだ塞がれていないことに気づく。

「彼らは」何と説明したものか。私のほうも、彼らが何者なのか正確に把握できていなかった。

彼らは無関係です。たまたま、そこで話をしていただけです。せめてそう話そうかとしたが、その時にはアメショーが、「あ、野口さん、いますか？　僕たち、野口勇人さんに用があるだけなんだよね。ほかのことは邪魔しないから。ちょっと自由にさせてくれないですか」と喋り出していた。彼も目隠しをされているのだろう、周囲を探るような話し方だった。

下手なことは言わないほうが、と私は焦る。余計に警戒されるかもしれない。そもそもサークルの彼らは、トイレで監禁されていたはずの私がここにいることに驚いているはずだ。野口勇人の名前を出したからか、まわりが静かになったように感じた。どうして知っているのかと訝り、警戒しているのかもしれない。

さらにロシアンブルが口を開いた。「野口勇人はどこだ。返事をしてくれないか」のんきにも感じられる言い方に、やはりこの二人は現実には存在しないのではないか、という気持ちにもなる。

アメショーがまた何か言おうとしたが、そこで、ぴりぴりとした音がし、その後で、もごもごとした声が聞こえた。粘着テープを口に貼られたのだろう。うー、うー、と呻いている。

「檀さん、申し訳ないが、そのままそこで、大人しくしていてほしい」と少し離れた場所から男性の声が届く。

庭野だ。会ったのは一度きりだったが、穏やかながら、しっかりとした口ぶりは、聞き覚えがある。

「どうしてここに来たんですか？　偶然じゃないですよね」外で成海彪子が言ったのと同じこと

を庭野も口にする。「何を知って、どうしてここに来たのか」

何を知って、どうしてここに。質問を、私の脳が処理できない。「それは、気になったからです」

「気になった？　私たちが何かすると知っていたのか」

「危険だと思って」抽象的な回答を口にするのが精一杯だった。もっと落ち着いて考えなくてはいけない、と思うが、頭は空回りする。質問に対し、まともに答えない政治家を思い浮かべた。彼らもこのように動揺しているのだろうか、それとも単にはぐらかしているだけなのか。

「どうして危険だと思ったんですか」

私はそれを冗談だと受け止めた。トイレに監禁されたのだから、危険だと感じるに決まっているではないか。

「檀さん、こうなったら、私たちの計画に付き合ってもらうしかない」

その後、庭野から視線で指示が出たのだろうか、私の上半身に何かが当てられ、肩のところで固定された。ずっしりとした重みがある。

「言うことを聞いてもらえないと、その爆弾を使う。協力してくれないと」

爆弾ベストだ！　私はぞっとし、身体をぶるぶると左右に振るが、振動により爆発するのではないかと血の気が引き、続けて全身を強張らせる。

「こちらが起動させない限り、爆発はしないので今は大丈夫」

大丈夫とはいったい何が大丈夫なのか。大丈夫なわけがなかった。

アイマスクを付けられているとはいえ、光の濃淡は確認できた。どうすればいいのか。爆発？

死にたくない、と私の頭の中は、言葉が氾濫している。息を整えようとしたところで、口にテープが貼られていることを思い出す。

少し離れた場所で、ぼそぼそと言い争う声がしたのは、少ししてからだった。声の主は庭野と別の男、それから成海彪子と別の女性といったところ、四種類くらいは聞こえる。

私たちの登場は、彼らの描いていた段取りに影響を与えたはずだから、この後の段取りをどう変更し、どう進めるべきか、そのことを相談しているのだろう。〈先行上映〉の流れからは、ずれたことになる。このまま爆発が起きない展開になるのを祈るほかない。

やがて庭野が、「予定通り、始めよう」と言った。部活動のキャプテンが大会の前に、悔いのないように練習の成果を出し切ろうと声かけするような、爽やかで心強いものだった。「これでおしまいに」

目隠し状態の私は正座のまま、耳に神経を尖らせる。

ほどなく庭野の、「事件だ。これから事件が起きる」という声が聞こえた。

警察に電話をかけたのだ。一一〇番に通報すると初めに出される問いは「事件ですか？　事故ですか？」の二択だ。それに対し庭野は、「これから事件が起きる」と答えたわけだ。電話の向こう側、聞いた担当者はどう思ったか。悪戯と受け取った可能性は高い。ふざけた通報は少なくないはずだ。

庭野は特に慌てる様子もなく、「やすらぎ胃腸クリニック」の住所を淡々と説明し、「今から、ここで、我々は籠城を始める」と言った。

警察側の反応は、私には分からない。

「まずは一度、ここまで来て、状況を確認してほしい。中には入れない。外から、この住所に」庭野は言った。「来れば、我々が本気なのが分かるかと思う。そのうえで、専門の部署の方、決定権のある人間と話をさせてほしい」

そう言ってから、はい、はい、と庭野は答え、「いきなりここに入ってきたらこちらはすぐに発砲する」とはっきりと口にした。「人質には爆弾をつけている。警察がこちらの指示に従ってくれない場合、勝手に行動する場合、迷うことなく爆発させる。人質は、このクリニックの院長と看護師、受付スタッフ、それから受診に来ていた、外来患者だ」

私たちのことは、その「外来患者」に含んでいるのだろう。

「爆発で建物が吹き飛ぶことはないが、人質は死ぬ。こっちの言うことを聞いたほうがいい。正直なところ、我々は歯止めが利かない状態だから」

その時、右手のほうから喚く声がした。私と同様、口にテープを貼られているからか、言葉にならない騒ぎ声だった。人質の一人だ。床をばたばたと鳴らした。拘束されたまま、長椅子から倒れ込むようにし、暴れ出したのだろう。見えないながらも私は目をそちらに向けたくなった。

制止する声が飛び交った。庭野は警察との通話を続けているが、その声がだんだん高くなる。別の人質が何やら、うーうーと唸った。「やめろ」と叫びたいのかもしれない。にわかにクリニック内の温度が上がり始める。「静かにしろ」「じっとしてください」という犯人たちの命令、指示と、暴れる男の呻きが混ざり合う。「落ち着いてください」という庭野の声も、張り詰めた空気をひっかく鋭い針のように尖っている。

私はと言えば、目と口を塞がれ、手足も自由にできない中、何が起きているのかを必死に把握しようとした。通話中の警察の担当者もおそらく、泡を食っているのではないか。

周囲の空気が熱くなっていく。倒れ込んだ人質の暴れ具合も大きくなる。

短くも重い、体の芯を震わせるような音がそこで響いた。

息が止まる。発砲されたのだ。

銃声が室内の音という音を全部吸い取ったかのように、それまでの喧騒が消えた。叫んでいた声も止《や》んでいた。

鼓動の激しさで、胸が破れそうになっている。

私はテープを貼られた口の中で大声を発していたかもしれない。同時に、着せられた爆弾ベストが、その振動に反応し爆発するのではないか、と恐怖に襲われた。

耳の奥がしばらく痺《しび》れている。

「今の銃声は本物だ。いや、すぐ近くの壁を撃っただけだ。銃器はほかにもある。早く来たほうがいい。でないと次は本当に人質を撃つ。もしくは、人質につけた爆弾を使う」庭野が警察に向かって、伝えるのが聞こえた。

銃声が耳にこびりついたままだ。私は耐えがたい恐怖に頭をつかまれた。ここにいたら、自分もあの激しい音に撃たれるのかもしれない。そう思うと、呼吸が苦しくなった。涎《よだれ》が溢れるが口がテープで塞がれているため、喉にそれが逆流し、咽せる。何度も喘《あえ》ぎ、気づけば倒れ込んでいる。

嗚咽が止まらない。

このままでは呼吸ができなくなる。身体をくの字にし、のた打つほかない。

「先生、大丈夫ですか」成海彪子が私の口のテープを剝がしてくれたのは、さすがに危険に感じたからだろうか。

息が楽になる。私は呼吸を整えながら、体を起こした。

それから、はっとし、「大丈夫なわけないじゃないですか！」と喘ぐように言っていた。こんなこと駄目じゃないですか、どうしてこんなことに巻き込まれなくてはいけないんですか。恐怖以上に、怒りと苛立《いらだ》ちが腹の中から湧いてくる。

咽せたせいで、涎じみたものが口から垂れていたが構っている余裕はなかった。

「あなたたちが大変な目に遭ったのは間違いありません」テロ事件で身内を亡くしたのだから、私には分からないほどのつらさがあるのは間違いない。「ただ、これに何の意味があるんですか」浮かんだ言葉をこれほどまでに、まとめることなく、吐き出したのは初めてのことだ。「こんなのは絶対間違っています。だいたい、里見さんはどこなんですか？　私みたいに監禁していたんですよね。トイレ。今どこにいるんですか。あれはどこのトイレなんですか。もうやめましょうよ」

しんとした。

誰もいなくなったのか？　アイマスクのせいで周囲が見えない上に、誰の声も聞こえなくなったため、私はそう思った。

みながこっそりと姿を消し、必死に演説する私を嘲笑しているのかもしれない。急に恥ずかしくなり、顔から火が出るほどではないにしろ、赤面するのが自分でも分かったが、それを打ち消すように庭野の声が聞こえた。

「檀先生、今のはどういうこと?」

問い質《ただ》され、動揺した。「いや、もうやめましょうよ、と言いたいだけで」

「そうじゃなくて、里見さんがどうしたんですか」

そのことか、と私は息を吸うともう一度、言った。「みなさんが監禁していたんですよね? 私のことをあのトイレに閉じ込めていたように」

目の前が急に開けた。予期せぬタイミングで唐突に視界が広がるものだから、アイマスクが外されたと気づくよりも、自分は死んだのだと勘違いしてしまい、悲鳴を上げそうになった。

「檀さん、落ち着いて」庭野がすぐ前にいて、私の顔を見ていた。フェイスマスクを外し、素顔を出していたのは、私を安心させたかったからだろう。

「里見さんは無事だったはずでは? 息子さんにそういうメッセージが届いていたと言っていたではないですか。監禁というのはどういうこと」

何を確認されているのか、私には理解できなかった。

白を切るつもりですか? と言いかけたが、庭野が白を切る理由があるのだろうか、と疑問が湧く。

時間が止まったように感じた。

フェイスマスクをつけた銃を持つ者たちが、明らかに同じ方向を見て、動きを止めていたからだ。待合室の奥、診察室近くにいる、やはりフェイスマスクをした人物に目をやっていた。私の前に立つ庭野も、そちらに目をやり、「勇人君、何かしたのか?」と訊ねていた。

里見や私を監禁していたことを、彼らは知らなかったのか?

「野口さん、どういうことですか」誰かが問い質す。

監禁はサークル内でも知られていないことだったのだろうか。

フェイスマスクから目を覗かせた男は、「庭野さん、やっぱり、このまま全部をおしまいにはできない」と声を荒らげた。野口勇人なのだ。右手に持った拳銃を指揮棒のように振る。

野口勇人のそばには、もう一人、フェイスマスクをした男が立っていたが、ゆっくりとしゃがむと足元にあるバッグの中に手を入れた。

「サークルで散々、話し合ったじゃないか。もう、これで全部おしまいにしよう、と。それより も、監禁というのはどういうことか説明してほしい」庭野の口調は、若い弟をなだめるようだった。「里見さんをどうしたんだ」

「里見さんは俺たちのやろうとしていることに反対していた。邪魔をしようとしていたじゃないか。誰かほかの人に話した可能性もあった。だから、それを聞き出さないといけない」

「だからといって、どうして監禁なんて」

「ほかにどうすればいい？」野口勇人は興奮を隠さなかった。「解放したら、俺たちのやろうとしていることを誰かに話す。もしくは止めてくる。そうだろ。結局、サークルに入ってきたとはいえ、里見さんは俺たちとは違うんだよ。家族を亡くしたわけではないんだ。この檀という男だって怪しい。偽名を使って、仕事も嘘をついていた。別に監禁して、ひどい目に遭わせようってわけではない。里見さんもこの檀先生も、俺たちの邪魔をしないでくれればいいだけなんだ」

名前と仕事のことで嘘をついただけで、監禁されるほどの目に遭わなくてはいけないのだろうか。

「それと庭野さん、やっぱり駄目だ」野口勇人は、中毒患者が我慢を諦めたかのような、開き直りと悔しさの入り混じった小さな笑みを浮かべた。

「やっぱり駄目というのは、何が」

「俺だって、何もかも嫌になっているし、全部おしまいにしたい。今日で最後、の気持ちもないわけじゃない。ただ、あの男が罰せられないのだけは納得がいかない」

私は、彼らのやり取りを眺めているしかなかった。誰かの〈先行上映〉を眺めているのではないか、と錯覚しそうになった。

「どうして」庭野は意表を突かれたように、一瞬、茫然とした。その後で、「そのことはもう散々、話し合ったじゃないか」と言う。声を荒らげそうになるのを抑えているような言い方で、私は、自分が生徒に接する時を思い出した。「どうしてそんなことをするのだ」と感情的になるのをこらえ、必死に伝える。なぜなら、本当に説得したいからだ。「マイク育馬はもうどうでもいい。そんな人間にエネルギーを使うこと自体がもったいない。羽田野さんだって言ってただろ」

「だけど、俺たちだけが自爆して、あいつは平然と生きている、そんなことは納得がいかない」

そこですっと私の横で立ち上がる人の姿があった。ロシアンブルだ。彼は自分の口についた粘着テープを剝がすと、「おまえが野口か。マスクしているから分からなくて困っていたんだが」と淡々と言った。

手首と足首には千切れた粘着テープが貼られたままだ。ぐるぐる巻きにされていたのを何らかの刃物で切ったのかもしれない。

すると横に、身を屈《かが》めるようにしたアメショーが寄ってきていて、「先生、今、切っちゃうからね」と私の後ろ手のテープをカッターのようなもので切断しはじめた。

「おまえは何なんだ」野口勇人が銃口を、ロシアンブルに向ける。

「さっきも言ったじゃないか。俺たちは、おまえに用があるだけなんだ。いいから俺たちについてこい」

「それ以上、近づくな」野口勇人は銃を構えたまま、大きい声を出す。「撃つぞ」

「撃ってみればいい」と言いながら、ロシアンブルは右手に持った、例のアメリカンクラッカーに似た、ボールのついた紐を振り回している。銃にそれでどう対抗しようというのか。その間、アメショーがこそこそと、私の手首を縛るテープを切ってくれていた。

ロシアンブルは、周りの待合用の椅子を避けながらずかずかと前進し、野口勇人に近づいていく。

「動くな」と今度は、庭野が言った。彼らも、このような第三者の参加は想定していなかったはずだ。ただでさえ野口勇人のことで混乱している中、これ以上、複雑になることは避けたいだろう。

構わずにロシアンブルが近づく。

すると離れた場所から、一人、跳躍するのが見えた。椅子のいくつかを踏み台にし、ぴょんぴょんと跳ね、ロシアンブルの前に着地する。邪魔だからか、フェイスマスクを外すと成海彪子の顔が現れた。

彼女はロシアンブルの、ボールのついた紐を持つ右腕をつかみ、もう一方の手を前に突き出した。ロシアンブルの胸を狙ったものだ。開始の合図もなく、二人の格闘が始まった。どちらかが手を出せば、相手はそれを払う。蹴りを繰り出すとそれを膝を曲げ、受け止める。小気味良いリズムで、腕や脚のぶつかり合う音が響いた。

「やるなあ、あの人」アメショーが感嘆している。「シアンさん、自己流だけれど素手での組み合い、強いんだよ。あの人、負けないでやり合っているね」

確かに私も驚いた。体格からするとロシアンブルのほうが一回り大きく、力もありそうだったが、打撃をうまく受け止め、その反動を利用して、自分からも攻撃をしている。殴っては避け、腕を絡めようとしては避けられ、蹴りを放てば相手が身体を逸らして躱《かわ》される。見方によっては息が合っており、ペアで舞踏しているかのようだ。

私を縛っていた腕のテープを切り終えたところでアメショーが、「シアンさん、手こずってるね」と立った。私は自由になった手で、足首に巻かれた粘着テープを剝がす。

体に空洞ができるような、恐ろしい音が鳴ったのはその時だった。椅子が破裂し、スポンジが飛び出し、舞った。

ショットガンで撃たれたのだ。悲鳴が聞こえた。私が発したのかもしれない。

撃ったのは、野口勇人の横に立つ、フェイスマスクの体格のいい男だ。おそらく監禁されていた私にパンを寄越してきた若者ではないか。ショットガンをしっかりと構えている。バッグに入っていたのか。突然の発砲に、ロシアンブルもアメショーも、成海彪子もみな身体を硬直させた。

「やっぱり俺たちは、まずはあいつに思い知らせる。じゃないと人生を終わりにできない」と野口勇人は言うとショットガンを持つ男とともに、ゆっくりと出口へと向かい始めた。こちらに背中を見せないように、後ずさりする恰好だ。

受付カウンターのところからもう一人、女性が、重そうなボストンバッグを抱えながら彼らのところに近づく。

「勇人君、待ってくれ」庭野が手を前に出し、呼びかけた。

野口勇人は銃口を庭野に向けており、その隣の男も構えたショットガンを今にも撃ちそうだった。

「おいおい、野口、俺たちはおまえに用があるんだ。勝手に行くなよ」ロシアンブルは、相手が銃器を持っていることを忘れているかのように、平然とした態度で近づいていこうとする。

大きな音が鳴った。自分のお腹に穴が開いたように感じるほどだったが、破壊されたのは壁だった。ショットガンがまた撃たれた。ロシアンブルは素早く、その場に座り込んでいたが、そうしていなければもしかすると、体が吹き飛んでいたのかもしれない。

続けてもう一発、撃たれる。待合スペースの椅子がまた破壊され、中のスポンジが大量に飛び散る。即席の五里霧よろしく、周りが見えにくい。私は着せられていた爆弾ベストを、慌てて脱いだ。乱暴に扱った途端、腕や脚が吹き飛ぶ恐怖があり、そっと置く。

「勇人君」外に出ていこうとする三人を庭野が追いかけようとしたが、そこを野口勇人が発砲した。

誰かの発した悲鳴が、室内に響く。

太腿を押さえ、その場に倒れる庭野の姿が目に入る。そうこうしているうちに車の急発進の音が聞こえた。もう一人別の人物がどこかから外に出て、車を回してきたのだろう。ドアが乱暴に閉まる音とほぼ同時に、急発進の響きが聞こえた。

「アメショー、行くぞ」とロシアンブルが言った。アメショーはアメショーで、私を引っ張り、立ち上がらせる。さすがにもう私は同行しなくていいのでは？　と言いたかったが、とにかく強い力で引っ張り出されていく。

成海彪子

羽田野さんは深夜に横断歩道を歩いているところを、飲酒運転の車に撥ねられてしまったのです。

最初に連絡をもらった時はもちろん、事情が呑み込めませんでしたし、事情が呑み込めた後は、「どうしてこんな目に遭わなくてはいけないのだ」と血が沸騰するかのような憤りを覚えました。沸騰ではなく凍り付いたと言ったほうが近いかもしれません。熱くなるのではなく、感情が冷たく、凍るのが分かりました。

事故自体はローカルニュースで報道される程度で、羽田野さんは身寄りがほとんどなく、何しろ家族をすでにカフェ・ダイヤモンド事件で亡くしていたのですから、葬儀もひっそりとしたものでした。羽田野さんを慕う教え子はたくさんいたでしょうから、別途、送る会といったものが開かれた可能性はありますが、それもわたしたちには関係のないところで行われたのでしょう。

わたしたちは茫然としていました。

理不尽な事件で家族を失った人間が――つらさを乗り越えながら、わたしたちを励ましてくれるような人が――またしても理不尽なことで命を奪われ、人生を潰されてしまうことがあっていいのか、そんなことが許されるのか、と愕然《がくぜん》としたと言ってもいいかもしれません。「そこまでするのか」哲夫さんが呟きましたが、わたしも同じ台詞を内心で吐いていました。そこまでやるのか。

「しかも、これが繰り返されるんですよね」

葬儀の後、野口さん宅の庭で集まった際、沙央莉さんがぼそりと言いました。

永遠に人生が繰り返されるとしたら、羽田野さんはこれをずっと体験するだけなのです。

「最悪じゃないか」野口さんはその言葉を奥歯でぎりぎりと潰すように言いました。

その通りです。最悪です。こんなことがあっていいとは思えませんでした。

「まったく何がニーチェだよ」哲夫さんは相変わらず口が悪かったのですが、その時のそれは、悲しみを打ち消すために必死だったのでしょう。「羽田野さんがいなくなっちゃって、どうすればいいんだよ」

わたしはまさに、羽田野さんが教えてくれた「ツァラトゥストラ」のことを思い出していました。「人生で魂が震えるほどの幸福があったなら、それだけで、そのために永遠の人生が必要だったんだと感じることができる」「これが、生きるってことだったのか。よし、もう一度！」といった言葉が頭を何度も過っていきます。

羽田野さんは、わたしたちをそう励まそうとしてくれました。「でも」「だけど」「納得がいかない」とすぐ反発する生徒のようなわたしたちをなだめ、捨て鉢にならないように――自分もわたしたち同様、カフェ・ダイヤモンド事件で人生を折られていたというのに――気を配ってくれていました。

喚くような声を上げたのは沙央莉さんでした。頭を両手でつかむようにし、「もう、こんなの嫌です」と目をぎゅっと瞑《つむ》ったまま、言いました。

わたしも――おそらくほかの誰もが――同じ気持ちでした。

「そうですね、もう何だかどうでも良くなってしまいますね」

達観したかのような諦めの声が洩れましたが、わたしははじめ、それが自分のものとは気づきませんでした。

そこにいる誰もが溢れる感情を堰《せ》き止めようとしていませんでした。わたしは羽田野さんともう会えない寂しさと、どうしてまたこういった寂しさを味わわなくてはいけなかったのかという悲しみで、涙が止まりません。

ビートルズの「ア・デイ・イン・ザ・ライフ」が頭の中で流れていました。わたしが子供のころ、恐ろしくて仕方がなかったあの間奏、そして曲の終わりを思い出していました。不穏なオーケストラの叫びが、わたしを巻き取ってきます。混乱状態のまま谷底に引きずり込まれていくかのような、もしくは上空に引っ張り上げられるかのような、恐ろしさがありました。

頭の中をあの演奏が満たしていきます。くらくらと眩暈を感じながら、わたしは周りの人たちを一人ずつ眺めていきました。

野口さんや哲夫さんは恨みの言葉を口にし、沙央莉さんや康江さんは泣いていました。将五さんは怒りをどこかに発散させたくて仕方がないのか、庭をうろうろと歩き回り、時折、感情を振るい落とすかのように地面を蹴り、他の人たちは言葉を失くしたように、ただ黙っていました。

もういやだ、といった嘆きや、ひどすぎる、という憤りがあちらこちらから聞こえてくると思えば、わたしが呟いていました。

生きていたくない、と思いましたし、もっと乱暴に、死んでしまったほうが楽なのでは、とも感じました。

庭野さんのことを探しました。羽田野さんがいなくなった今、わたしたちを落ち着かせてくれるのは庭野さんしかいなかったからです。

テーブルの端の席にいる庭野さんは、瞑想《めいそう》に耽《ふけ》るかのように目を閉じていました。彼自身もこの状況に耐えられていないのだろうか、と心細くなってしまいます。

頭の中のオーケストラの音は際限なく大きくなっていきます。制御不明のまま、急降下していくような恐怖に耐えきれず、どこかにしがみつきたくなります。例の曲のおしまいは、ピアノの響き、絶妙に重なり合ったあの音でしたが、今は違います。

「もう、おしまいにしよう」

庭野さんの発したその言葉でした。ぴたっと音が止まります。

わたしたちは、立ち上がった庭野さんに視線をやります。

「ずっと僕は、死にたかった」庭野さんは自然な笑顔を浮かべていたものですから、爽やかな宣誓であるかのような錯覚を覚えました。

「あの事件で彼女を失ってからずっと。ただ、その勇気やきっかけがなかっただけで、常に消えていなくなりたかったんだ。だから、こうしてサークルで集まってもらって、それを打ち消したかった。死なないためにサークルを作った」

その言葉に驚く人はいませんでした。誰も同じ気持ちではあったのです。

「そうだよ、庭野さん。このままじゃやっていられない」と野口さんも興奮しはじめていました。

「どうして俺たちばっかりこんな目に遭わなくてはいけないんだ」

庭野さんは静かにうなずきました。「このまま、やられてばっかりでは、僕も納得できない」

ニーチェが言うように、永遠にこの人生が繰り返されるのだとしたら、このまま終わってしまうのは耐えられない、と。

「このままじゃ僕たちはおかしくなる。頭も心もばらばらになるような気がしてならない。ここにいる全員が、駄目になる。今までは我慢していたんだ。最後くらいは、こちらの勝手を通させてもらってもいいんじゃないか」

庭野さんもやはり、わたしたちと同じ、弱い人間なのだと当たり前のことにその時、思い至りました。しっかりと地面に立っているように見えて、実は、いつかき消されるか分からない蠟燭《ろうそく》の火のように不安定なのです。

「どうせなら、爆弾テロ事件だ」

庭野さんの口からは予想もしない言葉が飛び出しました。

爆弾テロ事件の中で死ぬ。爆弾を使って、おしまいにする。

それがわたしたちの目的となりました。

檀先生

クリニックから飛び出した私は地面を踏む実感もないまま、先を行くロシアンブルたちを追った。彼らは乗ってきた車を目指している。走るが、途中で膝に力が入らず、転んでしまった。

檀先生、早く。

すでに車の近くに着いたアメショーがこちらに手を振る。こっちこっち、と。

置いていかれる、と焦るのとほぼ同時に、置いていかれればいいのでは、と気づいた。膝立ちになり、起き上がる。

このまま逃げるべきではないか。

野口勇人を追う必要があるのはロシアンブルたちで、私は関係がないのだ。テロ現場の「やすらぎ胃腸クリニック」から離れることにも成功したのだから、ここで逃げれば、「私の安全」「自分の平和」といった観点からは万事解決だ。

が、逃げようとする自分の手を必死に引っ張る自分もいた。このまま安全な場所へ立ち去る気持ちになれなかった。

何もできないくせに。その声がまた頭の内側で響く。記憶の箱、その蓋がずれている。

自分が巻き込まれているこの騒動と、あの教え子に関係はない。にもかかわらず、心を爆発させるかのように飛び出して行った野口勇人が、自分の教え子に思えて仕方がなかった。

どうにもならないことはどうにもならない。忘れるしかない。父の言葉を思い出した。が、どうにもならない、と諦めてしまったら、私は永遠に、あの罪の意識と無力感から解放されないのではないか。

どうにもならない、ではなく、どうにかしなければいけない。逃げていいのか？

この人生を永遠に繰り返すとしたら。ニーチェの話を思い出した。ここで逃げてしまった人生を、もう一度！　と思えるだろうか。

車道を挟んで向こう側に高層ビルがあった。熱線反射ガラスで覆われているからだろう、建物全体に空と白雲が映り込んでいる。真正面から見れば、巨大な長方形の鏡に空が映っているのだが、そこだけがくり抜かれた別の空のようだ。

本来はそこに存在しないはずの、映り込んだ空と雲が、私を惑わす幽霊《ゴースト》のようなものにも感じられ、この場で立ちすくみそうになっている自分もその中に取り込まれる気分になった。

自分を叱咤《しった》し、足を踏み出したところで、腕をつかまれた。

「檀先生、行きますよ」見れば、成海彪子だった。彼女は有無を言わせぬ勢いで私を引っ張った。「追いかけないと」

答えたつもりが声がかすれた。「そうですね」と声を強めた。「追いかけます」

仕方がなく、ではなく、私はそれを望んだのだ。


路上駐車している車に近づくと、ロシアンブルが一歩前に出た。成海彪子を睨んでおり、武術の対戦を前にするような、緊張感が走った。

「ここでやり合っている暇はないですよね」成海彪子が強く言った。「追わないと。野口さんたちを追うんでしょ」

「ちょっと待って、お姉さん、来ちゃっていいわけ」助手席側に立つアメショーが言った。「そっちのリーダー、撃たれちゃったけれど、放っておいていいの？」

「庭野さんからお願いされていたから」ちらっと背後を気にする視線には、庭野の負傷への心配も滲んでいた。

「お願い？　何をですか」

「野口さんたちの暴走を止めるように」と言いながら彼女は駐車車両に乗ろうとし、「いいから、早く」とスライドドアを開けることを求めた。

ロシアンブルは不服そうだったが、ドアのロックを解除した。成海彪子は当然のように乗り込み、私のことも引っ張り込んだ。運転席にロシアンブルが、助手席にアメショーが乗り、同時にドアを閉じる。

「ありがとうございます」

「確かに、揉めている時間がもったいない」ロシアンブルはむすっと答えた。先ほどの、「やすらぎ胃腸クリニック」内での一対一でぶつかった感触からすると、成海彪子を力ずくで追い払うのも容易ではないと判断したのだろう。

「さっき、庭野さんのことをリーダーと言いましたけれど、どうして庭野さんがリーダーだと分かったんですか」成海彪子が後部座席から、アメショーに訊ねた。

「試合前に、みんなに呼びかけている選手がいたら、リーダーだよ。キャプテンと言うべき？あの人、頭が良さそうだった。まとめる力がある」

車体が揺れ、私は前のシートの背もたれに身体がぶつかった。

「野口さんたちがどっちに行ったのか分かりますか」成海彪子が言う。

「さっきの勢いで飛び出していったんだから、この大通りをそのまままっすぐ行ったんじゃないか？　しかも、クラクションがあっちで鳴っている」ロシアンブルはフロントガラスを人差し指でこつこつと叩く。「危ない車が突っ込んでいっているからだろう」

車が急加速し、私は座席に背中を押し付ける恰好になる。

ロシアンブルの運転は荒かった。片側二車線の長い直線道路を、右に左に、と空いている側に車線変更を繰り返し、先へ進んでいく。

危ないですよ、と私は声を出すが聞き入れられるわけがない。急発進と急ブレーキ、慌ただしい車線変更が続く。後部座席の私は車内のアシストグリップを握り、ジェットコースターに耐えるかのように目をぎゅっと閉じるだけだ。

突風めいた空気が襲い掛かってくる音がするものだから、ぎょっとした。目を開ければ助手席の窓を全開にしたアメショーがそこから身体を外に出すようにしていた。首どころか上半身を潜望鏡よろしく伸ばし、道路の先を窺っているのだ。

彼は身体をひっこめると、「だいぶ先ですけど、野口たちの車っぽいのがいますよ」と運転席のロシアンブルに言った。

「どの車か分かるのか？」

「あんなに危なっかしい運転で急いでるんだから、あれに決まってる。車線変更繰り返して、明らかに苛々している」アメショーは窓を閉めながら言った。

「アルファードのミニバン？」私の横にいる成海彪子が、前に顔を出す。

「そうかも」

「それ、哲夫さんの車です」

「哲夫さんって誰？」アメショーがこちらを向く。「やすらぎ胃腸クリニック」での拘束、爆弾やショットガンの登場、発砲といった出来事があったにもかかわらず、何事もない表情で、遠足にでも行くかのような穏やかな高揚すらあった。ロシアンブルも同様だ。

「サークルのメンバーです。ミニバンで行ったのは、たぶん、野口さんと将五さん、哲夫さんと沙央莉さんの四人です。チャンスがあればこうしたかったのかも」

「こうしたかった？　何をしたかったんだよ」ロシアンブルがバックミラー越しに見てくるのが分かる。

「もともと野口さんたちは、マイク育馬をどうにかしたがっていたから。庭野さんが説得してくれて、計画を一緒にやると言ってくれていましたけど、銃器を手にした後でああやって飛び出すつもりだったのかもしれません」成海彪子は言ってから、少し間を空け、それは言葉を探しているようでもあったが、「全部おしまいにする前に、マイク育馬に復讐したかったんだと思います」と言った。

「全部おしまいに？」ロシアンブルは聞き返した。「死ぬつもりか」

「『もうおしまいだ』はシアンさんの大好きな言葉だけれどね」

サイレン音が鳴っている。対向車線を警察車両が数台、勢いよく通り過ぎて行った。

「あれは」

「庭野さんが呼んだ警察ですかね。クリニックに向かって行くところかも」

警察車両の消えた後方に目をやる。昨晩観た、〈先行上映〉の光景を思い出した。「やすらぎ胃腸クリニック」を取り囲む消防車や警察官、テレビ局の人間や野次馬からの熱が、陽炎《かげろう》のように立ち昇っている。

やがて私たちの乗る車の動きが止まった。「先が詰まっている」とロシアンブルが前方を気にしている。「信号待ちでもないな」

「渋滞？」アメショーがまた窓を開け、外に身体を出す。

私も窓から顔を出してみるが、十台以上が前を塞いでいることしか分からない。

「事故でも起こしたのかな」

「あいつらはどこに向かうつもりなんだ。その、マイク育馬だったか、そいつに恨みを晴らすってことは、家にでも行くつもりなのか」

「マイクさんの、自宅の場所は分かっているのかな」

「前に、野口さんたちが調べてきたことがあったんですよ。あの男の自宅が分かったから、物申しに行こうじゃないか、とか初めはそんな感じで、冗談半分でしたけど」

「今、その住所、分かるか？　先回りする手もある」ロシアンブルが左手を、成海彪子のほうに向ける。情報をよこせ、という仕草だろう。

「マイク育馬ってあんまり自宅に戻っていないらしいんですよ。テレビでもよく喋ってますけど。しょっちゅう飲みに行って、いろんな人の家に泊まっているみたいで。愛人が複数いるとか、いないとか。だから自宅に行ってもたぶん、奥様が出てきて、『どこにいるんでしょうね』と首をひねって、おしまいかも」成海彪子が携帯端末を取り出し、操作を始めた。

「警察に通報するんじゃないだろうな」ロシアンブルが鋭く言う。彼らは依然として、野口勇人を自分たちの手で捕まえることにこだわっているのだ。警察に介入されるのを恐れ、恐れているというよりは面倒に感じている。

「しないですよ」

当然のように答える彼女が、今まさに現在進行中の爆弾テロ事件のグループの一員だということを思い出し、私は混乱する。この彼女を自分は取り押さえなくていいのだろうか？「やすらぎ胃腸クリニック」は放っておいていいのか？　もともとは監禁されている里見八賢をどうにかしたいと行動しただけであるのに、予期せぬことが次々と出現し、巻き込まれ、何を優先すればいいのか分からなくなっていた。

「シアンさん、僕、降りて行ってみますよ」アメショーが言った。「前、全然進まなくなっちゃったし。もしかすると野口たちのアルファードも足止め、食らっているかも。それだったら、追いついて、引っ張り出してきます」

「確かにここまで前が詰まると、二進《にっち》も三進《さっち》もいかないからな」

「じゃ、行ってきます」アメショーは猫が家の外にパトロールに行くかのような気軽さで、ドアを開き、外に足を踏み出す。「連絡するので」

成海彪子もドアに手をかけた。「わたしも行きます」と言う。ロシアンブルは止めなかったが、「先生は行くなよ」とは言った。もともと後に続くつもりなどなかったが、足手まといになることを指摘されたようで気分は良くない。「先生はそのまま逃げるかもしれないだろ」

「ああ、そういうことですか」確かに今、ここで車を飛び出せば、走って逃げることはできるかもしれない。ちらっとドアレバーに目をやるが、それを見越したようにロシアンブルは、「先生が降りたら、俺も車を置いて追いかける。だから無駄だ」と釘を刺してきた。

「あの」私は言った。「クリニックのテロをどうにかしないと」

ロシアンブルがバックミラー越しに、私を見た。「テロがどうかしたのか」

「野口も大事かもしれませんが」テロの人質のこともどうにかしなければいけないのでは、と私は続けたかったがロシアンブルはすげなく、「野口のことしか大事じゃないんだよ」と答えた。

成海彪子が飛び出していく。フロントガラスに目をやれば、渋滞している車と車の間をあみだくじよろしく、くねくねと縫うように走っていくアメショーと成海彪子の背中が見えた。

檀先生

「最近は、ほんと何でもかんでも録画されちゃうんだ。困るなあ」アメショーはまるで困惑していない口調で言う。

前日に宿泊した部屋にまた戻ってきていた。面倒になったのか、それとももはや必要がないと判断されたのか、私は目隠しをされなかったため、そこが築二十年は経つだろう、狭小住宅ならぬ狭小マンションとも呼べる、縦に細長い古い集合住宅の一室だと分かった。中は研修所のように見えたから、ごく普通のマンションの外観だったのは意外だった。

結局、野口勇人たちを捕らえることはできなかった。成海彪子の心当たりがある場所をいくつか見て回ったのだが、空振りに終わり、この部屋に来た。

リビングに私、ロシアンブルとアメショー、成海彪子の四人が座り、モニター画面を観ている。

数時間前、世田谷区の道路に停まっている車を避けながら、車道を走っていくアメショーと成海彪子が画面に映っている。あの現場にいた誰かが、携帯端末で撮影したものらしかった。渋滞の先頭位置で車同士がぶつかり、道を塞いでいるところを撮りたかったのかもしれない。

動画サイトに投稿されたものを観ていた。

渋滞中の停まった車の後方からアメショーと成海彪子が走りながら、近づいてくる様子が映っている。車と車の間をスムーズに駆けてくる姿はうっとりするほど軽やかだった。

「これが野口たちのアルファードか」ロシアンブルが画面を指差す。三台が頭を寄せ合うようにし、ぶつかりながら停まっていた。「無茶な車線変更で、衝突したんだな」

くるっと半円を描くように停車して、動かなくなったのが見て取れる。

「衝撃で爆弾が爆発しなくて良かった」とアメショーが言うと成海彪子は、「たぶん、持って行ったバッグには爆弾は入っていなかったはずです」と冷静に答えた。

画面の中で、アルファードが動き始める。衝突して一時的に気絶していたのが、ようやく意識を取り戻したかのようだ。ゆっくりと斜め後ろに下がり、少し前に出ると、また角度を変えて後退する。立ち去るために、少しずつじわじわと方向転換をしているのだ。

映像の中の成海彪子にも、そのアルファードが体勢を整えている様子が見えたのだろう、走る速度を上げた。そして、軽快に跳んだと思うと車の上に乗った。

あら、と私は思わず声が出た。

「何としても止めないと、と必死になっちゃって」成海彪子は画面に映る、自分の姿を指差し、言い訳するように洩らした。「目立っちゃいましたね」

画面内の成海彪子は、車体の上を走ったばかりか、次から次、車から車へと跳躍した。白のプリウスから緑のデミオに飛び移る。驚いたのかワイパーが動いたように見えたが、その緑のデミオからランドクルーザーに、着地しては駆けて、ジャンプ、を繰り返し、源義経の八艘飛《はっそうと》びよろしく軽やかに近づいてくるものだから、撮影者の、「すげえ」という驚きの声も録音されている。

「僕もびっくりした。猫みたいで」アメショーが微笑むと、ロシアンブルは、「それはさすがに褒めすぎだろう」と吐き捨てるように言った。

成海彪子が何台かの車を超え、車道に着地するのと、ほぼ同じタイミングでアルファードが勢いよく走り去るところで、映像は終わる。

「この後、怒って出てくる運転手が何人かいるから、慌てて逃げたんだ」アメショーは、大変だった、と言いながらも愉しげだった。「僕は、車を踏んづけてジャンプはしなかったのに」

「追いついていたら、車にしがみついて追うつもりだったんですか？」私が成海彪子の顔を窺うと、「『ポリス・ストーリー』だと、傘でバスにつかまっていたんだから」と答える。

何の話だろうか、と私はきょとんとしてしまう。

「まあ、幸いなことにこの映像は、インターネットのSNSで話題になっているだけだ。全国的なニュースになるにしても、まだ先じゃないか」携帯端末で表示させた動画を、モニター画面に無線通信で表示させていた。ロシアンブルはリモコンを使い、画面を切り替える。「テレビニュースは今、こっちで持ちきりだしな」

医療クリニックで籠城事件、爆弾テロか？　というテロップとともに、「やすらぎ胃腸クリニック」が映し出されている。警察車両が数台停まり、進入禁止のロープも張られている。

リポーターらしき女性が深刻な面持ちで、「犯人グループに動きはありません」と伝えた。

「警察に対して、何か要求をしているのでしょうか？」とは番組の司会がスタジオから投げかけた質問だった。

「警察と話をしてはいるようですが、詳細は分かりません。ただ、先ほど警察から発表がありましたが、中の人質は全員、爆発物を身に着けさせられているようです」

「爆発物を？」

「爆弾のついたベストのようなものを着ている、という話です。警察が強引に突入するようなことがあれば爆破する、とそう宣言しているらしく」

ロシアンブルはリモコンを画面に向けた。いったん電源を切ろうとしたが、「その近くで交通事故があったという情報が入ったんですが」という声が聞こえたため、指を止めた。

「ああ、はい。午後一時過ぎですが、このクリニックの前の道路を北東方向に進んだ通りで、衝突事故がありまして渋滞が起きたようです」

「不審な人物が走っていたという話も」

画面のこちら側ではアメショーが嬉しそうに、成海彪子のことを指差した。その後で自分のことも指している。

「警察は情報を集めていますが、この籠城事件と関係があるのかどうかはまだ分かっていないようです」

画面が消える。

「ネットにある撮影動画が全国ニュースに流れるのはまだ先か。ちゃんと顔にモザイク入れてくれるかな」アメショーはそんなことを気にしている。

ロシアンブルが成海彪子に目をやり、「どうやら本当に爆弾テロを続行しているんだな」と言った。「途中でやめる勇気も大事なんだが」

「途中でやめて、また我慢して生きていくなんて」

「野口は今、そのマイク育馬を探しているのかな」伸びをした後でアメショーが携帯端末を操作する。「SNSに今、どこにいる、とかうっかり書いていないですかね」

「書いているかもしれませんよ。あの人、自己顕示欲が強いですし、危機感も薄いので」成海彪子の言葉には棘《とげ》があった。

「あ、三十分前の投稿によると美味しいものを食べているところみたいだよ。お店の詳しい情報は分からないけれど、高そうな肉の写真が」とアメショーが携帯端末の画面を見せてくる。

「その肉の形から店が特定できればいいがな」ロシアンブルは冗談を口にしたが、真面目な物言いであるため、誰も笑わなかった。

「野口たちは、マイク育馬の動向、スケジュールとか、行動パターンを知っているのかな」

成海彪子はいつの間にか立ち上がっており、壁の頭より高い位置に右足の踵《かかと》をつけ、そこに自らの頭を寄せるように柔軟運動をしていた。「野口さんたちはマイク育馬のこと、いろいろ調べてはいましたけど、たとえば、通っている病院とかバーのこととかも。ただ、いつ行くのかまでは分からないと思うんです。一番確実なのは、テレビ番組ですよね。あの人、生放送の司会やっていますから」

「その日にテレビ局で待ち伏せしていれば、マイク育馬は捕まえられるね。一番近いのはいつなんだろう」

「曜日で決まっているから。直近は」成海彪子は足を入れ替え、身体をしなやかに動かす。頭の中でカレンダーを確認するかのような間があり、「明後日の午後」と言った。テレビ局の名前と番組名を続ける。

「そこを狙う可能性は高いな」

「じゃあ、僕たちも明後日、そこに行けばいいってことだ。明後日まで一休みですね、シアンさん」

「休まなくてもいいだろう。ほかのネコジゴのところに行くか、もしくは野口たちの隠れているところを探すか」

そこでロシアンブルが、私をじっと見てくる。

どうかしたのか、と思っていると、「檀先生、帰らせてくれ、と言わないんだな」と意外そうな顔をした。「てっきり、いつ帰れるんですか、と訴えてくるかと」

ああ、と私は呻きそうになる。「帰してほしい、と言ったら帰してくれるんですか？」

「野口勇人を見つけるまでは無理だ」

ですよね、と私は答えるかわりに、「里見さんを助けないと」と訴えた。成海彪子の顔を見る。

「里見さんが監禁されているって、それ、本当なんですか」

「はい」〈先行上映〉で観たとは言わず、とにかく断言した。「どこかのトイレです。私も監禁されていたんですから、嘘じゃありません」

「まあ、確かに、檀先生がトイレに監禁されていたのは本当だね」アメショーが無邪気に証人となってくれる。

私の真剣さが伝わったのか、成海彪子は真面目な面持ちでしばらく考えたが、結果的には、監禁場所には心当たりがないと打ち明けた。他のメンバーの自宅住所を知っているわけではないのだ、と。

警察に通報させてほしい、と私は言ってみた。「里見八賢という男がどこかに監禁されている」と言い、サークルのメンバーの名前を出し、その自宅を全部探してほしい、とお願いするのだ。が、それはもともと私が検討した上で、自ら却下したことでもあった。確固たる証拠や説得する材料がなければ、警察が本腰を入れて動くとは思えない。さらにロシアンブルたちは、「警察には通報させない」とそれまでの方針を変える素振りは微塵も見せなかった。

「だからさ、檀先生、とにかく、野口勇人を捕まえるのが一番の近道なんだって」

私はその言葉にうなずきそうになるが、一方で、「最もやるべきことは何なのか」という問いかけが頭を駆け巡っていた。里見八賢のこと、野口勇人のこと、そして、「やすらぎ胃腸クリニック」のこと、どれもが重要に思え、どれもが私の手に負えない。ただ、どうにかしないと、という思いはあった。

「あの、ネコジゴって何ですか」ふと成海彪子が訊ねてくるが、私には答えようがなかった。

アメショーも説明をするつもりはないのか、「そんなことよりも、君たちのサークルっていったいどういう集まりなの?」と質問をしていた。「どうして加入することになったわけ」

成海彪子はバレリーナのような姿勢をやめると、ソファのほうに戻ってくる。

「個人的なことを話す必要はないですよね」と言った後で、表情を緩めた。「と言いたいところですけど、身の上話、聞いてもらってもいいですか」

彼女もこれまでのことを整理したくなったのだろうか。ほぼ面識がない関係の、私たち相手だからこそ喋りやすかったのかもしれない。

おもむろに自分のこれまでの人生について語りはじめた。

わたしはこれから、あまり世間に類例がないだろうと思われる、わたしたちのことについて、わたしたちサークルがやろうとしていたことについて、できるだけ正直に、ざっくばらんに、有りのままの事実を話そうと思います。

どこかで聞いたことのある表現だな、と思ったところ彼女が、「これは谷崎潤一郎の『痴人の愛』の冒頭を真似したんですけれど」と目を細めた。

檀先生

成海彪子は両親のことや野球場でのアルバイトのこと、サークルのこと、ニーチェの話をしてくれた後で、羽田野さんなる男性が不幸にも交通事故で亡くなり、それをきっかけにテロ事件を起こすことになったのだ、と説明してくれた。

「爆弾テロ事件の中で死ぬ。爆弾を使って、おしまいにする。それがわたしたちの目的となりました」

長い身の上話だったな、とロシアンブルが呆れたように言い、アメショーは、「みんなで死ぬために、テロ事件を計画するだなんて、頭がいいのか悪いのか分からないよ」と肩をすくめる。

「賢くはない」ロシアンブルは即座に言った。「ようするに、このあと、あのクリニックに立てこもって、警察の強行突破を待つ、というのか？　ひどい計画だな」

成海彪子は自分たちのプランにケチをつけられる筋合いはない、と思っているのかもしれないが、反論は口にしなかった。

「警察にはどういう交渉をするんだ。まさか、死にたいので突入してくださいと言うわけにもいかないだろ？」

「難しい要求をします。すぐには叶わないような」

「野球中継を延長させろ、とかですか」昔そういう映画があったのを思い出し、私は言ってみた。

「この犯人はまともじゃない、と思わせられれば何でもいいんです。放っておけない、話し合いは通じない、と突入してくるはずです」

部屋のモニター画面には依然として、「やすらぎ胃腸クリニック」が映っている。サイコロ型とも言える立方体の外観は可愛らしく、この中に人質と爆弾、銃を持った者たちがいるようには見えない。ただ私自身が数時間前、そこにいた。

「食料とかはどうするわけ」アメショーが訊ねる。「どうせ立てこもるなら飲食物のあるところ、コンビニエンスストアとかにすれば良かったのに」

「準備はしていますが、そんなに長期間、いるつもりはありませんから」

「そういえばさ、あの庭野さん、脚撃たれちゃったでしょ。致命傷ではないと言っても早く病院に行ったほうがいいんじゃないかな」とアメショーは言ってから、「あ」と笑った。「すでにあそこが病院か」

確かにそうだ。胃腸クリニックとはいえ、消毒用の薬品や簡単な処置をする器具はあるに違いないし、何より医師や看護師もいる。

「だから、あの場所を選んだんですか？」

「計画を実行する場所をあそこにしたのには、もちろん意味があるけれど、病院じゃなくても良かったんです。わたしたちはみんな、あそこでおしまいにしたいだけなので、少しくらいの怪我は関係ないです」

私は先ほどの、成海彪子が聞かせてくれた話を思い出した。

人生をおしまいにする。自らで人生を終わらせる勇気がないのなら、警察にその役回りをさせればいい。自殺の手伝いを警察にさせるつもりだ。

そうであるなら確かに、食料や脚の治療は大きな問題ではないのかもしれない。

「死ぬならどうぞご勝手に、だけどな」ロシアンブルが茶化すように言った。「人質まで巻き込んで、身勝手だと思わないか？」

「行儀良く生きてきた結果がこれなんですから、わたしたちはもうどうでもよくなったんですよ。それにこうやって事件を起こすことで、カフェ・ダイヤモンド事件を風化させない、という目的も叶います」

「成海さん、ちゃんとした人に見えるけれど、そういう話を聞いていると、まともじゃないよね」アメショーは言葉を選ぶことができないのか、ずかずかと無神経に言うが、私も似たような気持ちは抱いていた。

画面に視線を戻す。

「やすらぎ胃腸クリニック」の周辺は日が落ちているかのような、暗さがあった。

番組の司会者の声が急に高くなった。「たった今、新しい情報が入ってきました」

私はぐぐっと顔を寄せたくなる。果たしてここにいていいのだろうか、とそういった思いが湧いた。

先ほど自分がいた、「やすらぎ胃腸クリニック」を思い出す。あの場で爆弾を使ったテロ事件が起きているのだ。人質がいる。

自分たちはそこから抜け出してきたものの、「あとは知らない」でいいのだろうか。何かしなくてはいけないのではないか、と急に落ち着かなくなった。

「警察に先ほど次のような写真が送られてきたそうです」ニュース番組の司会者が神妙な面持ちで言う。「大変、ショッキングな映像ではありますが」

目隠しをされ、爆弾ベストを着せられた恰好で長椅子に座らされる人質が、三人並んでいた。首を前に傾け、うなだれている。

間違いなく、あのクリニックの待合室だった。

これは大変なことになっていますね、と司会者が眉をひそめている。

その通りだ、これは大変なことになっている、と私も思う。

成海彪子が口を開いた。「本気だということを知ってもらうために人質の写真や映像を撮って、警察に送ることにしていました。マスコミと共有しニュースで流すように、とも言ったはずです」

「こうしてテレビで流しているのは、サークルからの要求だったということですか」

「注目してもらえると、警察も必死になります。わたしたちが一番怖いのは、立てこもりが長期間になってしまうことです。警察が強行突破してきて、爆弾を使う、という計画だったのが、警察がなかなか行動せずに、あの中で飢えて倒れてしまう、なんていうのは避けたいですから」

「爆弾だろうが餓死だろうが、死は死だろ」

「わたしたちはそれは望んでいません」

「爆発で警察側にも死者が出るかもしれないだろ。そっちのほうがいいのか。よく言うだろ。死ぬなら自分たちで死ね。周りに迷惑をかけるな、と」

「よく言うかどうかは知らないですけど」成海彪子は淡々と答えた。「ただ、さっき話したように、わたしたちは迷惑をかけずに生きてきたにもかかわらずこんなことになっているんですから、最後くらいは好きにさせてくれ、ですよ」

そんなことをしていても、奪われる時は奪われる。

ニーチェの言葉を口にしてから彼女は、「どうでもいいんです」と言った。「それに、わたしたちが警察に恨みがないと思っているんですか？　カフェ・ダイヤモンド事件で一番悪いのはもちろん犯人ですけど、警察にも非はありますよ」

「正解があったかどうかも分からない」

「もちろん。ただ、失敗は生かしてほしいです。今回もわたしたちがこういった事件を起こして、それで駄目なら、またやり方を考えてくれればいいんです」

「無茶苦茶だな。警察の経験のために、爆発に巻き込ませるのか」ロシアンブルは言葉とは裏腹に、楽しんでいるような口ぶりだった。

画面に映るクリニックの建物は先ほどと変わった様子はない。ただ、こうしている間も中の空気が、犯人と人質の緊張感により熱を帯びているのだろう。ぐつぐつと煮立つような高温になっているのを想像する。

　モニターに映る「やすらぎ胃腸クリニック」を見ている成海彪子の横顔は真剣だった。

「成海さん、本当はほかの人と一緒にあそこで人生を終えるつもりだったんでしょ」アメショーがまた、デリカシーなしに質問を投げた。「今はこうして外に来ちゃっているけれど、どういう気分なの？　死なないで済んでラッキー？　それとも、お祭りに参加できなくて寂しい？」

　成海彪子はモニターから目を離さず、しばらく黙っていた。アメショーのこの、無神経な言動に腹を立てている様子もなかった。「一言では言えませんよ」と少しして、そう答えた。それから、「実は、こうなることは想定してもいたんです」と打ち明ける。

「こうなる？」

「野口さんたちが別行動を取るかもしれない、と庭野さんが心配していたんです。野口さんたちの、マイク育馬への憎しみは強くて、庭野さんが説得したことで分かってくれたようだったんですが、それはもしかすると見せかけの可能性もあると、わたしには言っていました」

「見せかけ？」

「言葉で、『分かった。確かにマイク育馬に復讐をしても仕方がない』『立つ鳥跡を濁さずだ』と言っていると、それを信じてしまいそうになりますが、本心とは違うこともありえます。庭野さんは、『マイク育馬を襲うには銃などがあったほうがいいから、銃器が揃うのを待って勇人君たちが行動に出るかもしれない』と警戒して、当日まで銃器を自由にできないようにかなり厳しく管理していました」

「ああ、そうそう、その武器とか爆弾はさ、やっぱり外国から持ってきたの？」アメショーが思い出したように言う。「プライベートジェットを使って？」

「どうして知っているんですか」成海彪子は素直に驚いていた。「プライベートジェットを所持している人間を知っているから、と野口さんが言って。そっちはまかせてくれ、と請け合ってくれたんです」

「なるほどな。で、何の話だったか。ああ、野口たちが裏切ることを想定していた、という件だったな」

「裏切りとはまた違います」成海彪子はそこは誤解してほしくないのか、声を強くした。「単に、マイク育馬が許せなかったんだと思います」

「ほかに憤りをぶつける相手がいなかったからか」ロシアンブルの言葉は切って捨てるかのようにさばさばしていたため、残酷にも聞こえる。「犯人もいないし、ニーチェも死んでる。理不尽な人生に対する怒りのやりどころが、そのマイク育馬とやらしかいなかっただけだ」

「それは否定しません」成海彪子は言った。それでも別に構わないではないでしょうか、と開き直るようでもあった。「庭野さんは当日も、つまり今日のことですけど、警戒していました。一緒に行動すると見せかけ、わたしたちが計画を実行したタイミングで、相手が電車に乗ったタイミングで自分たちだけがさっと降りるような、そういったやり方を取るかもしれない、と。だから、もしそういう事態になったら、わたしが野口さんたちを追って、止めるように、と言われていたんです」

「へえ」アメショーは興味があるのかないのか分からない合いの手を入れる。「庭野リーダーはなかなか先を読んでいるね。素晴らしい」

「ええ、そうですね。しっかりしていて、冷静です」

「成海さんは寂しかったりするの？　テロに見せかけた集団自殺に参加できなくなって」

「集団自殺」とは非常にものものしい、発声するのも憚《はばか》られるような言葉に感じられる。が、確かに成海彪子の話を分かりやすく表現してしまえば、それだ。

爆弾テロ事件を起こし、自分たちも死のうとしている。

成海彪子はまたすぐには答えなかった。話しても無駄だ、と思っているのだろうが、「たぶん、あの場にいても死ねませんでした」と言った。

どういう意味か、と悩む間もなく彼女は、「庭野さん、自分が全部背負うつもりです」と言い足した。

「自分だけが死ぬということ？」

「まあ、そうですね。みんなが正気を保つためにあんな計画を立てましたけど、最後は自分だけが死ぬつもりだったのではないか、とわたしは思っています」

画面内の中継は依然として続いている。すでに別のニュースに話題が切り替わっていたが、目が離せない野球やサッカーの実況同様に、左隅に小さく、「やすらぎ胃腸クリニック」からの中継画面が表示され続けていた。

「すみません」私は声を発している。

三人の顔がこちらを見る。臆してしまうが、それどころではない、と自らを鼓舞した。「ここでこんなことをしているより、爆弾テロをどうにかしないといけないのではないですか」

先ほどから気づいていたことだ。野口勇人たちの行動も確かに気にはなるが、それ以上の大事件が、あのクリニックで起きているのだ。

「先生は優しいなあ」アメショーの言い方はやはり、あっけらかんとしている。軽率で浅薄だけれど憎めない、そういった雰囲気を纏《まと》っている。「だけど、僕たちはそっちに興味がないからね」

「でも」

「野口勇人を捕まえられればそれでいいんだから」

「だけど、テロですよ」私はさすがに語調を強めずにはいられなかった。ニュース映像に指を突き付ける。「人質がいるんです。爆発したら大変なことになる」

「知っています」と答えたのは、成海彪子だった。引き締まった表情で、私から目を逸らさない。

「そりゃあ、知ってるよね。成海さんがそのテロ事件の実行グループなんだから」

「成海さん、人質を巻き込むことはないじゃないですか」私は訴えていた。自分で思っていた以上に興奮した声が出るため、少し戸惑う。「やっぱり、どうにかしないと」

「先生、どうにかしないと、と言ってもどうするんだ。すでに警察が集まっているぞ」

ロシアンブルにそう言われ、私は、頭の温度がさらに上昇したのが分かった。

何もできないくせに。その言葉が頭や胸を弾く。

「今からでもテロをやめさせられないですか？　少なくとも人質は解放したほうがいい。ひどいですよ」ムキになっていた。自分の唾が飛ぶのも見えた。

成海彪子の顔の歪みは、痛いところを突かれたというよりは、苛立っているからかもしれない。指導され、うるさいな、とむっとする教え子たちを思い出す。

「うるさいと思われようが、駄目なものは駄目なんだ」私はそう口にしていたらしく、アメショーが、「先生っぽい」と笑う。

「邪魔はしないでください。このまま、最後までやらせてください」成海彪子は口調こそ丁寧だが、「計画を妨害させはしない」という強い意思が漲っている。私のことなど、簡単に伸し、動きを止めることもできるだろう。

「人質はいらないじゃないですか」

成海彪子は一瞬、黙ったが、「警察を本気にさせるためには必要です」と言い、「最終的には関係のない人は巻き込みません」と声を落としながらも続けた。

自分が観た〈先行上映〉では、人質が爆発に巻き込まれていたことを思い出す。

彼女が嘘をついているのかどうかははっきりしないが、結果的に、人質の爆弾は爆発してしまうのだ。

こんなことは許されない、と私は立ち上がる。

先生、どうかしたか、とロシアンブルが視線を寄越す。何かできるのかと試すような目にも見え、余計に私はかっと来たが、そこで成海彪子が、「野口さんたちはマイク育馬を狙った後で、もっと大勢を巻き込む事件を起こすかもしれません」と言った。

「え」

「野口さんや哲夫さん、マイク育馬に腹を立てていましたけど、一方で、あのカフェ・ダイヤモンド事件のことをすっかり忘れている一般の人たちにも怒っていたんです。このままだと、被害者はたくさん出ます。だから檀先生、今は野口さんたちの行動を止めることに付き合ってください。里見さんの居場所を知っているのも野口さんなんですから」

私はどうすべきか判断がつかない。深呼吸を何度もやり、頭を落ち着かせる。

「いいか、せいぜいできるのは目の前のことなんだ。俺たちは、ネコジゴを探し出す。つまり、仕事をやる。どうにもならないことを心配しても仕方がない。そうだろ？　学校の教師は、自分の生徒のことを心配すればいい。今は、俺たちと一緒に、野口勇人を見つけることに専念するんだ」ロシアンブルが言ってきた。

目の前のことを、と私は唱えるようにした。

ロシアンブル

部屋にいる檀と成海彪子を見ながらロシアンブルは、どうしてこんなにややこしくならなくてはいけないのだ、と溜め息をつかずにはいられなかった。

いつものネコジゴハンターの仕事に比べ、あまりにうまくいかない。思わず、『順調』の反対を何と言うのだ」と檀に訊ねていた。

「順風満帆の反対なら、天歩《てんぽ》艱難《かんなん》という言葉が」

「さすが国語教師」とロシアンブルは言って、「まさにそれだ」とまた息を吐く。

野口勇人を捕まえたいだけなのが、籠城事件の人質として身体を拘束されたり、車で追跡するにも渋滞に巻き込まれたり、おまけに仮の住まいとはいえ、自分たちのマンションの一室に、中学教師の男とカンフーの女を入れることになった。

少人数でさっと仕事を終わらせるのとは反対に、関わる人間が多くなり、かかる日数が増せば増すほど、予期せぬトラブルは発生しやすくなる。

心配しかない。

早く終わらせたい、とロシアンブルは考える。野口勇人については諦めるべきか。

「そういえば、マンクスはどうしたのかな。野口のマンクス。どこに連れて行ったんだろ」気づくのが遅かったことを悔やむようにアメショーが声を上げた。成海彪子に、「無事なんでしょ？」と声を強くして訊ねた。

「マンクス？」

「野口の飼っている猫だ」ロシアンブルも急にそのことが気にかかり、声に棘を含んでしまう。

「ああ、確かに。どうしたんでしょう」成海彪子は口に手を当てる。

「事件を起こしたらしばらく帰ってこられないから、どこかに預けたんでしょうか」

「檀先生、あんな事件を起こそうとしたんだから、しばらくどころか永遠に帰宅できない可能性があるよ。家に置いたままだと大変だ。それくらいのことは野口も考えたってことかな」

「ペットホテルか？」ロシアンブルの頭に真っ先に浮かんだのはそれだった。「どう説明したのかは知らないが、長期で預けたのかもしれないな。野口は金には困っていないんだろうし」ボーナスを積まれれば、少々の無理な依頼も受け入れる業者がいてもおかしくはない。

「そういう意味では、野口、無事に早く帰ってきてほしいですね。マンクスが可哀想」アメショーが口を挟んでくるため、ロシアンブルは呆れる。「無事に帰ってきたとしても、次は俺たちの仕事に付き合ってもらわなくてはいけない。そうだろ？　結果的に、無事ではなくなる。マンクスのためを考えるなら、別の誰かに飼ってもらうべきだな」

「あの、お二人の仕事、何なんですか？　野口さんにどういう用が。ネコジゴハンターというのはいったい」

「僕たちは猫のために、猫の虐待に関与した人間を懲らしめる。それが仕事だよ」

成海彪子はぽかんとした後で、「懲らしめる、っていったい」と言う。

「大したことじゃないよ。目を潰したら目が潰される。猫の尻尾をわざと踏んだなら、そいつの尻尾を、まあ、尻尾がなければそれに準ずる部位を踏んづける」

「野口さんは何をしたんですか」

「ネコジゴって聞いたことがない？」アメショーはそう言うと、猫を虐待する実況を繰り返した〈猫ゴロシ〉のことや、それを嬉々として視聴し、扇動しつつ指示を出していた者たちのことを説明した。「野口もその一人」

成海彪子はすぐに受け入れられないらしく、「どういうことですか。何ですかそれ」と繰り返した。

「野口は、プライベートジェット機を持っている男を知っていると話していたんだろ。そいつもネコジゴだったんだよ」

「そんな」

「相手も後ろ暗いところがあるから、引き受けてくれるだろうって算段だったんだろうな」

「でも野口さん、猫を可愛がっていましたけど」

「他人にひどいことをする人間も、自分の家族は大事にしている」

成海彪子はしばらく無言だった。それから食い下がるように、「もしかすると」と口を開いた。

「野口さん、あの事件でご両親やお姉さんを亡くしたから」

「だから？」

「それで少し普通じゃなくなった時期だったのかもしれないです」

「で？」

「もちろん猫にひどいことするのは許されないですけど」

「そうだ、許されない」

「あの」檀が洩らすように言った。

ロシアンブルたちが視線を向けると彼は、「罪を犯したら、やり直すことってできないんでしょうか」と言った。

「どういう意味？」アメショーが興味深そうに訊ねる。

「精神的に追い込まれた人が、一線を越えてしまったら、どうすればいいんでしょうか」

「何の話だ」ロシアンブルは、檀がそれこそ精神的に追い込まれ、正気の一線を越えたのではないかと心配になった。

「そういう生徒がいたんですか？」成海彪子の推測は鋭かったのかもしれない、檀の顔がぴくっと引き攣った。

「もちろん、誰かに被害を与えるのは良くないです。ただ、それで人生が終わってしまうのは」

「死んでいるのか」とロシアンブルは言っている。

「え」

「精神的に追い込まれて一線を越えた人間だ。教え子かどうか知らないが、そいつは死んだのか」

「あ、いや」

「だったら、会いに行くなり、何なり方法はあるだろうが」そんなつまらないことで悩んでいること自体が、ロシアンブルには羨ましかった。隣国が開発する生物化学兵器や、突如襲ってくる精巣捻転症などの恐怖に比べたら、大した悩みではないだろうに、と。

「方法、ありますか」檀がきょとんとした様子で、言った。

「むしろ、会う方法がないと決めつけるほうが俺からすれば不思議だ。どんなに隠れても、ネコジゴが見つかるくらいだ」

「はあ」

「あ、投稿がありました」成海彪子が言ったのはその時だ。いつの間にか携帯端末を触っている。

「投降」の文字が頭に浮かび、ロシアンブルは「やすらぎ胃腸クリニック」の事件で、犯人が降伏したのかと思ったが、そうではないとはすぐに分かる。

「マイク育馬のSNSが更新されています。明日、野球を観に行くことに決定、と」

「野球？」

「さっき、肉料理を食べに行っている、と書いていたじゃないですか。一緒にいる誰かと意気投合したんでしょうか、ジャイアンツの天童の新記録達成の瞬間を観に行く、と書いていますね」

ロシアンブルは瞬時に、自分の頭がかっかかっかと熱くなるのが、分かった。「イーグルス戦で天童が記録を作るって決めつけているとはな」

「許しがたい」アメショーも憤る。

「天童選手、今年、すごいですもんね。選球眼もいいですし、ファウルで粘ることもできますし、ピッチャーが投げる球がなくなっちゃいますよ」野球場で飲み物販売の仕事をしていただけあって、成海彪子はプロ野球の情勢や、選手のことにも詳しい様子だった。

「別に、投げる球はなくならない。その都度、審判が渡してくれるんだから」ロシアンブルは、彼女の言いたいことは分かりつつも屁理屈じみた返事をしたくなる。

「どうしてそんなに怖い顔をしてくるんですか」

「あいつ、イーグルスのこと小馬鹿にしてくるからね」

ヒーローインタビューのお立ち台に上がり、「イーグルス戦はボーナスステージみたいなものですね。記録が簡単に出せるから」というような、傲慢な発言をする天童選手が思い浮かび、ロシアンブルは胃が痛くなる。もうだめだ、絶対そうなる、とつらい気持ちになった。

「そもそも、自信満々で偉そうに振る舞っている人間が嫌いなんだよ、僕もシアンさんも。猫にはそんな人間がいないからね」

「猫なのか人間なのか」成海彪子がくすっと笑った。「でもとにかく、この投稿を野口さんもチェックしているはずなので」

「それなら、野球場で狙うかもしれません」檀が言う。

「え」ロシアンブルとアメショーが同時に声を上げた。

「テレビ局で待ち伏せするより一日早いですし、不特定多数がたくさんいる野球場のほうが周りに紛れ込むことができます」

「なるほど」

野口勇人は、マイク育馬に気づかれぬように接近するつもりだろう。そしてその野口勇人に気づかれぬように、自分たちが近づき、捕まえればいい。猫のように足音を立てず、そっと背後に回るのだ。

「でも、見つかるでしょうか」成海彪子が眉をひそめた。「たぶん五万人は入りますよ。平日とはいえ、天童選手のホームランを観に」

「うちのエースが打たれるような言い方はするな」と言いつつも、打たれる予感しかない。

「期待するのは自由ですから。あ、わたしたちも行くとしたら、チケットを手に入れないといけないですね」

「野口たちもそれは同じだな。チケットをこれから入手できるのか？」ロシアンブルの胸を弱気が走った。チケットが手に入らないのならば、野口勇人たちは野球場に行くのは諦めるかもしれない。

「何とかするんじゃないですか」アメショーは相変わらず楽観的な言い方をする。「お金があるなら、三倍出すとか十倍出すとか言えば、チケット売ってくれる人、いますよ」明日、球場前でチケットを持つ人間に直接交渉を持ち掛けてもいいだろうし、最近は電子チケットが多く、チケット自体の発送や受け取り作業は不要であるから、法を犯しても構わないと開き直れば、インターネット上で高値をちらつかせ、売り手を見つけても間に合うかもしれない、と言った。

「もしかするとわたし、アルバイトの時のつてで手に入るかもしれません」

「どういうことだ」

「ビール販売員の先輩で、チケットを融通してくれる人がいるんです。部長と呼ばれているんですけど、彼女に頼めば、チケットはもらえるかもしれないです」

「連絡できるか」

「今、メッセージを送ってみます」と成海彪子は携帯端末を操作しはじめる。

ロシアンブルはそれを眺めながら、依然として映っているニュース番組にも目をやった。「やすらぎ胃腸クリニック」が見える場所からの中継画面に切り替わっていた。

新情報が入ったらしく、司会者の興奮が見て取れた。

いったい何が起きているのか。

成海彪子も顔を上げ、画面を気にする。

「またしても犯人からの映像が届きました。中からの」

映し出されたのは手持ちの携帯端末から撮影された、人質の姿、手足の自由を奪われ、うなだれている様子だ。それから食料品が映る。サークルが用意したものだろう。

「長時間籠城することも想定している、と言いたいのかもしれません。準備はしてあるぞ、と」

司会者が深刻な顔をしている。

さらにクリニック内の撮影者、サークルのメンバーの一人が、クリニックの窓のカーテンを開け、外で遠巻きにする警察関係者や車両の様子を見せた。リアルタイムの状況であることを示したかったのか。

「今、部長にメッセージを送りました」成海彪子が携帯端末から顔を上げた。「あとは返信が来るのを待ちましょう」

警察の特殊部隊が準備を開始しています、というテレビ番組司会者の言葉が聞こえてくる。あっちもまた大変だな、とロシアンブルは思う一方で、マスコミがこうして警察の動きを大っぴらに流してしまっていることに笑いそうになる。檀も、「何でまた」と啞然としていた。過去にそのことで問題が起きたというのに、マスコミとは逞《たくま》しいものだと感心しつつ、ロシアンブルは携帯端末を操作する。ニュースサイトを開くと、「国際」と分類された記事欄に、「核実験」の見出しがあり、胃が痛くなる。

「どうしたんですか」とアメショーが見てきた。声は心配しているが、顔には笑みがうっすらと浮かんでいる。どうせまた心配なニュースを見つけたんでしょ、と分かっているのだ。

「やっぱり、条約は絵に描いた餅、という話だ」

「核実験ですか。さっき自分で、檀先生に言ったじゃないですか」

「何を言った」

「どうにもならないことを心配しても仕方がない。目の前のことをやるしかない、って」

「まあな」ロシアンブルは答える。他人に正しいことは言えるが、自分ではそれを守れない。人間とはそういうものだと開き直りながら、さらに関連記事を眺めていけば、「核爆発を抑制する特殊坑道を使用した実験」「計算のずれにより、大気中に放射性物質が洩れたのでは？」といった文言まで出てくるものだから血の気がひく。なぜなのか。なぜ、地球の環境を悪くするような実験をし、自分たちの首を絞めるのか。国際社会において優位に立ちたいのかもしれないが、どうせならば核兵器とは別の方法を見つけるべきだ。もっと別の、よりクリーンで、より平和で、より安心できる、何か。何か、とは何だ？

アメショーが顔を寄せ、記事を読んでいた。「シアンさん、『洩れたのでは？』なんて記事、信用してどうするんですか。何も言っていないに等しいですよ」

「大量の放射性降下物が発生する可能性も書かれている」

「何ですか、降下物って」

「放射性物質が雲となって、雨とかで落ちてくることだろ。俗に言う、黒い雨だとか死の灰とかああいったものだ。おまえは核兵器の怖さを甘く見ているのか？　広島の平和公園に行け。資料館にもちゃんと行ってこい。考えが改まるぞ」

「核兵器は怖いですって、僕も。ただ、心配しても仕方がないんですよ。僕が舐めているのは、シアンさんの心配についてだけ」

そこで、「ああ」と檀が嘆いた。どうかしたかと質すと、「野球場なら大勢に被害が出る可能性がありますね」と顔を歪ませている。

成海彪子がはっとした顔で檀を見た。

檀先生

「彪子さん、久しぶり。わざわざ来てくれなくても良かったのに」上下揃いのトレーニングウェアを着た女性は言った。「部長」という呼び名から、管理職を担う貫禄を想像していたが、実際の彼女は、快活で元気の良いティーンエイジャーといった印象だった。「チケットだったら、わたしからメッセージでコードを送ればそれで良かったんだけれど」

後楽園《こうらくえん》球場と隣接する小石川後楽園《こいしかわ》だ。大泉水《だいせんすい》のほとりを進むと、橋を渡ったところにベンチがいくつかあり、そこで待ち合わせをした。

「部長、今日も仕事だったんですか。試合はないのに？」

「わたし、売り子以外の仕事もするようになっちゃって。今日も球場関係者の会議に」と後楽園球場のある背後を親指で差した。「会議疲れで死にそうだったから、出てくる用事ができて良かった。気分転換になる」

「そのうちほんと、球場を牛耳る人になっちゃうんじゃないですか」と成海彪子が言うと、「球場を牛耳る人、という仕事なんてあるの？」と部長が噴き出した。

「そうそう、こっちが、うちの兄です」と成海彪子は私のことを嘘まじりに、というよりも嘘しかないが、紹介した。

はじめまして、このたびは入手困難のチケットを手配していただけるとのこと、感謝しています。どうしても明日の試合が観たくて、チケットを手に入れていたにもかかわらず紛失してしまい、途方に暮れてしまったのです。そうしたところ妹から、もしかすると入手できるかもと教えてもらいまして、甘えてしまいました。感謝の言葉しかありません。

事前に準備していた言葉を口にする。嘘をつくのはもちろん罪悪感があったが、監禁や拘束を体験し、銃や爆弾を目にする事態と比べれば気にならなかった。

「お兄さん、天童ファン？」部長は目を細めた。「明日、記録出しそうな雰囲気あるよね」

イーグルスファンのロシアンブルたちが横にいたら、つかみかかっていたのではないか。怪しまれたり警戒されたりすることを避けるために、彼ら二人は、この公園内のどこか離れた場所にいる。

「ホームラン打ちますかね」

「イーグルスの投野が直球勝負にこだわるかどうかにも、かかってくるかも」

「さすがに変化球主体ですよ」

「だけど野球選手はみんな、プライド持っているからね。投野だって、子供の頃から、いろんなバッターをねじ伏せてきたんだろうし」

「部長は明日、球場にいるんですか」

「明日も頑張って、ビールを売るよ」と彼女はビアショルダーを背負う恰好をした。それからチケットを渡してくる。「明日はデイゲームだから、ちょうどいいよ」

「何がですか」

「天気がいい時のあの球場は気持ちいいでしょ。空がばーんと広がって」部長が両手を空に向け、伸ばす。

「ですね」

「あまりいい席取れなかったけれど」

「いいんです。とても助かります」

実際のところ、私たちは球場の中に入ればそれでいいのだ。入場さえできれば、あとは野口勇人たちを探すだけで、試合をのんびり観戦する余裕はないだろう。

「彪子さん、いなくなって寂しいから、また気が向いたら復帰して」

「そう言ってもらえるだけで嬉しいです。あ、沙央莉さんから連絡とかありましたか?」

「沙央莉さん？　彪子さんと一緒に辞めて以来、特にはないかな。彼女とやり取りしていないの？」

「そうなんですよね」と彼女は少しお茶を濁す言い方をした。

「沙央莉さん、頑張っていたよね」

「え」

「あ、ほら、彼女、彪子さんの紹介で入ってきたでしょ。何だか暗い顔して、ビールを売るのってやっぱり愛想とか大事だから、大丈夫かなって心配していたんだよね。正直に言うと、すぐ辞めちゃうだろうなと思っていて。でも、一生懸命働いて、すごく稼いだわけではないけど」

「そうですね。頑張っていました」

「片付けもしっかりやってくれて。ビールがやたら勢い良く飛び出すレバー、覚えてる？　握るとシャワーみたいに噴射しちゃう不良品で」

「あれも沙央莉さんがチェックして、気づいてくれたんですよね」

「本当に助かった。辞める時、引き留めたんだけれど、やらなくちゃいけないことがあるんで、って厳しい顔をしていて」

「わたしのことは引き留めてくれなかったじゃないですか」成海彪子が大袈裟に怒った声を出すと、部長も愉快気に笑った。

公園内を歩き、出口へと向かう間、私はどういうタイミングで切り出そうかと悩んでいた。すると部長が、「じゃあ、わたしは球場に戻るから」と手を挙げたものだから慌てて、「すみません、これ」と持ってきた紙袋に手を入れる。「つまらないものですが」とシートを取り出した。「チケットを手配してもらったお礼で」

「何これ？」受け取った彼女がぴんと来ていないのは明らかだ。「イーグルス？」

「はい、イーグルスが優勝した時の記念グッズで」

「ジャイアンツの球場で働くわたしに、イーグルスの切手シートを？」念を押すように説明されると、居たたまれない気持ちになった。

「ワインに詳しい人にワインを贈るのもおこがましい、というか。直球勝負が怖くて、変化球を」私は頭を搔く。「あとジャイアンツの記念切手は使いにくいかもしれないですけど、他球団のならば気軽に使えて、実用的かと」

「他球団とはいっても使うのもったいないね」面白がってくれたのか部長が歯を見せ、笑ってくれた。ほっとするが、勝負はこれからだった。

彼女に渡したそのシートをもう一度、さりげなく奪い取り、「使いやすいように一枚使っちゃいましょうか」とシートから一枚切り取った。

成海彪子が、用意していた葉書をさっと寄越してくる。疑問を抱かれる前に素早く進める。

「切手、貼ってもらっていいですか？」幸いと言うべきか、記念切手のサイズはかなり大きかった。相手に唾液をつけてもらうには、都合が良い。

「え、わたしが？」彼女からすれば、もらうはずの切手シートから勝手に一枚切り取られ、さらに、舐めて貼るように言われたのだから、理解不能な事態で、不愉快な気分になっても不思議はなかった。彼女の顔に、自分で舐めて貼ればいいのでは？　といった言葉が浮かんでいる気がして、それは私の被害妄想的な勘ぐりかもしれないが、「舐めるのが苦手なんですよ」と言わなくてもいい弁解まで口にしてしまった。

成海彪子も、「兄は潔癖症で」と助け船的なコメントを言い足してくれたが、その船も泥船じみている。

部長は警戒してはいたが最終的には、「貼ればいいんでしょ」と笑い、切手の裏側を舐めた。それを私は受け取るとくるっと身体を反転させ、挨拶も早々にその場を後にする。あまりにぶっきらぼうで失礼な別れ方は後ろめたかったが、早く、切手を使わなくてはいけなかった。

部長に丁寧に挨拶をした成海彪子が追いかけてきた。私が、切手の裏側を舌につけているところだったから、「それ、本当なんですか?」と気色悪い虫を見るような、嫌悪感丸出しの顔で言った。俗に言う「間接キス」をよくできるものだ、と呆れているのだろう。


三十分ほど前、先輩女性「部長」からチケットをもらえそうだ、と成海彪子が伝えてきた時、私は、「その人の〈先行上映〉を観ておけばいいのではないか」と閃いた。明日の試合時間に球場にいるのなら、その「部長」の〈先行上映〉で何らかの情報を得られるかもしれない、と。

野口勇人が試合中にマイク育馬を襲えば、球場は騒然となるだろう。試合中断もしくは中止もありえる。そういった光景を〈先行上映〉で観られれば、逆算的に、「野口たちが球場に来る」ことが確認できるわけだ。

「それなら別に、僕の〈先行上映〉でもいいんじゃないの? 僕も明日、野球場に行くことになるんだから」とアメショーは最初、言った。「何もわざわざ、その、部長さんだっけ、その人に会いに行く必要はないだろう」と。

同一人物の〈先行上映〉は続けては観られないため、ロシアンブルに関しては除外するにしても、アメショーや成海彪子の〈先行上映〉を試すという手はもちろんあった。ただ、できれば私たちとは無関係の人間のほうが良かった。

「〈先行上映〉は、その人が辿り着く未来の場面が見えるんです。ただ、あくまでも、『今のまま過ごしたら』という未来です。たとえば、アメショーさんの〈先行上映〉で、明日の野球場の場面が見えたとします。今回は、その観た内容を、みなさんと共有する必要がありますから、私は、アメショーさんに内容を話します。その結果、アメショーさんの行動が変わる可能性はあります。つまり、アメショーさんの未来は、〈先行上映〉の内容を伝えられたことで影響を受けるかもしれなくて」

「ああ、カジさんの時にもそういう話だったね」

「観られる〈先行上映〉は一日に一人分ですから、デメリットが少ないほうがいいかと」

「なるほど、じゃあ、その部長さんの飛沫をもらえばいいんだね。飛沫をもらう、という言い方って正しいのかな」

「あの、いったい何の話なんですか」当然ながら成海彪子は混乱し、混乱から苛立った。飛沫？　先行上映？　未来？　何それ、と。

気は進まなかったものの、これも説明するほかなかった。

できるだけ最短距離で、かつどうにか受け入れてもらえるように、と〈先行上映〉について話すことにする。「信じられないと思うけれど」「自分でも信じがたい」「信じられないのが通常だと思う」「私が君だったら、絶対に信じない」といった言葉を頻繁に挿入し、「奇妙な話なのは重々承知している」ことを強調した。

聞き終えてももちろん、彼女は私の話を信じてはいなかった。が、必死さは伝わったのだろうか、完全に拒否して受け付けない、という態度は取らなかった。

「どうですか」と訊ねると、「半信半疑」と答えた。「半分も信じてくれるなんて」と感動しそうになった。「ただもう一つ補足すると今日、あの『やすらぎ胃腸クリニック』でみなさんが事件を起こすことも、〈先行上映〉を観たから分かったんです」と説明した。

相手の唾をもらうのには切手がいいんじゃないの？　とイーグルスの記念切手を取り出してくれたのはアメショーだった。

小石川後楽園のシダレザクラの樹の前を通り過ぎながら、時計を見れば夕方の十七時だ。数時間後には〈先行上映〉を観られるかもしれない。

歩きながら私は、「人の舐めた切手を舐めるなんて、やりたくないんですよ」と言い訳がましく口にした。

「生徒には絶対言えないですよね」

駐車場で合流するとアメショーが、「どう？　無事に予告映像見えちゃった？」と好奇心を隠そうともせずに言ってくる。

「いえ、それはこれから」私は答えた。

でも舐めることはできた？　とさらに訊ねてきた。ええまあ、としか言えない。

「明日のチケットももらえましたので、これで球場に入れます」成海彪子が報告する。

「その部長とやらに話していないだろうな」とロシアンブルは目でこちらに釘を刺すかのようだった。

「話すって、何をですか」

「明日、球場に危ない男が行くかもしれない、と伝えたんじゃないだろうな、という話だ。警察がうじゃうじゃいて、俺たちより先に野口勇人を捕まえて連れていく、なんてのはごめんだ」

「そんなことを伝えても信じてもらえないですし、それに、そんな噂話一つで、明日、警察を配備なんてできないですよ」


車に乗ったところ、助手席に座ったアメショーが、「あ、先生は昨日、これを観ているんでしょ？」と携帯端末の画面を見せた。「このシーンを先行上映で」

公開中の映画の話をするかのようだったから、気楽に覗いたが、そこに映っているのは事件現場からの中継映像で、ようするに、「やすらぎ胃腸クリニック」の籠城事件の報道だった。

「どうなっていますか」私が目をやると横にいる成海彪子も自分の携帯端末を取り出し、慌てて操作を始めた。

クリニックを遠巻きに、警察車両が停まっている。建物の中は見えない。カーテンを閉じているため、光もほとんど洩れていなかった。

私が〈先行上映〉で観たのは、すでに爆発が起きた後で、まわりの人たちが大騒ぎになっているところだった。

「檀先生はどのへんにいたの」とアメショーが訊ねてくるが、厳密に言えば、そこにいたのはアメショーとロシアンブルで、私はその視点からの光景を観ただけだ。

「それ、本当なんですか？　檀先生、見たんですか」成海彪子が食って掛かるように言ってきた。

「どうなったのか教えてください」

私の〈先行上映〉を信じたのか信じていないのかは分からないが、彼女が私に顔を近づけた。

「警察が突入したらしいです。たぶん強行突入で、だから犯人、庭野さんたちが」

「爆発させたんですね」あえてなのだろうか、成海彪子は淡々と恐ろしいことを言った。

彼女はその作戦の実行犯なのだ。たまたまイレギュラーな事情で現場から飛び出してきたものの、予定通りであれば、彼女もあの中にいた。少なくとも私の〈先行上映〉の時には、「やすらぎ胃腸クリニック」にいたわけだ。

少しすると、「特殊部隊が移動しているかも」とアメショーがはしゃぐ。「ほら、これ、そうでしょ」と興奮気味だ。

携帯端末に映る、「やすらぎ胃腸クリニック」からの中継映像をまだ観ていた。ロシアンブルのほうに身体を寄せ、「ほら、シアンさん、見てください。ここにずらっと待機していますよね」と画面を一緒に観るようにした。

懲りずにまた警察の情報を流しているのか、と私は呆れつつも憤り、成海彪子の携帯端末を覗く。ロシアンブルはそろそろ駐車場から車を移動させたい様子だったが、アメショーが、「もうすぐ爆発が起きますよ。どきどきしますね」と待ち侘びた言い方で、ロシアンブルに見るのを強いていた。

もうさすがに出発だ、とロシアンブルはサイドブレーキを外す。携帯端末の画面を持ち、身体を寄せているアメショーを助手席側に押し退《の》けるようにしてから、アクセルに足を乗せ、車を発進させた。

が、直後、大きな声、歓声と悲鳴ともつかない響きが車内で沸きあがったため慌てて、ブレーキを踏む。

アメショーと後ろの成海彪子、そして二人の持つ携帯端末から一斉に声が上がったのだ。

爆発した！　ロシアンブルが訊ねるより前に、アメショーが言う。喜んでいるのか、驚いているのか、興奮した声だ。バックミラーに目をやれば成海彪子が目を見開き、画面を見つめていた。言葉が出ないのか。檀も同様に口を少し開いたまま、硬直している。

「突入したのか」

「たぶん。中継場所が大騒ぎになっていてよく分からないんですけど、ただ、クリニックの中から音が出て、そのあとで、警察の隊員たちが飛び込んでいって。少ししたら爆発が。火事にはなっていないようですけど。わあ、すごいですよ。次々、いろんな人が。これ、クリニックごと吹き飛んじゃうんじゃないの？」

「そんなに大きく爆発はしません」成海彪子が言う。「じゃないと、周りに迷惑がかかります」

自分を除く三人が、事件の中継放送に釘付けになっているが、ロシアンブルは車を再発進させる。ほかの心配事、世界全体に影響を及ぼす環境問題などに比べれば、大した心配事とは思えなかった。「とにかく、マンションに戻るぞ」

十字路の赤信号で停車したところでアメショーが、「運び出されてきたよ」と騒いだ。何かと思えば、「やすらぎ胃腸クリニック」から次々と人が搬出されているのだという。アメショーが画面を向けてくれ、それに目をやれば、ストレッチャーに乗せられた人間が連れ出されていく。

「大変だよ、これは。大変、大変」とアメショーは言うが、言葉とは裏腹にさほど大変だと感じていない様子だ。

「庭野さんは」成海彪子がぼそっと洩らす。

現場から中継を行っているリポーターが、「少なくとも爆発は三回、起きたようです」と緊迫していた。

「人質も死んだわけか。いい迷惑だな。おまえたちは、自分たち一人じゃ怖くて死ねない、なんて理由で無関係な人間も道連れにしたってことだ」そこまでして何がしたかったのだ、とロシアンブルは呆れたが、その思いを見透かしたのか、背後に座る成海彪子が、「違います」と言った。

「これを見ろ。爆発している。あの場にいたのが誰か分からないが、少なくとも医師や看護師はいたはずだ」

「人質は巻き込まない、と言っていたじゃないですか！」檀が声を大きくした。聞いていた話と違う、と。

「無関係の人は巻き込まない、と言ったんです」成海彪子はきっぱり言う。

「どういうこと？」

　すると彼女は言うべきかどうか悩むせいか、少し逡巡《しゅんじゅん》するようだったが、決心したように、「死んだのは」と口を開いた。「死んだのはサークルのメンバーだけですから」

　一瞬、車内が静まり返る。ロシアンブルも、成海彪子の発言の意味を解釈するのに時間がかかった。

「え」「何それ」檀とアメショーが同時に聞き返した。

　前の信号が青になり、ロシアンブルはアクセルをまた踏む。緩やかに曲がる道は空いており、後続車両もなければすれ違う車もない。

「爆発したのは人質の爆弾ではなかったのか？」

「人質の爆弾です」

「じゃあ、どういうことだ」

「人質もわたしたちのサークルのメンバーだったんです」

　何だよそれは、と訊き返そうとしたところでロシアンブルは、成海彪子から聞いたサークルの話を思い出した。「ああ、なるほどな」と呟いている。

「シアンさん、分かったんですか」

「仲間に開業医がいた。確か、夫婦でやっていると」

「あ」とアメショーが声を高くした。「『健康』の『康』の字がつく二人だっけ」

「そのクリニックを事件の場所に選んだというわけか」

　その医師夫妻は人質として参加していたことになる。完全予約制とのことだったから、テロ決行の日に、ほかの通院患者はいない状態にしていたのかもしれない。

成海彪子は否定しなかった。

「受付もサークルのメンバーだったのか?」雇う形で働かせていた可能性はある。

「無関係な人は巻き込んでいません」成海彪子はしっかりと、これだけは伝わってほしい、という力強さで言った。「わたしたちはただ、自分たちを終わりにしたかったんです」

自分たちだけでクリニックに立てこもり、警察を煽り、突入させ、爆弾で人生を終わりにする。そこにどういった意味があるのか。ロシアンブルは理解に苦しんだが、自暴自棄になった人間の行動を通常の物差しで計測すること自体に無理があるのだろう、とも思った。

マンションに戻り、ロシアンブルたちはコンビニエンスストアで買ってきた弁当などを口にし、テレビを観て、時間を過ごした。「やすらぎ胃腸クリニック」のテロ事件が爆発で終わったことをニュースは延々と繰り返し、報道している。

成海彪子は膝を抱えるようにそれを観ながら、目から涙を、まさにぽろぽろと音が出るかのように、流していた。

「後悔しているのか」とロシアンブルが言うと彼女は反射的にうなずいたが、それを振り払うように左右に頭を振った。

「成海さんは死に損なったけれど、それでいいの?」アメショーは、無邪気に疑問を投げかける幼児のようでもあった。

「わたしは、野口さんを止める。それだけです」

するとそこでアメショーが、檀に意見を訊こうとでも思ったのか身体を捻る。そして、「先生、あれ、檀先生」と呼びかけていた。手を振り、「起きているの?」と声をかけている。

〈先行上映〉を観ているのだ、とロシアンブルには分かった。

檀先生

浮かび上がった〈先行上映〉は、ビールの販売員をしている「部長」から見た場面だった。彼女の右手がレバーをつかみ、コップにビールを注いでいるところだ。別の客が脇から、「お姉さん、そのタンクごと売ってよ」と冗談を言ってくる。背負っているビアショルダーを軽く叩いているのかもしれない。

その直後、だ。観客席が急沸騰するほど騒然となった。観客が一斉に立ち上がったかのようだ。地鳴りがしたのか景色が震え、それと同時に、空を射抜かんばかりに球が飛んでいくのが見えた。ホーム上で涼しい顔をし、軽く拳を掲げる天童の姿と、マウンド上で膝に手を置き、背中を折り曲げる投手が見える。どこかの観客が、「だけど直球勝負したんだから、偉い偉い」と称えるのか、茶化すのか手を叩いた。

そこで悲鳴が上がる。〈先行上映〉を観ている私が、正確に言えばその時の「部長」が、振り返ると通路の先に倒れている男がいた。近くに立つ警備員が慌てて移動している。

離れた場所にいたビアショルダーを背負った女性が駆け寄り、男の体を起こした。意識がないのは明らかだったが、顔はマイク育馬だった。もう一人、折り重なるように別の男も倒れている。通路に染みが広がっていると思えば、血だ。撃たれたのだ。

さらに、だ。状況はさらに悲惨なものになる。突然の発砲と人が撃たれたことに、平静を失ったのだろう、観客が次々と出口に殺到し、そのぶつかり合いから将棋倒しが起きた。悲鳴が別の悲鳴を生み、客が折り重なる。人が人を押し潰し、階段や通路を塞ぐ。子供たちの苦痛の表情が見える。背後から突き飛ばされて転んだのか、その子供たちの顔が通路に接するように倒れた。〈先行上映〉が終わるまで悲鳴だけが聞こえている。

檀先生

後楽園球場に来るのは、大学生の時に教職を目指していた同学部の友人たちと、ジャイアンツ戦を観にきた時以来、十数年ぶりといったところだ。戦時中、東京大空襲も乗り越えた歴史を背負った球場は、長い年月の中で何度か改修や拡大を繰り返し、トレードマークの一つともいえた短い両翼も、数年前に拡張され、ホームランが最も出やすい球場から最も難しい球場と呼ばれるようになったことは、私も知っていた。

観客席も私が来た時よりもはるかに座り心地の良いものに変わっている。

昨日、チケットを用意してくれた「部長」が言っていた通り、上空の真っ青とも真っ白ともいえる空は心地よかった。

同じことを感じたのかアメショーが隣で、「何で広い空を見ただけで、爽快感が味わえちゃうんだろうね」と大きく伸びをしている。「こういうのって絶対、本能的なものだと思うんだよ。陽射しを浴びたほうが、人間という動物にとっては好都合だから、青空に好感を抱くようになっているんじゃないかな」

試合が始まってからさほど時間は経っていないのだが、両チームとも三者凡退で淡泊に攻撃が終わったため、すでに二回の裏に入っている。すり鉢状とも呼べる観客席はぎっしりと埋まっていた。陽射しを避けるために帽子を被ったり、頭にタオルを載せたりする人が多かった。レフトスタンドのビジター応援席にイーグルスファンがいるものの、ほとんどはジャイアンツファンで、チームカラーの濃い青色が埋め尽くしている。

球場内に入った後は、二手に分かれ、野口勇人たちの居場所を探すことになった。

「野口さんかマイク育馬を見つけないと」と私が言うと、ネコジゴハンターの二人は、「どんな顔か分からない」「それを言うなら野口勇人を見ても気づくかどうか自信がない」と急に弱気なことを言う。猫なら覚えられるのに、とも。

マイク育馬に関してはインターネットで画像検索をすればいくらでも出てくるから、それを参照すればいいとは思った。サークルのメンバー四人については、成海彪子が携帯端末の中で保存していた写真を見せてくれた。「最初にみんなで集まった時に撮ったんですよ」十五人ほどの集合写真の中から、「これが哲夫さん、これが将五さん」と一人ずつ説明をしてくれる。職業柄と言うべきなのか、私は人の顔と名前を覚えるのが得意だったため、その写真をじっくり見て、頭に叩き込む。

一方のロシアンブルとアメショーははなから覚える気はなさそうだったが、とにかく、バックネット側から三塁方向に進み、時計回りに私とアメショーが、反対に一塁方向へロシアンブルと成海彪子が歩きながら、マイク育馬か野口勇人たちを見つけることにする。

場内アナウンスが、天童の打席であることを知らせた。

観客が期待のこもった、言葉にもならないような声を発し、それが重なり、膨れ上がり、球場全体に反響するかのようだ。ジャイアンツファンのみならず、イーグルスファンのいるレフト側からも威勢の良い声が聞こえる。

年間最多本塁打の新記録が飛び出すかどうか、「歴史的瞬間を目の当《ま》たりにできる《あ》！」と期待する歓声と、「そうはさせるものか」という守備陣に発破をかける声が、混ざり合っていた。

私たちの歩く通路からも、天童が大きく見えた。バットを上に持ち上げるような仕草で、ゆったりと打席に向かう。新記録のことなどまるで気にしていないような、余裕を感じさせる。自信があるのか、神経が図太いのか。

前をよく見ていなかったため、アメショーにぶつかる。すみません、と謝ったが彼は立ち止まったままで、天童の姿を睨んでいた。

後ろの私が閊《つか》えていることに気づき、少し表情を緩めた。「腹立たしいよね。自信家が結果を残すことほど、むかつくことはない」

「まあ、そうかもしれません」私は答えつつも、もし天童がイーグルスの選手だったとしても彼は同様のことを言うのだろうか、とは気になった。

「だけど檀先生、今日、あいつが記録作っちゃうのはもう分かっちゃっているんだもんね」

「ああ、はい、申し訳ないです」

前日の〈先行上映〉ではまさにその瞬間が見えたのだ。

「よりによって、バックスクリーン直撃だったんでしょ？　最悪だ」アメショーが顔をしかめる。

「おかげでいつホームランが出るのかも分かりました」ボールのぶつかったバックスクリーンが

視界に入り、六回裏のジャイアンツの攻撃中だとも分かる。

「はあ、やだやだ。ピッチャーは投野？」

「でしたね。ワンボールからの二球目」スコアボードのボールカウントも見えた。

「逆に言えば」グラウンドの打席に立つ天童選手を眺めるアメショーが言う。「六回裏までは天童に打たれないってことだよね」

「まあ、そうなりますね」

「どうしたの檀先生、上の空だけど」

「そんなことは」

上の空というよりは緊張していたのだ。焦っていた。マイク育馬が撃たれ、その後で球場がパニック状態になる。将棋倒しが発生し、たくさんの人間がまるで人形のような乱雑さで、倒れ、転がるのだ。苦しそうな子供たちの顔が頭にこびりついている。どれほどの被害が発生するのか。想像するのも恐ろしい場面が待っている。あれを現実のものにしてはいけない。止めなくてはならない。というよりも止められなかったら、と考えると恐怖で座り込みたくなる。そしてもう一つ、気がかりもあった。あの〈先行上映〉では、マイク育馬ともう一人別の男も通路に倒れていたのだ。巻き添えを食らった近くの客席の誰か、と思ったのだが、頭の形や髪の様子しか見えなかったものの、あれは私自身に似ていた。

自分が撃たれる？

そう思うと足元の底が抜けるような感覚に襲われた。そんなことがあるわけがない。受け入れられるわけがなく、口に出してしまうことも恐ろしく、ロシアンブルやアメショーたちには話さなかった。不確定な情報で、おそらく私の思い込み、見間違いに過ぎないのだから、と自分にも言い聞かせた。里見八賢を助けなくてはいけない。野球場での事件を防がなくてはいけない。さらに自分の身の危険も気をつけなくてはならないとなったら、もはや、「すべきこと」でパンクしてしまいそうだった。

球場内に溢れ出した落胆の声で、私は我に返る。

四球で天童が塁に出るところだ。

「勝負しろよ！」と誰かが野次るように声を発した。そうだそうだ、と同調する言葉も聞こえてくる。

「きわどいコースがたまたま外れただけだよ」アメショーは独り言じみた反論を洩らす。「ねえ、先生」

「ああそうですね、はい」慌てて相槌を打った。

「先生、ここで大声で、マイク育馬のことを呼んでみるのはどうかな。気づいてくれるかもしれない」そう言うと、早速とばかりに大きく息を吸うものだから、慌てて止める。「野口勇人たちに見つかる可能性もありますから」

私たちに気づいた野口勇人たちが、乱暴な行動に出る可能性はあるため、できるだけ目立たないほうがいい。

〈先行上映〉の場面がまた頭を過る。天童のホームランの後に響く悲鳴、倒れているマイク育馬の姿、それからもう一人、やはり撃たれたとしか思えない人物、そのことが頭にこびりついて離れない。あれは私なのか。〈先行上映〉通りに進めば、私は撃たれるということなのか。

が、〈先行上映〉を観た以上は、違う未来に向かって進んでいるのだろう。そのはずだ。

「だけどさ、成海さんはどういう気分なんだろうね。昨日の今日で」

「やすらぎ胃腸クリニック」の籠城事件のことだ。昨晩、携帯端末の画面での中継映像ではあったが、大騒ぎになっていることは伝わってきた。救急車が何台も停車し、その赤色灯がまわりを搔き回す。気づけば自分の鼓動が速くなっており、横にいる成海彪子の顔を見ると、目を大きく開き、まばたきするのも忘れた様子で画面を睨んでいた。涙を拭こうともしなかった。警察の特殊部隊が突入した様子が説明され、次々と、遺体が載ったと思しきシートのかけられたストレッチャーが運び出されるのが映し出されると、彼女は唇を嚙んでいた。

リポーターは興奮を抑えながら、必死に説明を続けていた。少なくとも犯人一人、人質が三人の四人が亡くなっている、と言う。

私は画面を見ながら、虚しさを覚えた。庭野をはじめとする彼らは、こんなことがしたかったのか、と悲しくなった。こんな形で人生を終えることで、満足なんですか？　成海彪子に訊ねたかったが、真っ直ぐに画面を見つめる彼女に声はかけられなかった。

「無駄な死に方だ」ロシアンブルは容赦がなかった。「こんなことで何になる」

「犬死にとは言うけれど、猫死にとは言わないよね」アメショーは能天気にそんなことを口にする。「犬死にって表現が犬に失礼だ」

成海彪子は、「いいんです」と答えた。「わたしたちはこれを望んだんですから」

「自分で死ぬか、世間を巻き込んで死ぬかの違いか」

彼女が言うように、人質もサークルのメンバーだとすると、亡くなった犯人はもちろん、人質も仲間だったのだろう。途中であの場から去った、野口勇人たちと成海彪子を除けば、それでメンバーは全員になるという。

「庭野さんは死ぬことができました。望んだことなんです」成海彪子が言った。「すべての『そうだった』を『わたしたちはそう望んだ』に変えたかったんです」

ロシアンブルは少し眉をひそめた後で、「変わったのか?」と意地悪な問いかけをしたが、彼女は答えなかった。

事が終わり、やっと自分たちの行いを客観的に見ることができたのかもしれない。後悔や不安が浮かぶ顔に見えた。

「試合が早いなあ」アメショーが言う。二回の裏が終了したところだった。この間にトイレに行こう、と考えたのか席を立つ観客がちらほらいた。「六回になるまでに野口を見つけたいけれど」

「そうですね。そうしないと」

三塁手のいるあたりを通り過ぎ、レフト方向へと歩いていく。

その間も眼下のグラウンドでは、選手たちが試合を続けている。

「人間の忙しい営みを、上空から神様たちが見下ろしているような感じだよね」私の視線に気づいたのかアメショーが言う。「というよりも」と指を上に向けた。「実際、いると思うんだよ」

「誰がですか」

「僕たちのことを上から見ている誰か。神様みたいに」

アメショーが、「自分は小説の中の登場人物だ」と言っていたことを思い出す。

「ここが小説の中ですか？」

「僕にはそう思えるよ。ここを読んでいる誰かがいる。試合をここから観ている僕たちのように」

いったい何の話なのか、と私は混乱する。もしそうだとしたら、今これを読んでいますか？と問いたくもなる。

「だけどまあ、読者がどこにいようが、何を期待していようが、今僕たちがやらなくちゃいけないのは、野口たちを発見することだ」

「野口さんたちも、マイク育馬を探してうろうろしているんですかね」

「だと思うよ。僕たちと同じように手分けしているかも」

ニーチェの唱える永遠回帰について思い出した。成海彪子の話にも出てきたが、人は同じ人生を永久に繰り返す、という有名な、引用され尽くした、とでも言うべき、あれだ。小説内の登場人物は同じようなものかもしれない。アメショーが言うように、これが小説の中の世界だとするならば、何回読もうが、どこから読もうが起きることは変わらない。まさに私たちは永遠に同じストーリーの中を生きていることになる。

そのことをアメショーに話すと彼は、「難しいことは分からないけれど、ただ、全部決まっちゃっているんだから、せいぜい楽しむしかないでしょ」と言った。「シアンさんみたいに心配ばかりしているのは、もったいない」

確かにそうかもしれません、と答えた後で私は、自分の〈先行上映〉も永遠回帰と関係があるのではないか、とふと思った。何度も何度も同じ人生が繰り返されるのだとしたら、私が観る、誰かの未来は、周回遅れの「すでに起きたこと」ではないか。その「すでに起きたこと」を私は垣間見ているのでは？

なるほど、私の〈先行上映〉は永遠回帰で説明できるのか、と発見した気持ちになったが、すぐに、〈先行上映〉は変更することができるのだから、永遠に繰り返すものとは違うのか、と気づいた。

わっと客席が沸いた。歓声が下から噴き出したかのようだ。足がよろめく。

ホームランだ。レフトの中段あたりに飛び込んだようで、ジャイアンツファンが立ち上がったり、両手を挙げたりと歓喜した。

「やられた」アメショーは頭を抱えるようにしたものの、まだ落ち着きがあったのは打ったのが天童ではなかったからに違いない。新記録を作られるという屈辱に比べれば、七番バッターにソロホームランを打たれることくらいは許容範囲なのだろう。

スコアボードには大きなビジョンが設置されており、今のホームランのリプレイが表示される。放物線を描き、万有引力によって吸い込まれるかのように観客席に落下していくボールと、相手チームの本塁打の着弾を渋々、見届けるレフトスタンドのイーグルスファンの姿が映し出された。

「あ」私は声を洩らし、それを聞き逃さずアメショーが振り返る。どうかした？　と目で訊ねてきた。私はビジョンを指差し、「今、映っていましたよね」と言った。

「だね。打たれたホームランがばっちり映っていた。屈辱の」

「いえ、そうじゃありません。成海さんの写真で見た人です。たぶん、哲夫さんという方かと」

「知り合い？」

私は噴き出してしまう。「探している一人じゃないですか。野口さんと一緒に行動している」

そもそもの目的を忘れているのではないか、と呆れる。

「人の名前とか顔を覚えるのが苦手なんだ。登場人物表を入れるべきだよ。簡単な説明だけでいいから。というか、たぶんすでに用意されているかもしれないね。僕たちの名前と説明の載った一覧が」

ふざけたことを言っている場合ではない。

私は、「今、映ったあたりに行きましょう」とアメショーを押すようにした。

先ほど映った観客席の位置を忘れないうちに、と焦る思いもあった。

「早く走ると目立つかもしれません」私は言った。

哲夫の姿をカメラが捉えたように、私たちの姿もいつ映し出されるのか分からない。不自然な動きは避けたほうがいい。

足を進めながらアメショーは携帯端末を顔の近くに構え、話しかけている。シアンさん。今。ホームランのところに。哲夫さんがいたのが見えて。哲夫さんってほら。野口たちの仲間の男ですよ。それすら忘れているんですか？　勘弁してくださいよ。説明はしているが歩きながらであるから、言葉は小間切れになっている。

「え、何？　よく聞こえないんですけど」アメショーが呼びかけている。どうかしたのか、と彼を見る。ロシアンブルの声がうまく聞こえない様子だった。

「本当ですか？　分かりました、とにかく僕たちはレフト側、向かいますから。そっちはそっちで頑張ってくださいね」と通話を終える。

「どうかしたんですか」

「あっちはあっちで見つけたんだって」

「誰をですか」

「誰だっけ。あそこでショットガンを撃っていた男。身体が大きい」

「将五さんです」成海彪子の話では確かそうだった。

「ライトスタンド側にいたみたい。さすがにショットガンはここに持ち込んでいないだろうけどね。こっちは僕と先生で対応しよう」

嫌ですよ、と言いたかったが、それで頭数から外してもらえるとも思えなかった。

先ほどビジョンに映っていたあたりに目を凝らしながら、歩く。途中で人とぶつかりそうになるのを避けた。

哲夫の姿は思いのほか、すぐ近くにあった。黒のボストンバッグを持ったまま、同じ通路の向こうから歩いてきたのだ。おそらく彼もマイク育馬の居場所を探すために観客席のあちらこちらに目をやっているからだろう、私たちには注意を向けていない。

「哲夫さんが前から来ます」アメショーの背中に、声を抑え話しかけた。「バッグ持っています」

返事はなかったが聞こえてはいたのだろう、アメショーは途端に、螺子《ねじ》が巻かれたかのように足早になる。

しなやかな猫さながら、足音も立てない様子ですいすいと前に行く。黒パーカーの哲夫がそのアメショーに気づいたのかはっとし、背中を向けた。慌てて屋内に通じる階段に姿を消す。

アメショーは地面を蹴り、追いかけた。私は足が絡まりつつも後を追う。

晴れ渡った空が見渡せる外から屋内に入ると、途端に湿った鍾乳洞《しょうにゅうどう》に足を踏み入れたような、ひんやりとした空気を感じる。

見れば、アメショーが哲夫の右手を背中に捻り上げる形で、捕まえていた。あっという間だ。そして、トイレの方向へと引っ張っていく。

「野口勇人はどこ？　おじさんを痛めつけるつもりはないから、早く教えて」

私が追いつくとアメショーはそう言って、哲夫の腕をぐいぐいと痛めつけていた。まわりの人の目が気になるが、アメショーが有無を言わさぬ力強さで、奥に移動していく。

「マイク育馬を探しているんでしょ？　それは僕たちも知っているから。野口勇人に用があるだけなんだ」

哲夫はぐっと唇を閉じたままだった。逃げられないと察したからか、暴れることもしない。

「哲夫さん、どうするつもりなんですか」前に回り込み、私はそう声をかけたものの、何と言葉を続けるべきか悩んだ。

復讐するなんて意味がないですよ。こんなことをして誰が喜ぶんですか。

定型文のような言葉は浮かんだものの、それを口にする気にはなれない。

復讐したい気持ちは理解できるからだ。

もし私が彼らだったら、カフェ・ダイヤモンド事件で親しい人を喪っていたなら、そしてマイク育馬のような存在がいるのならば、こちらの心の痛みを伝えたい、思い知らせたいと考えたはずだ。

だけど、ここで彼らを自由にさせてはいけないと思う気持ちもあった。

なぜ？

どうして彼らは復讐をしてはいけないのか。どうして止めなくてはいけないのか。

それくらいさせてあげてもいいじゃないか。

私の頭の中でぐるぐると考えが回っている。昨日の、「やすらぎ胃腸クリニック」の事件のことも思い出す。運び出されるストレッチャーにはシートがかけられていた。あの犠牲者は、成海彪子の言葉が本当ならば、サークルのメンバーということだ。どうしてそこまでして、とやりきれない気持ちを抱かずにはいられない。

「こんなところで何かしたら、無関係の人たちも巻き込んでしまいますよ」私は強い口調で言っていた。「大変なことになるんです、観客が大勢死にます」その状況を観たのだ、と訴えたかった。

「そうそう、復讐するなら、迷惑かけないようにしたほうがいい」アメショーがうなずく。「こんなところでバタバタやるよりは、もっと落ち着いた場所で、じっくりと復讐したほうがいいんだから」

「アメショーさん、どうするんですか」

「とりあえずこのおじさんは、トイレの個室にでも縛っておこう。残りの二人も探さないと」

自分が閉じ込められていたトイレのことが思い出され、反射的に寒気を覚えた。

「おまえたちには関係がない」哲夫がようやく喋った。身体を振るが、アメショーの力の込め方がよほど痛いのだろうか、すぐに苦悶の顔になる。それを見た私まで痛みを感じそうだった。

「本当に大変なことになるんです！」私は必死に伝えるが、具体性がないからか哲夫に届いている手応えは皆無だった。死傷者がたくさん出る。あれは地獄の図のようだった。そう説明したかった。

「大変なのは俺たちもだ」哲夫はぼそっと言った。「何もかもうまくいかない。どうしてなんだ。俺が何をした」

成海彪子から聞いた話が思い出される。彼は真面目に、ルールを守って生きてきたのだ。それなのに息子も妻も奪われた。

なぜこんな目に、と訴えたくなるのは当然だ。

「これが永遠に繰り返される人生であってたまるか」と彼は涎を垂らしながら言った。

私たちではなく、もっと別の存在、それこそ上から見下ろしてこちらの営みを眺める何者かに、陳情を申し立てるかのようだ。

分かります、と私はうっかり言いたくなった。法律はもちろん、法律に定められていない道徳やマナー、常識、そういったものを生真面目に守る人間が、割を食っていいのだろうか。それは教え子を見ていてもたびたび感じるし、自分自身に対しても何度も思ったことだ。

こんなにちゃんとやっているのに。もっとひどい目に遭うべき人間はいるだろうに。

あの教え子だって、複雑な家庭環境に耐えながら、歯を食いしばって生きてきたはずだ。それなのに、私たち教師にも理解されず、結局、自滅的に暴行事件を起こしてしまった。どうして救ってもらえないのか。憤りとともに私は、助けになってあげられなかった自分への罪の意識で苦しくなる。「だけど、やっぱり良くないですよ」と言っていた。

哲夫と目が合う。こちらの気持ちも分からないくせに、と言われているのは分かる。

「マイク育馬に復讐しても、何も変わりません」彼がいてもいなくてもカフェ・ダイヤモンド事件の辿り着く悲劇的な結末に変化はなかったのではないか。

そんなことは分かっている。哲夫の顔はそう言っていた。「誰かに迷惑をかけたら報いがある。そのことを伝えたいだけだ。あいつが反省もせずに、その人生を永遠に繰り返すだなんて、考えたくもない。自分たちの人生に幕を閉じる前に、あいつに分からせてやりたいんだ」

胸の芯をぎゅっとつかまれる感覚に襲われた。

アメショーは、哲夫に同情しているのかしていないのか分からないが、「ごめんね。僕たちには僕たちの都合があるから。しばらく閉じ込めることにするよ」と申し訳なさそうに言った。

その後で自分のポケットに片手を入れた後で携帯端末を取り出すと、私に渡してきた。

いったいどうしたのかと思い、受け取らずにいると、「通知が来た。マイク育馬がSNSに投稿したんだ。先生、ちょっと確認してくれるかな」と言った。哲夫を押さえているために操作がままならないのだという。

携帯端末を受け取った後で、通知メッセージに触れるとSNSのアプリが起動された。マイク育馬の顔が表示される。グラウンドが見えるように身体を捻りながら撮られた写真で、「ここから新記録、見届ける予定」といった文があった。満面の笑みと勝ち誇ったような顔つきが憎らしく感じられた。

ネットやグラウンドの映る角度から推測するに、三塁側の上段、比較的、バックネットに近いほうかもしれない。

「あれ、さっきそのあたり通ったよね。見落としちゃったのかな」アメショーは不本意そうだ。

「観客がかなり多いですからね」マイク育馬がトイレや売店に行くために席を立っていた可能性もある。

「じゃあ先生、先に行って」

「え」

「僕はほら、この人を縛らないといけないから。逆は無理でしょ。先生が行かないと」

尻込みするのを隠す気にもなれない。自分が行ってどうすればいいのだ。

「その端末持って行っていいよ。ＳＮＳのことシアンさんにも伝えておいて。とにかく野口勇人を逃がさないように。僕もすぐ追うから」

逃がすなと言われても、と私は二の足を踏むが、早く行って、とせっつかれるがために小走りで階段に向かった。階段を上り切ると再び、球場の観客席に出た。

私を待ち受けていたのは、あまりに広く、あまりに青い、空だった。白日《はくじつ》の下《もと》に晒されるとは言うが、その場にいる私たち全員の罪や欲を露わにするかのような陽光だった。

つかんでいた携帯端末のことを思い出し、連絡先を確認すれば、番号の登録は二件だけで、一つは「カジさん」のものだった。もう一件がロシアンブルのものだとは推察できた。

音声通話を行う。呼び出す音が繰り返され、なかなか応答がないものだから、いったんキャンセル操作をしようかと思ったところで、「どうした？」とロシアンブルの声がした。

「檀です。今、マイク育馬のＳＮＳに座席の写真が」

向こうで、慌ただしい音がした。声が飛ぶ。携帯端末が跳ねるような響きがあった。

「悪いな。今、それどころじゃないんだ」ロシアンブルの息が切れていた。「落ち着いたら、そっちに行く」

あ、え、はい、と私は返事をし、いつの間にか通話が終了した携帯端末をポケットにしまうと三塁側方向へ通路を進む。

どうすればいいのか分からない。ただ、逃げずに向き合わなくては、という思いだけが私の足を前に踏み出させていた。目の前のできることを、と思わずにはいられない。

ロシアンブル

ロシアンブルがいるのは、野球場の関係者通路だった。球場の円周に沿っているため、右向きにゆっくり湾曲しており、先は見えない。

観客席を見回しながら歩く将五の姿を見つけ、ロシアンブルと成海彪子は後を追ったのだが、すると彼は観客席スタンドから階段を使い、屋内に入った。大股で歩いたと思うと、「関係者専用」と書かれたドアを開き、姿を消すのが見える。慌ててロシアンブルたちが駆け足で続き、ドアを開き、その関係者通路に出た瞬間、突き飛ばされた。待ち伏せされていたのだ。

見つけられ、尾《つ》けられていることに将五は気づいており、人目につかないところにおびき寄せ、対処するという目論みだったようだ。

力が強く、両手で突き飛ばされただけで、ロシアンブルはふらふらと後ずさることになり、壁に背中をぶつけた。通路は、人がかろうじてすれ違える程度の幅だった。

さらにロシアンブルに拳を振るってくる将五を、成海彪子が避ける。それから彼女は壁を蹴るようにして向こう側に着地した。将五がそちらに振り返る。

「将五さん、落ち着いて」成海彪子が気持ちを抑えさせるために、必死に手を前に出す。

通路上で二人で将五を挟む形だった。ロシアンブルはポケットから、クラッカーロープを取り出す。紐をつかんだまま振り回す。ひゅんひゅんと音が鳴った。

将五の足に向け、投げようとしたところ鋭く右手を蹴り上げられる。クラッカーロープが飛んでしまう。ロシアンブルの舌打ちが床に落ち、小さく弾み、どこかに消える。距離を取るために左の拳を、将五の顔面に向けて突き出す。将五は避けようともせずに額でそれを受けた。瞬間、拳に激痛が走る。まずいな、とロシアンブルは思う。つかみかかってこようとする将五だったが、急にがくんと首を揺らした。後ろから成海彪子が思い切り、将五の背中を蹴ったのだ。

つんのめるように将五が倒れてくるため、ロシアンブルは身体を横にし、壁にへばりつくようにして避けた。

将五は膝をつき、四つん這いに近い姿勢になる。

「落ち着いてください。将五さん、やめましょう。今なら間に合います」成海彪子が必死に言っている。「庭野さんのニュース、見ましたよね?」

将五は呼吸で身体を大きく動かしていた。冷静さを取り戻しているのか、どうすべきか考えているのか。

その時、携帯端末の着信に気づき、ロシアンブルは受話操作を行った。耳に当て、「どうした？」と訊ねると、「檀です。今、マイク育馬のSNSに座席の写真が」という声が聞こえてきた。返事をしようとしたところ、目の前が暗くなる。バチンと音がした。ロシアンブルは自分の顔面が蹴られ、後ろにひっくり返ったにもかかわらず、通路内の電気が消えたのかと思った。

携帯端末が手から離れて、落ちる。後頭部が床にぶつかった。痛みと衝撃でくらくらするが、間髪入れずに将五の踏みつけるような右足が飛んできた。避ける余裕がない、とロシアンブルは顔をしかめ、さらなる痛みと衝撃が来るのを覚悟したが、そうはならなかった。成海彪子が身体を平たくし、将五の開いた股の間を滑り込むように通り抜け、割って入ったのだ。

すっと立ち上がった成海彪子が、将五を思い切り突く。が、期待したよりは動かない。成海彪子は右、左、右、左、と間髪入れずに、腕を振る。「将五さん」「落ち着いて」「わたしたち」「敵じゃないですから」と呼びかけながら、だ。それを将五が左、右、左、右と前腕部で受け止める。

ロシアンブルは拾った携帯端末を耳に当てる。まだ、檀と繋がっているかどうか確認する余裕もなかったが、「悪いな。今、それどころじゃないんだ」と言った。「落ち着いたら、そっちに行く」

こっちが落ち着くことがあるのだろうか、と浮かんだ心配を胸の内で払いのける。

携帯端末を尻ポケットに入れ、ロシアンブルは、「しゃがんでくれ」と言った。成海彪子は勘が良いのか、すぐさまその場で膝を折り曲げ、姿勢を低くしてくれる。ロシアンブルは通路床を蹴り、しゃがんだ彼女を飛び越え、将五の胸板を蹴飛ばす。

勢いがあったからか、さすがに将五も後ろによろつく。ロシアンブルは素早く移動し、また、成海彪子と二人で、将五を挟む形を取る。

ロシアンブルは頭の中で、動きを想像してみる。だが、どこからどう仕掛けたところで、将五が倒れる状況は浮かばなかった。面倒だな、とすでに嫌気が差しはじめてもいる。自分の目的は野口勇人に罰を下すことで、この頑丈な男をどうこうしたいわけではなかった。

嫌な予感しかない。

成海彪子が果敢に、将五に殴りかかる。避けられたところで、肘打ちに出る。将五が手で受け止めるとその捕まえられた肘を軸にするように腕を垂直に振り、拳の裏を相手の顔面に叩きつけた。

将五が成海彪子につかみかかる。成海彪子はすぐさま壁を駆け上がるようにし、後ろ向きにくるっと回転した。将五が動きについていけずに混乱している間に着地すると、鳩尾《みぞおち》を強く殴った。効き目があったのか、将五が一瞬、止まる。ロシアンブルは渾身の上段蹴りを見舞うが、咄嗟に将五が左腕で防御した。

ロシアンブルはさらに、先ほど落としたクラッカーロープを拾うために後ろを振り返る。耳をつんざく音に襲われた。重い鉄の拳が振り降ろされたような、音が響いたのだ。

反射的にロシアンブルは頭を手で守るようにしている。

将五が拳銃を向けていた。撃った弾がロシアンブルの横の壁に穴を穿《うが》っていた。

正義感から暴力行為に出る。暴走したら止まらない。成海彪子が将五のことをそう説明していたのを思い出す。

ロシアンブルはすぐに両手を挙げ、抵抗しない意思を見せた。お互いの立つ距離からして、次は確実に、こちらの体のどこかが撃たれるだろうと思った。

将五は呼吸を荒くしながら、銃口をまだ向けている。

「ちょっと待ってちょっと待って。大変だから。一瞬、一瞬だけ待って。ほんとにほんと」成海彪子が騒いだのはその時だった。急に何事か、と驚いたのだろう、将五が後ろを振り返るとそれを待ち受けていたかのように、成海彪子が回し蹴りをした。彼女の足先が的確に将五の腕を突き、拳銃が落ちる。

ロシアンブルは改めて手を伸ばし、クラッカーロープをつかむと素早く回転させ、将五の足元向けて振った。

ボールのついた先が将五の左足首に絡まる手応えを覚えた瞬間、ロシアンブルは紐を思い切り、引く。将五は体勢を崩し、尻もちを突いた。それを全力で取り押さえる。


ロシアンブルがクラッカーロープで両手首も拘束すると、将五は観念したのか暴れるのをやめた。ロシアンブルと成海彪子のほうが将五よりも呼吸が荒く、肩で息をしている状態だった。成海彪子は必死に、将五に話しかけていた。

それが功を奏したのかは分からないが、汽笛を鳴らし、ふんだんに蒸気を噴き出しながら暴走していた機関車のようだった将五も、少しずつ気持ちを落ち着かせてきたのが分かった。

「野口さんたちのことも止めたいのだけれど、連絡はできないの？」

表情の見えない将五は黙ったままだ。

「俺は野口勇人に用があるだけなんだ。だから、野口のことを連れて行かせてくれるなら、正直、おまえがマイク育馬をどうしようが気にならない。好きにしていいくらいなんだ」

「そんなこと言わないでください」

「本当のことだ」

「将五さん、やっぱり、ここでマイク育馬に復讐したところで、状況は変わらないですよ」

「あれか、そんなことをしても亡くなったお兄ちゃんは嬉しくないですよ、ってやつか」ロシアンブルは、映画やドラマでよく発せられる台詞を思い出し、先回りをした。「そんなのは別に関係ない。誰かに喜んでもらいたいだとか、悲しんでほしくないだとか、そういう問題ではないんだ。復讐したいだけなんだ。それに、復讐くらいはしてあげないと、猫が可哀想だろ」

どうして猫の話が出てくるのだ？　と言わんばかりに将五の顔が曇る。

「そういう意味ではありません。ただ、マイク育馬をどうこうしたところで、あの人は反省もしないだろうし、もし万が一、野口さんたちが命を奪ったりしたら、むしろ、可哀想な被害者としてずっと語られるんですよ。結局、あっちが勝つだけです。そんなことを望んでいたわけじゃないですよね。それに、檀先生の話が本当なら、このままだと無関係の観客がひどいことに」

ロシアンブルは、成海彪子が懸命に話しているのを、ほとんど右から左、場内アナウンスのように聞き流していた。携帯端末を取り出し、アメショーに音声通話の発信を試みたが反応がない。

「死なせない」将五がぼそっと言ったのが聞こえる。

「え」成海彪子が訊ねる。

「あの男は死なせない。成海さんが言うように、そんなことをしたら、あいつはむしろ残り続ける。だからほら前に、サークルで話が出た、永遠に同じ人生を、というやつ」

「あ、はい」将五が自分の思いを語り出してくれたことを、成海彪子は少し喜んでいるようでもあった。

「だったら、生きているのがつらいような目に遭わせたい。それが俺たちの思いですよ。理不尽なひどい目に遭ったとしても、それでも生きていかないといけないじゃないですか。俺たちみたいに。その苦しみを味わわせたかったんです」

「どうするつもりなの？」

ロシアンブルは立ち上がり、服のあちこちを払う。成海彪子と将五のやり取りをずっと聞いているつもりもない。「この男を見張っていてくれ。俺は、野口を捕まえに行かないといけないからな」

将五が、「さっきのあの、あの子供みたいに喚いたの何だったんですか」と成海彪子に訊ねるのが聞こえる。もう疲れ果てて、口しか動かないという様子にも見えた。

ちょっと待ってちょっと待って。大変だから。一瞬、一瞬だけ。将五がロシアンブルに銃口を向けた時、確かに彼女はそう叫んだ。

「ああ、あれは」照れ臭いのか、それともすべてを話すつもりがないのか成海彪子はぼそぼそと曖昧に話すだけだった。「一瞬の長さは人それぞれだから、という話で」

最後まで聞かずに、ロシアンブルは走り出す。

檀先生

携帯端末に表示した画像をもう一度、見る。笑顔のマイク育馬が映っており、その背景から座席の場所の見当をつけた。

おそらくは最上段のあたりだろう。そちらを見上げながら、座席列と座席列の間、その階段を一歩ずつ、低いとはいえない段差を上がりながら、観客席にマイク育馬の顔を探した。

「この回だな」「一人出れば天童に回るよ」横にいる若者たちの応援用メガホンを威勢よく叩く音が、私を急き立ててくるように聞こえる。

イーグルスの投野は、一回から三回まで三者凡退で抑えて以降は、四回、五回とヒットを打たれたものの、ソロホームランによる一点以外に失点はない。一番からの打順なのだから、確かに一人出塁すれば、四番の天童まで打席が回る。

六回裏か。私は体の内側に冷え冷えとしたものを感じる。

〈先行上映〉で観た場面が脳内に映し出される。倒れる男が二人、そのうちの一人はマイク育馬で、もう一人はおそらく私だ。六回の裏、ジャイアンツの攻撃の時だ。

このまま進んでいけば、あの状況になる。私は撃たれ、通路に倒れる。そして観客が雪崩《なだれ》を起こすかのように折り重なる。そういうことなのか。

それともすでに未来は変わっており、そうはならない。その可能性も充分にあった。階段で踏ん張りながら、自らを励ます。〈先行上映〉を観た上で、私たちはこの球場に乗り込んできている。哲夫を事前に捕まえることもできた。私が撃たれる未来とは違う未来へ進んでいるに違いない。恐ろしい将棋倒しも発生しないはずだ。

本当に？

時間の流れが変わっていなかったら。

安心させようとする言葉を、疑問が渦を巻き、消していく。いくら目を逸らそうとしても、恐怖は全身にまとわりついていた。

が、私は足に力を込め、自らの身体を持ち上げる。問いかけてくる声を聞き流し、上に向かった。

ここですべてを投げ出し、球場から逃げたとして、起きる悲劇から目を逸らしたとしても、ずっと悔恨に囚われ続けるはずだ。それならば、やれることをやるほかない。天命を待つのは、人事を尽くしてから。

陽射しが眩しく、目を細める。

段を上がりながら視線を上にやれば、右手にビアショルダーを背負った女性の姿があった。「部長」だ。客席の女性にコップを渡し、キャッシュレス決済用の端末を操作している。

〈先行上映〉で観たのは、あの「部長」の目に映ったものだ。

いよいよその時が近づいてきたということだ。

歓声が聞こえる。周りの観客席で物を騒がしく叩く者、喜びの拍手をする者、手を挙げる者があちらこちらにいた。

ジャイアンツの一番バッターが四球を選び、塁に出たのだ。つまり、この回に天童選手の打席が来る可能性が出てきたわけで、新記録達成に対する期待が、球場を熱くしはじめた。

視線を移動させたところ、マイク育馬を見つけた。通路沿いの、そのエリアの一列目に座り、ビールの入ったコップを持ちながら、隣にいる女性に嬉しそうに話しかけている。

こちらの心労、苦痛も知らないで。言いがかりかもしれないが、怒りが湧かないと言ったら嘘になる。

階段を勢いよく上り切ると、左方向へと進んだ。十メートルも行かないところに、マイク育馬は座っていた。

「すみません」自分に躊躇う暇を与えないために、すぐに声をかけた。「マイク育馬さんですよね」

おや、という顔になってから、「いやあ、ばれちゃいましたか」と彼は困ったように言うが、嬉しそうではあった。

「お願いがありまして、ちょっとこちらに来ていただけませんか?」できるだけ素早く、できるだけスムーズに別の場所に移動してもらうほかない。

彼はきょとんとし、隣の女性と顔を見合わせると露骨に眉をひそめ、不愉快さを露わにした。

「何でそっちに行かないといけないの。嫌だよ」と座席にふんぞり返るようにした。

彼の腕をつかんだが、すぐに振り払ってくる。乱暴に扱われたことと、腕に痛みが走ったことで私はさらに腹が立つ。

「ここは危険なんです。言うことを聞いたほうがいいですよ。大っぴらにされたくないことありますよね」

大っぴらにされたくないことの一つや二つはあるだろう、と踏んだ上で、鎌をかけただけだ。

マイク育馬は少し警戒した顔になる。「あのさ、何のことを言っているの?」

「王様は裸だ、と叫んでいるおまえも裸じゃないか、って話ですよ」先日、母が洩らした台詞を口に出し、今度は強く彼の腕をつかみ、引っ張る。

立ち上がったマイク育馬はさすがに怒った顔付きで、私を睨んだ。テレビ越しとはいえ、たくさんの人の目に晒される仕事柄、と言うべきだろうか、貫禄と迫力があり、威圧されたのは事実だ。

とはいえ、このままここにいるわけにもいかない。

自分とマイク育馬が倒れる図が思い浮かぶ。まさに、この通路、おそらく私たちはここで撃たれてしまう。

何をするんだよ。

マイク育馬が騒ぎ、手を揺らした勢いでコップが落ち、ビールが零れた。まわりの観客が疎ましげに見てくるが、構ってはいられない。

私を動かしているのは、マイク育馬を助けたい、という思いではなかった。記憶の蓋の下に隠れている、あの教え子への後ろめたさ、〈先行上映〉を観るだけの無力感、そういったものを、何かの役に立つことで薄めたかったのだ。

アナウンスが聞こえたのはその時だ。「四番、ファースト、天童」と呼ぶ声には、「お待ちかねですよね！」と言わんばかりの高揚が滲んでいる。バックスクリーンのビジョンには派手な演出映像が流れ、音楽が鳴り響いた。観客席がまた騒がしく盛り上がり、まさに歓声と拍手、さまざまな音が球場に地響きを起こし、実際に足元が揺れるかのようだ。

「俺は天童の打席、観るんだから」マイク育馬が暴れるようにした。「痛いって。おい、やめろ」

「命に関わるんですから」

「何なんだよ、おまえ」鼻息荒く言い、身体を大きく揺すってきた。予想していたよりも小柄で痩せているため、さほど力は強くなく、腕をつかんだままどうにか引っ張ることができたのだが、反対方向から警備員が駆けつけて来たことには気づかなかった。マイク育馬が目や表情を使い、呼んだのかもしれない。

あ、と思った時には、制帽と制服を着用した警備員が、私のすぐ横に立っていた。

「ちょっとこの人、危険だから連れて行ってくれよ」マイク育馬が、警備員に訴えた。

「違います」「何が違うんだよ」

私とマイク育馬が言い合いをしていると、警備員がそこで、「逃げるな」と小声ながら刺すような声を出すものだから、私は身体が固まった。

恐る恐る首を捻り警備員の顔を見れば、野口勇人だった。

「先生、邪魔するなよ」小声ながら明らかに怒りが滲んでいる。

彼の動作は素早かった。左手でマイク育馬の腕をつかみ、銃を彼の腹に押し当てる。そして私に、「先生がここから離れた瞬間、この男を撃つ。ほかの観客のことも撃つかもしれない」と言った。

銃は一つだったが、私のことはその言葉一つで縛り付けてきた。ここで下手に抵抗や反抗を試みてはいけない、と教え込むかのようだ。

マイク育馬はこの事態を吞み込むことができなかったのだろう、まずは、小芝居に巻き込まれていると感じたのか、テレビ番組の悪戯企画を疑ったのか、状況を察したと言わんばかりの笑みを浮かべかけた。が、自分の腹に押し当てられた銃口と、「大きな声を出しても撃つ」と言われたことに気づくと、目を白黒させ、顔を引き攣らせた。

「いったい何のつもりだ」「やめてください」マイク育馬と私の言葉がぶつかる。

里見大地の顔が思い浮かぶ。彼の父親、里見八賢が今、どうしているのか、どこにいるのか、そのことを訊ねようとしたが言葉が出てこない。

グラウンドではイーグルスの投野が一球目を投げ終えた。アウトコースに外れたのが分かる。応援グッズが激しく打ち鳴らされ、それに合わせたわけでもないだろうが、私の鼓動は速くなる。身体が弾むほど、心臓が跳ねる。脈動が、落ち着いて考えることを邪魔してくる。どうする、どうする、と見えない何者かが囃《はや》してくるかのようだ。動くのは危険だ。動かなくていい。ヘディングだ、ヘディング。考えないといけない。

チャンスはある。まだ、ある。私はそう念じた。私には武器があるのだ。〈先行上映〉という武器だ。

〈先行上映〉のおかげで、この後で本塁打が出ることを、私は知っているではないか。バックスクリーン直撃の文句なしの本塁打がこの後すぐに飛び出す。

天童がホームランを打てば、場内は騒然となるのは間違いない。プロ野球の記録更新の歓喜が客席から湧き上がり、今以上の震動が起きるはずで、そうなれば野口勇人も必ず意識が逸れる。歓声や大騒ぎに注意は逸れる。

そこを狙えばいい。

こちらは心構えができている。騒ぎに気を取られた野口勇人の隙を突き、突き飛ばせるに違いない。その後でマイク育馬を引っ張り、この場を離れるのだ。

どうにかなる。大丈夫だ、と私は自分に言い聞かせる。天童が本塁打を打ったタイミングで、野口勇人にショルダータックルよろしく肩からぶつかれ。

神経を尖らせ、指先にまで意識を這わせる。

それからグラウンドに視線を落とした。

マウンドの投野が一塁ランナーに牽制球を投げ、その後で改めて、投球動作に入る。ワンボール、ノーストライクからの二球目、〈先行上映〉によれば、天童は次の球を打つ。

投手からボールが離れ、天童がバットを振りかぶる。躊躇ったらおしまい。私は肩を向け、野口勇人に突撃する準備をした。

そして、予想外のことが起きた。

天童が空振りをしたのだ。


頭の中が空っぽになった。ホームランは？　いったいどうなったのか。見えているものが見えず、聞こえているものが聞こえない。頭の中で思考の歯車が空回りする、からからという音が聞こえるかのようだ。

当然ながら観客席からは大歓声など沸き上がらない。空振りに対し、ああ、と嘆くのがせいぜいで、野口勇人はマイク育馬に銃を突きつけたままだ。タックルするつもりだったため、私はつんのめる形になった。「動くな」と言われる。

ホームランを打つはずだったのでは？　とうろたえているのは、この球場の五万人以上の観客の中では私だけだろう。空の青さが、私を嘲笑うかのようだ。

スコアボードにはワンボール、ワンストライクのカウントが表示されている。〈先行上映〉では、ワンボールの後で天童がホームランを打った。明らかに状況が違っていた。

父の顔が浮かんだ。こんなところで、〈先行上映〉が狂ってしまうだなんて。聞いていなかった。私のことを野口勇人が強く押したのはその時だ。「どけ」

私は観客席にぶつかる。

野口勇人はマイク育馬に向かい、銃口を向けた。両手で構え、頭ではなく腹のあたりを狙っている。周囲の観客もこの光景を見て、何しろ拳銃が握られているのだから、ようやく異常事態だと気づいたのか、甲高い悲鳴が飛び交った。

「落ち着いてください！」私はとっさに叫んでいた。手を挙げ、「大丈夫です」と言いながら振った。ここで観客がパニック状態に陥ったら、結局、〈先行上映〉で観た大事故が起きるからだ。効果のほどは分からないが、できることはそれくらいだった。

マイク育馬は向けられた銃口に睨まれたまま、その場に座り込んでいた。腰が抜けているのかもしれない。私も彼の近くで、しゃがみかけた。

「何もできないくせに」と頭に、昔の教え子の言葉がよぎる。あの生徒が抱えている悩みを私は想像しようともしなかった。ただ、学校で悪さをするだけの、自己中心的な生徒だと思っていたところもある。彼だけではない。どの生徒に対しても、気づかないことばかりだろう。

そこで私が、野口勇人に体当たりをしたのは、「何かできること」を証明するためではなかった。野口勇人に人を撃たせたくない、という思いからだった。彼は私の生徒ではなかったが、あの時の、私が「何もできなかった」生徒と、もっと言えば今までの教え子たち全員と重なって見えた。

顔面からぶつかったため、火花が散る。鼻が熱く弾けたような衝撃があったが、そのまま彼を押し倒す。

その直後、周りの観客が野口勇人に飛びつき、押さえつけた。

檀先生

観客たちも、銃を持つ野口勇人をどうにかしなくては、と思っていたのだろう。最前列の何人かが野口勇人の手足を抱くようにしてくれた。

大丈夫ですか、と私に声をかけてくれる人も現れる。鼓動は速いままだ。恐怖が脳の裏側にべったりとこびりついているのだろう、なかなか拭えない。手足の先が震えている。少なくとも観客が次々と転倒するような事態になっていないことにはほっとした。

「すみません、このままじっとしていましょう。警察が来ると思いますので」這うような恰好の私は、マイク育馬にそう声をかける。

彼は通路に尻をつく恰好で、身体をがたがたと震わせ、小刻みにうなずいた。口から泡を噴き出しかけている。

たくさんの人が通路上にいた。遠巻きにし、携帯端末をこちらに向けたり、耳に当てたりする観客も多い。出口に向かっていく家族連れもいた。

試合はどうなってしまうのか。中断しているのだろうか。

気になり、立とうと膝を立てたところ、通路の向こうから、ビール販売員が歩いてくるのが見えた。

販売員の女性はまっすぐ、力強い歩き方をしていた。ビアショルダーから伸びるホースの先についたレバーのようなものをつかんでいたため、私は、彼女が、大変な目に遭った私とマイク育馬に、ビールをサービスしてくれるのかもしれないと思ってしまった。恐るべき勘違いではあったが、それほどに頭は混乱していたのだ。

販売員の彼女は二メートルほど離れたところで止まると、「マイク育馬さん」と言った。

はい？　とマイク育馬が顔を上げるのと、私がその女性の顔に見覚えがあると気づくのがほぼ同時だった。

成海彪子の見せてくれた写真に写っていた女性だ。「やすらぎ胃腸クリニック」から野口勇人と一緒に飛び出した四人のうちの一人、沙央莉だ。

彼女がつかんだレバーをこちらに向けた。ホースの先が見える。ビールをかけてくるのか？

どうして？

「頑張って、生きてください」沙央莉はそう言った。

ビールではない？　ふとそう思った。彼女のその覚悟を決めた顔つきからすると、背負っているものはビアショルダーに入っているのは別の液体ではないか。

その時、客席の背もたれ部分を踏み台にし、ぴょんぴょんと観客を避けながら、乱暴に駆け上がってきた人影があった。ロシアンブルだ。

彼は階段を使うのではなく、最短コースをいくために、客席を一直線に上がってきたのだろう。まさに猫の如く軽快に跳躍しながら、人々を避け、投げかけられる「おい」「何してんだ」「やめろ」といった怒号や不満の声も気にせず、駆け上がってきた。

彼が通路に着地し、私を庇《かば》うようにさっと身体を向けてくれるのと、沙央莉がレバーを操作するのが同時だった。

刺激臭を伴った液体が噴射され、私の頭には「塩酸」の言葉がぱっと浮かんだ。ばしゃばしゃと液体がかかる音がする。ロシアンブルの背中が、何らかの酸により焼かれたと思い、恐怖で全身に鳥肌が立った。目をぎゅっと閉じる。鼻が痛くてたまらない。

少しして恐る恐る瞼を開くと、ロシアンブルが沙央莉を取り押さえていた。声をかけようとしたが、咽せた。酸性の刺激臭が漂っている。周りの人たちがあちらこちらに避難していた。

ロシアンブル

「シアンさん、大丈夫ですか」と声がし、見上げればアメショーが立っていた。

来るのが遅いんだよ、と文句を言いたいのをこらえる。「ビールのかわりに塩酸か何かが噴射されて、それを背中で受けたんだ。大丈夫だと思うか」

目でそばに置いたレインコートを指した。付着した酸が通路に垂れ、染みのように広がっていた。

「あれを羽織っていたからどうにか」

ビアショルダーから噴出された強酸性の液体を、レインコートを羽織った背中で受けると、沙央莉は予想外だったからか驚いていた。ロシアンブルはレインコートをマントのように脱ぎ捨て、彼女の腕を強くつかみ、動きを封じたのだ。

沙央莉はビアショルダーを外された後で両手と両足をクラッカーロープで結ばれ、寝かせられた状態で、空を眺めていた。

「こんなにいい天気なのにどうして、レインコートなんて持ってきたんですか」アメショーが眉をひそめる。「あ、もしかして」

「何だ」

「ビールじゃなくて酸が入っているかもしれない運転？」

ロシアンブルは溜め息を吐く。持ってきていたレインコートを被ったことで、あの酸性の液体を防げたのは事実だ。直接、頭や服にかかっていたらと想像するとぞっとする。臭いがあるから塩酸か硝酸だろうか。

「だって、レインコート持ってくる理由なんてないじゃないですか。そんなこと言ってなかったですよね」

「球場に来てすぐに売店で買ったんだ」とロシアンブルは嘘をついた。

昨日のアジア地域での核兵器実験のニュースが気になったからだ。降水確率がゼロパーセントであっても、その確率を裏切り——何しろ完璧な天気予報は人類にとっての難題の一つだ——万が一、雨が降ったら、大量の放射性降下物が発生する可能性がある。それが恐ろしくて念のため、レインコートを持ってきていた。が、それを話したところで、感心や尊敬は得られないのは明らかだ。

あたりがかなり騒がしくなってきた。サイレンが方々で鳴りはじめ、試合も中断となったことも伝わってくる。落ち着いて行動してください、と場内アナウンスが何度も繰り返していた。

檀がよろめきながら近づいてきた。口元を袖で隠し、何度か咳き込んでいる。

「さっき、あっちの裏手で、もう一人の男を捕まえた」

「将五さんですか」

ここに向かってくる間に、成海彪子から携帯端末に連絡があった。何かと思えば、将五を拘束しておくためにバックヤードの用具室に入ったところ、そこに縛られた警備員とビール販売員がいたのだという。いったい何をするつもりなのか、と問い質したところ、観念したのか将五は、「ビールに見せかけた酸性水溶液を、マイク育馬の顔や体にかけ、火傷《やけど》させる」と打ち明けたらしかった。

殺害するのではなく、生きているのがつらいような目に遭わせ、「それでも生きていく」大変さを味わわせたかったのだろう。

「ポリエステルのレインコートなら、ある程度、酸に強いからな、少し守れると思った」

「嘘でしょ」アメショーが目を丸くしている。

「何が嘘だ」

「どうして、そんなこと知っているんですか。酸に強い素材、とか」

「俺から言わせれば、どうしてそんなことも知らないで、生きていけると思っているんだ」世の中には人食いバクテリアもいれば、恐ろしい感染症も、塩酸や硫酸もある。それぞれ、どう対処すればよいかを想像しておくべきではないのか。

救急車や警察車両のサイレンの音が球場に近づいてくる。観客たちはほとんどが避難指示に従い、その場を離れはじめていたが、まだ残っている者も少なくない。

携帯端末で撮影されたら面倒だな、とロシアンブルは気になる。そのうち報道用のヘリコプターもやってくるに違いない。

ほかの観客や警備員たちがゆっくりと野口勇人を立たせた。寝たまま押さえつけるよりは、座席などに縛り付けたほうがいいと判断したのだろう。

ロシアンブルは周囲を見回す。すでに試合は中断となっている。選手たちもグラウンドから心配そうにこちらを見ていた。観客を落ち着かせるためのアナウンスが流れ続けている。

座席に座らされた野口勇人に目をやる。

「シアンさん、野口のことをどうにかして、連れ出せないかと考えているんでしょ」とアメショーが見透かしてきた。

「仕事だからな」

「この状況で、野口を連れて逃げるのは相当、難易度が高いですよ。たいていのことはどうにかなるでしょ、と思う僕でも自信がない」

別の機会を狙うべきだろうか、とロシアンブルは悩む。おそらくこのまま野口勇人は警察に捕まるだろう。そうなると、ネコジゴハンターとして彼に復讐する機会はかなり先になる。どうすればいいのかと思いながら、観客席に座らされた野口勇人をもう一度眺めたのだが、そこに、立ち上がりながら喚く男がいた。

離れた場所で拳銃を構える男は、マイク育馬だった。落ちていた野口勇人の銃だろう。

マイク育馬は、銃を野口勇人に向けていた。恐怖と憤り、不安により正気を失っていたのかもしれない。目は異常なほど見開かれ、半分開いた口からは泡が出んばかりだ。

まずいな。

そう思った時にはロシアンブルは足を動かしていた。一歩、二歩、と大股で飛び跳ね、野口勇人の前に飛び込む。銃声が響き、自分の腹から熱球が飛び出すような衝撃を感じた。撃たれたのだとは分かる。

ロシアンブルは後ろに倒れ、一度、観客席にぶつかった後で通路に頽《くずお》れた。

血が溢れてくる感触があり、それが止まらない。俺の大事な血が。慌てて腹を押さえたが、その指の隙間を埋めるかのように血がどんどん流れ出ていく。

勘弁してほしい、とロシアンブルは溜め息を吐く。そうこうしている間にも全身から力が抜けていく。

もう、おしまいだ。

「シアンさん、何やってるんですか」アメショーが横にいた。

「野口があいつに撃たれたら、俺たちの仕事ができなくなるだろうが」

「馬鹿なこと言わないでくださいよ」アメショーはいつものこちらをからかってくる見下し口調ではありつつも、どこか舌が絡まっているような声だった。「朝起きた時に、一通り起きたら嫌なことを想像しているんですよね？　このことは心配していなかったんですか。何やっているんですか。一番大事なことじゃないですか」

周りがまた騒がしくなる。警察が来た、やっとだ、という声もどこかで聞こえた。

だんだんと思考がぼんやりとしてくるが、頭頂部を突き破るような激痛が走り、ぎょっとする。アメショーがロシアンブルの腕を自分の肩に回し、起き上がらせているのだと分かった。痛いな、何してるんだよ、と言いたいが声が出ない。

行きましょう。アメショーが言ってくる。ここから離れないと。その通りだ、とロシアンブルも思った。自分たちのやってきたことを考えたら、警察に保護されたらすべてがおしまいになる。自分たちの雇い主にも迷惑がかかるだろうし、さらにいえば、猫たちの評判を落とすことにもなりかねない。おそらくアメショーも、同じことを考えているのだ。

ロシアンブルは、アメショーに寄りかかりながら足を必死に動かす。いつも楽観的で、飄々《ひょうひょう》としているアメショーが深刻な気配を漂わせているので愉快にも感じた。

「寝ないでくださいよ、シアンさん。しっかり」

泣いているんじゃないだろうな、とロシアンブルは言いたかったが、あとどれくらい言葉を発せられるのか自信がなく、もっと優先度の高い言葉を探した。

何を心配しているんだ。ロシアンブルはそう言ったが、声として発せられたかどうかは自信がなかった。心配するのは俺の仕事だろ、アメショー。

「はい、今日はこれまで。さようなら」挨拶を終えると、生徒たちが教室内を動きはじめる。気を付けて帰るんだぞ、とそれとなく声をかけると、気のない返事が戻ってくる。

半年前、あの事件の後で学校に来た時は、教師も生徒もみなが私のことを取り囲み、心配し、労《ねぎら》いつつも讃えるような態度を取ってくれたものだが、人間はやはり慣れる生き物なのだろう、今やすっかり、「そんなこともありましたね」といった状態だった。

マスコミの取材は一時期、かなり多かった。マイク育馬が襲われた際に、中学の国語教師が身体を張って守った、と祭り上げられる気配があったが、どうして命を懸けて行動できたのですか、という質問に対し、返事に困り、「そこにマイク育馬がいたから」と答えたところ、どうやらそれで白けてしまったのか、以降はマスコミも寄ってこなくなった。

前を通り過ぎた里見大地が足を止め、振り返った。「先生、そういえば、そのうちお父さんから連絡があるかも」

あの事件の後、里見八賢は、都内マンション一室のトイレに監禁されているところを保護された。もともとは野口勇人の所有する分譲マンションで、事件の半年前からは将五が自宅がわりにそこを使っていたのだという。逮捕された野口たちの供述で、すぐに警察が駆けつけたのだ。

衰弱してはいたものの健康に問題はなく、まだPTSDに悩まされてはいるようだが、仕事には復帰したらしく、私も少し前に会って話をした。「檀先生とは監禁されていた同士ですね」と彼は冗談めかした。「奇妙な親近感、友情めいたものができました」

事件について詳細は話さなかったものの、「サークルに目的を果たしてほしいという気持ちと、そんなことを許していいのか、という葛藤で気持ちが揺れ動いていた」と本心を少しだけ洩らした。

事件後、里見大地は、「あの時、先生が言った通り、警察に通報すべきだった」と言ってくれ、私の捏造した「あの占い師」をよりいっそう信用するようになった。

「先生に頼まれたことがある、とお父さんが言っていたけれど」

「そうなんだ。図々しいお願いを」

「女性を紹介してくれ、とか？」

違うよ、と私は苦笑いをする。「昔の教え子が今、どこにいるのか知りたくて」

「私たちは別に、探偵ではないんですよ」と里見八賢は言いつつも、「怒られない程度に調べてみます」と請け合ってくれたのだ。

廊下に出ると後ろから追ってくる足音がし、誰かと思えば、布藤鞠子が立っていた。「読んでくれましたか？」

「読んだよ。面白かった」私は素直に感想を口にする。私が仕事に復帰した頃には、彼女はすでに、新しい小説を書きはじめていた。前のストーリーは嫌になったのだ、と。

曰く、「猫の復讐とはいえ、結局、ひどいことをしているんですから、けしからん話かなあ、と思っちゃって」とのことだった。「一応、日本は法治国家ですし」

「なるほど」小説の中の話なのだから、そこまで現実的に捉えなくてもいいのではないか、とは思った。

「うちのお父さんは、すっかり大人しくなったので、ありがたかったですけれど」

彼女の父親について気にはなっていたものの、晴れ晴れとした表情でそう言われたことで私はほっとするが、すぐに家庭のことを訊ねるのも憚られる。

「続編はあるのかな」と彼女の書いた小説の話を続ける。

今までのバイオレンス溢れるクライムノベルから、サスペンスへと作風が変わっており、ネット通販で頼んだ覚えのない商品が次々に届き、不審に思っていたところ、恐ろしい事件に巻き込まれ、その結果、誤注文の商品が全部役立った、という大学生を主人公とした物語だった。

「好評ならば」と彼女は微笑んだ。

檀先生

独り占めの店内を満喫していたのだが、入ってきた女性を見て、私は一瞬固まってしまう。

猫じゃらし型のおもちゃをつかんだままだったために、茶色と黒の縞模様、キジトラと呼ぶのだろうか、太った猫がひょいひょいと手を伸ばしてくる。

成海彪子もはっとし、目をしばたたいていたから、私がここにいることは彼女にも予想外だったのだろう。

「猫好きだったんですか？」と私が口にするのと、彼女が言うのが同時だった。

成海彪子はフローリング床に座る。受付でもらってきた、棒に紐がついたおもちゃを振り、近くを通りかかった白い猫の興味を惹いている。

「初めて来てみたんです」私は話す。駅から学校までの道中に、猫と触れあえる喫茶店の看板があることに気づいたのは十日ほど前だった。はじめのうちは特に気にかけていなかったが、帰りがけに目にしているうちに少しずつ興味が湧き、いつか気分転換を兼ねて立ち寄ってみたいものだと思っていたところ、今日がその、「いつか」となったのだ。布藤鞠子との立ち話の後で仕事を切り上げ、気づけばここに来ていた。

「何か学校で嫌なことでもあったのですか」

「嫌なことはないのですが、疲れることは日々起きますから」それは中学教師に限ったわけではないだろう。

「わたしはここ、何回か来ているんですよ」

やはり気分転換をするために？　そう訊ねたくなるのをこらえた。半年前のあの二つの事件、『『やすらぎ胃腸クリニック』での爆弾テロ」と「野口勇人たちによる後楽園球場での騒ぎ」は、彼女を疲弊させたのは間違いなく、人間以外の何か、たとえば猫と触れ合いたくなったとしても、不思議はない。

「こういうの何と言うんでしたっけ」成海彪子が自分のすぐ横で寝そべる猫を撫でながら、言った。「三方一両損《さんぼういちりょうぞん》でしたっけ。三者が少しずつ同じだけ損する、という」

「どういうことですか？」と訊ねた後で、私にも彼女の言わんとする意味は分かった。半年前の事件後の話だろう。「三方というのはええと」

「わたしたちサークルの起こしたテロ事件と警察、マイク育馬」と彼女が指を一本ずつ立てた。

「みんな非難されて。三者がそれぞれ叩かれて、悪者になっていますよね。まあ、わたしたちは仕方がないですけど。事件を起こした張本人ですし。罪を犯したんだから、責められるのは当然で」

成海彪子自身は逮捕もされていなければ、捜査対象からも外れている。しかも、「やすらぎ胃腸クリニック」の事件が、カフェ・ダイヤモンド事件と結びつけられている報道もなく、ましてマイク育馬が襲われた事件を庭野と結びつける報道はまったくなかった。銃器や爆弾を手に入れた庭野という男が、「やすらぎ胃腸クリニック」に籠城し、意味不明なことを要求した挙句、警察の強行突破に際し、人質もろとも爆弾で死亡した事件、といったまとめ方をされている。庭野は、「カフェ・ダイヤモンド事件」で恋人を亡くしたものの、戸籍やネット情報により、すぐに「あの事件の関係者だ！」と分かるような立場ではなかったからだろう。

「警察は、強行突入して、犠牲者を出したということで叩かれています」

「警察に対する世論は真っ二つですよね」人質の救出を最優先に考えるのが警察の使命ではないのか、犯人はまだしも人質が死亡するなど最悪の結末と言ってもいい、何を考えているのだ、という批判と、脅しに負け、手をこまねいているうちにもっとひどい被害が出るのだから、テロには屈しないことを示すためにも毅然とした態度で事件を鎮圧したのは良いことだ、といった擁護が半々くらいに感じられた。

成海彪子はさらに、「マイク育馬はもうボロボロです」と苦笑した。

ボロボロ、まさにその通りだ。野球場でマイク育馬が襲われた理由が明らかになり、それは野口勇人たちが警察の取り調べの際に動機を話したからかもしれないが、とにかくカフェ・ダイヤモンド事件での、マイク育馬の言動のひどさ、傲慢さが再度、注目を浴びた。さらにはマイク育馬自身が興奮状態で拳銃を発砲してしまったのだから、もはや、それまで通りに仕事ができるわけがなかった。はじめのうちは強気に、発砲については正当防衛だと主張し、相変わらずの口の悪さにより、過激さを好む視聴者を味方につけようとしていたが、それ自体が痛々しかった上に、賛同を得ることができず、やがて体調を崩し、今も療養中だ。

「結局、野口さんの猫、里見さんが引き取ってくれたんですよね？」

「みたいですね」そのことも先日会った時に言っていた。マンクスはやはり都内のペットホテルに預けられていたらしい。野口さんが戻ってくるまで、大事にしたいと思っています、だけど可愛いから手放したくなくなりますね、と里見八賢は肩をすくめた。

「先生はまだ同じ学校に勤めているんですか？」

成海彪子が訊ねたところ、私は、「何だか誰かに聞かせるために会話をしているみたいですね」と笑ってしまう。

「誰かに？　どういうことですか？」彼女は周りの猫の位置を気にかけるが、私が言いたいのはそういうことではなかった。

事件の後日談を知りたい者が、それこそグラウンドでプレイする選手たちをテレビ中継で眺める視聴者めいた者が、小説を読む読者のようなポジションの何者かがどこかにいて、私たちはその誰かのために説明させられているような気持ちになったのだ。

「成海さんとこんなところで再会できるとは思わなかったんですが、ちょうど良かったです。実は教えてほしいことがありました」

もし彼女に会わなければ永遠に頭の中の自問自答で済ませていただろう。

「何ですか」

自分が緊張してしまうのが怖くて、話す段取りを考えるよりも先に、頭に浮かんだことから口に出すことにした。「サークルのみなさんの目的です。あの事件で何をやりたかったのか」

そんなことですか。何をいまさら、と成海彪子は言わんばかりだった。「みんなでおしまいにしたかったんです。あの日、伝えた通りです」

「爆弾テロを使い、警察を巻き込んだ集団自殺ですか」口に出すとやはり、「集団自殺」の響きは恐ろしい。

成海彪子はうなずく。

目の前を通り過ぎようとした茶トラの猫がぴたっと止まり、きょとんとする。成海彪子が、その背中をごしごしと撫でた。

「あの場にいたのは、全員、サークルのメンバーだったんですよね。『やすらぎ胃腸クリニック』はサークルのメンバー、話に出てきた、康雄さんでしたっけ、その康雄さんと奥様がいた診療所だった、と。人質になっていたのもおそらく、その康雄さんたちですね」

事件当日に成海彪子はそう言っていたが、その後の報道では言及がない。そもそも数年前からマスコミは、被害者の名前を大々的には報道しない傾向になっていたから詳細が把握できないところもあった。

警察が単に、彼らの共通点に気づいていないのか、それともそもそも成海彪子の嘘なのかは分からない。ただ、野口勇人たちがサークルと結びつけられている気配もなかった。二つは、たまたま同じタイミングで起きた別の事件とされている節がある。

「はい」彼女は答えたが、そこで悪戯を思いついたという表情になり、「もし、わたしの喋ったことが本当なら、ですけど」と言い足した。

彼女は冗談のつもりだったのだろうが、私はそこで前のめりになった。「そうです、それを確認したかったんです」

「わたしの話が嘘だったと言いたいんですか」

「嘘がまじっていたと思っています」私は言い切る。「たとえば、あの日、成海さんは、『野口さんたちはマイク育馬を襲った後で、もっと大勢を巻き込む事件を起こすかもしれない』と言っていましたけれど、あれはたぶん嘘ですよね？　あの時、私は爆弾テロをどうにかしないと、と訴えていたので、そう言って、野口さんたちを追いかけるほうに意識を向けさせようとしたんじゃないですか」

「ああ、それは確かにそうでした。野口さんたちのほうが優先度が高かったので。檀先生が確認したい嘘というのは、そのことですか？」

「いえ、もっと肝心なところで」

「肝心なところとはどこですか」彼女は依然として横にいる猫を撫でているため、気持ちの揺れ動きは見えない。

頼むから少しの間、そこからどいてくれないかな、と茶トラの猫にお願いしたかった。

「さっきも言いましたように、あの事件の目的です。死にたいけれど死ぬ勇気がない。だから、爆弾テロ事件を起こして、警察を巻き込むという発想がどうしてもぴんと来なくて」

「こういう言い方はずるいですけれど、檀先生には、こっちの気持ちは理解できないんですよ。羽田野さんが事故に遭った時から、わたしたちは、まともじゃなくなってしまったんですから」

まともじゃなくなった。

私もそう受け止めていた。サークルのメンバーはどこか正気を失っていたのだ、と。なぜかと言えば、成海彪子が言っていたからだ。そう、彼女の言葉でそう思っただけなのだ。

「最近、あれを読んでいまして」

「あれ？」

「ニーチェです。サークルでニーチェの話題が出たのは本当ですよね。もともと里見さんとの話題に出たあとから、『ツァラトゥストラ』を再読していたんですが、事件後も読んでいました。それで最近、はっとさせられたところがあったんです」

私は携帯端末を取り出し、メモ機能の画面を表示する。気になった文章を抜き書きしてあったのだ。

この世界の嘆きは深い、
喜びのほうが、深い悩みよりも深い。

嘆きが言う。「消えろ！」と。

だがすべての喜びが永遠をほしがっている。

「ニーチェ節と言いますか、ツァラトゥストラ節という感じですけど、『喜びのほうが、深い悩みよりも深い』というあたりが力強くて、少し感動しました」

喜びがあれば深い悩みを帳消しにできる、というわけではないだろうが、救いにはなる。まさに私自身がそうだった。〈先行上映〉を観る体質を何に生かすこともできず、同僚が食中毒になるのを防ぐ程度の人助けはしてきたものの、ほとんどのことは役立てることができず、見て見ぬふりをして生きてきた。

どうにもならないことはどうにもならない。忘れるということを覚えておく。父の教えを頼みにどうにかやり過ごしてきた。

が、今回、マイク育馬を助けることができた。私からすればあれは、マイク育馬を助けたのではなく、野口勇人たちを助けたという気持ちだが、とにかく、私はそのことで心が少し軽くなった。野球場で事件を起こした、野口勇人以外の哲夫や将五、沙央莉も大きな被害を出すこともなかったため、裁判でも、ひどく重い罪には問われないのでは、という話も耳にした。さらに言えば、起きたかもしれない観客の将棋倒しの事故を防いだ可能性もある。そのことが私の精神をだいぶ楽にし、最近はカウンセリングにも通わなくなっていた。

「成海さんも、ニーチェの文章を引用していましたよね。『人生で魂が震えるほどの幸福があったなら、それだけで、そのために永遠の人生が必要だったんだと感じることができる』と」それもメモに保存してあった。

「ええ、羽田野さんが教えてくれました」

近くにいた猫を抱えると膝の上に乗せた。頭から背中を撫でると、ごろごろと喉を鳴らしてくれる。その後で別の猫が近づき、私の顔を見上げると、みゃあ、と鳴く。早く、結論を言えと急かしてくるかのようだ。誰かの気持ちを代弁しているのだろうか。

「集団自殺なんていう目的のために、みなさんが一つになるとは思えないんです」

「どういうことですか」

「みなさんに必要だったのは、喜びです。ニーチェが言うところの、そのために永遠の人生が必要だったんだと思えるほどの幸福だったんじゃないですか？」

「喜びも幸福もあるわけないですよ。家族も羽田野さんも亡くなってしまったんですから」

「今回、改めて読み直していて気づいたんです。ニーチェの言う喜びや幸福は、棚からぼた餅みたいなものではなくて、もっと能動的なものですよね。自分で決め、行動し、やったぜ！　と雄《お》叫《たけ》びを上げられるような、そういったものではないか、と私は感じました。しかも、それは誰かに迷惑をかけるような負のものではいけないと思うんです。ニーチェは他人を羨み、復讐することを何よりも嫌がっていましたから。ひたすら高い次元の人間を目指すべきだ、と」

だから？　と猫が首を傾げる。

「やったぜ、と感じられるような目的があったのではないかな、と思ったんです。役に立ちたかったのではないでしょうか？　たとえば、自分たちのやることが、誰かを救う。そう考えられる目的があれば」

「檀先生、あんな事件が何かの役に立つと思いますか？」

彼女が言ってくるため、私は気《き》後《おく》れしてしまうが、「言わなくてはいけない」と自らの尻を叩く。

閃きを与えてくれたのは、母の話だった。母が以前、喋っていた、「女子中学生正門落下複雑骨折事件」の話だ。登校時に正門をよじ登った結果、複雑骨折をした生徒がいた。その話が代々受け継がれ、その結果、母やほかの生徒も、正門を登ろうとはしなかった。

実話かどうかは怪しい。ただ、「女子中学生正門落下複雑骨折事件」の存在が、それ以降、生徒たちの抑止力となったはずだ。「そうなってしまうから、正門をよじ登るのはやめておこう」と。母はそう言っていた。

「あのテロ事件は、これからのために行ったのではないですか」

「これから？」

「爆弾テロ事件を減らすためです。人質に爆弾をくっつけて楯にするような、そういったひどい事件を少しでもなくすために」

「警察に、これからしっかりやるように、と交渉でお願いしたとでも言うんですか」

「前例を作りたかったんですよ。抑止力となる前例です。人質をいくら使ったところで、警察は容赦なく、問答無用に突入する。だから人質を取っても無駄だ。それを世間に、これからテロを起こす者たちに、示したかったんです。違いますか？」

檀先生

「五年前のカフェ・ダイヤモンド事件では、犯人が怒り、その結果、人質が全員、亡くなることになりました」テレビでのマイク育馬の言動がどれほど影響したかは分からないが、爆発は警察の突入前に起きた。「こういった事例を踏まえれば、籠城事件の際に人質を取れば、警察は二の足を踏むと想像することはできます。実際、昨年起きた美術館テロの犯人は、警察に、『カフエ・ダイヤモンド事件の二の舞になる』と脅しに使ってきたんですよね？　その結果、最悪の結末を迎えました。だとしたら、それをひっくり返したい、とみなさんは思ったのではないでしょうか」

正確には、みなさん、ではなく、庭野が、だろうか。彼がほかのみんなを一つの方向に束ねようとした。

「檀先生、そもそも警察は、特に日本の警察は人命第一で行動します。人質の危険を度外視して強行突破なんてできません」

「だからこそ、です」私は言う。「だからこそ、前例を見せておくべきなんですよ。そうでなかったら、言い方はあれですが、これからの犯人に舐められます。『警察は脅しには屈せずに、強行突入する』ということを印象付けておきたかった。そのためには、実際に、目立つ形でやってみせればいいんです」

「ちょっと待ってください、檀先生。その前例を作るために、庭野さんたちは命を犠牲にして、爆発を起こしたということですか」

「庭野さんをはじめ、サークルの人たちの多くは、どうでもいい、もうおしまいにしたい、と思っていたんですよね。それだったら、最後に、やったぜ、と思えるような目的のために動いても良かったのではないですか？　庭野さんは、みんなの心がおかしくなってしまうのを、そういった目的を作ることで乗り切ろうとした。私はそう想像しました」

「想像ですよね」

「それに、実際に命を落とす必要はないかもしれません」

「女子中学生正門落下複雑骨折事件」と同じで、あれもその女子中学生が実際に骨折したかどうかは重要ではないんです、と私は説明しかけたが、「譬《たと》え話が下手ですね」と言われる予感がしたため、やめた。

「一般的にテロ事件の犯人は警察に要求をします。人質を無事に解放してほしければ、これこれこういうことをやれ、あれを持ってこい、そう交渉するものじゃないですか。だから、庭野さんは、まさにそれを要求したのでは」

「それ、というのは」

「自分たちのシナリオに付き合え、と。クリニックに、特殊部隊を突入させてほしい。そのタイミングで爆発を起こす。死者が出たことにしてほしい。実際に死ぬ人はいない。ただ、情報をうまく操作し、これを世間に見せつけることができれば、今後のテロ事件の抑止力になるはずだ。つまり、この事件の顚末《てんまつ》を捏造してくれ、とそう要求したんじゃないですか」

「そんな」と彼女が苦笑する。「そんなことを警察が受け入れると思いますか」

もちろん、私もこの推理に至った際は、ありえないな、無理だな、とすぐに発想を捨てかけた。警察はそもそも、テロリストとは交渉をしない。「未来のテロへの抑止力となるために手伝ってほしい」と言われたところで、妙な奴らが妙なことを言ってきたぞ、と余計に警戒されるのがオチだ。

ただ、無理なお願いを聞いてもらうために、起こすのがテロというものではないのか。

理性的に、煽ることも慌てることもなく、庭野さんは説明したはずだ。

自分たちは、誰かを傷つけるつもりはなく、この「やすらぎ胃腸クリニック」も仲間の診療所なのだ。今の時点では全員、無事だ。だから一緒に協力をして、ここで一芝居を打ってくれないだろうか。今後のテロへの抑止力となりたいだけなのだ。

それが聞き入れられないのなら、残念ながら爆弾で自分たちは死ぬことになる。

どっちがいいですか？　そう問いかけたのではないか。

「檀先生、仮にそんなことをやったとして、秘密が洩れないと思いますか？　現場にいた特殊部隊を含め、警察関係者だけでもたくさんの人間が関わっているんですよ。緘口令《かんこうれい》が敷かれたところで、洩れる時は洩れます」

「警察は犯人との交渉内容については外部に公表しません。交渉したこと自体も明らかにしないことが多いのですから、秘密にしやすいんですよ。偉い人の一部が情報を共有するだけで、残りの人たちは知らなければ、どうにかなるのかもしれません」私は言ってから、その場に指で三角形を描く。その頂点あたりを指差した後で、「ピラミッドのこのあたりの、偉い人に強い信念があれば、です。批判をどれほど受けても、テロによる悲劇は繰り返さないと思うことができる人が、協力してくれれば」と言った。

解放された後の里見八賢と会った時のことをまた思い出す。私は彼に、「前に、警察組織の偉い人がテロでご家族を亡くされたと言っていたじゃないですか。その人は、テロの悲劇をなくすためなら、大きな嘘をつくこともできるんですかね」とぶつけてみた。どうしてそんなことを訊くのか、と彼はかなり不思議そうで、結局、イエスともノーとも答えなかった。ただ里見八賢の反応を見ているうちに、彼が、庭野に、その偉い人の存在を喋っていた可能性はあるな、と感じた。

「あの、檀先生の話通りだとすると、死んだことになった人質や庭野さんはどうなるってことですか。実際には生きている、ということ？」

成海さんのほうがよく知っているのでは、と私は言いたくなる。「今までの人生は捨てることになるのかもしれませんが、生きていくことはできます。庭野さんや人質を演じたサークルの人たちはそれを選んだのでは」

本来は別の場所に存在しているにもかかわらず、トリックを使い、観客の前にいるように見えるペッパーズ・ゴースト、そのことをまた思った。庭野たちも幽霊よろしく、別の場所に存在している可能性はある。彼らが起こしたテロ事件自体が、ゴーストとも言えた。幽霊に見えるが違う場所では平和に暮らしているのかもしれない。

成海彪子が噴き出した。しばらく笑い声を立てるが、特に何かを言おうともしなかった。かわりに目尻を拭っている。涙が出るほど笑うことでもあるまい、と私は苦笑した。

警察組織が、爆弾テロの犯人のそのような無茶な要求を呑むはずがない。庭野や人質が死亡したと嘘の発表をすることはできても、死体は必要なのではないか。突入した際の特殊部隊隊員はさすがに違和感を覚えるのではないか。疑問はいくらでも湧く。

ある妄想が浮かぶ。「やすらぎ胃腸クリニック事件」突入時の違和感に取りつかれた、特殊部隊の隊員が、知り合いの事件記者に話をする。その記者が、人質について調べはじめ、「やすらぎ胃腸クリニック事件」と「カフェ・ダイヤモンド事件」のつながりに気づくのだ。事を暴かれてしまうと、せっかくの、「抑止力のための前例」がフェイクだったと明らかになってしまうため、阻止する力が働くが、記者は使命感と好奇心に突き動かされ、調査を止めない。やがて、私の話を聞きに来る時があるかもしれない。

それはそれで、その、名も知らない事件記者を主人公とした、ジャンルとしてはハードボイルドだろうか、別の物語になるのだろう。

「檀先生、ほかに言いたいことはないんですか」成海彪子が訊ねてくる。

「いえ、言いたいことはそれだけです。ただ、『カフェ・ダイヤモンド事件』の被害者遺族のみなさんが、同じような悲劇が起きないように、と行動したのだとしたら」

「よほどその説がお気に入りなんですね」彼女は笑った後で、「でも、そうですね」とうなずく。

「それなら少しは、やったぜ、と思えるかもしれませんね。わたしの親は生き返りませんし、救われはしないですけど、ただ、何度も同じ人生を繰り返すしかないのなら、まだ、何かに役立った気持ちにはなれるかもしれません」

深い悩みを埋めてくれるほどの喜びなのかは分からない。

「だけど、そんな御伽噺《おとぎばなし》みたいな話、あるわけないじゃないですか」成海彪子は猫に向かって、紐のついたおもちゃを振りながら言う。

御伽噺と言われれば、確かにその通りだ。「そういうことがあってもいいような気はするんですが」

カフェ・ダイヤモンド事件の被害者遺族たちが、精神的にまいってしまい、自暴自棄になって爆弾テロを行い、世間を騒がすだけ騒がせ、警察に突入されたタイミングで自爆し、死亡した、といった出来事のほうが、現実味のない御伽噺にも感じられる。

私も彼女も喋らず、ひたすら、寄ってくる猫と戯れる時間が続いた。そして、そろそろ帰る時間だなと身支度を整え始めたところ成海彪子が、「あの」と訊ねてきた。「一つ気になっていたことがあるんですけれど」

「こっちは気になることだらけです」

「あの日、どうして天童選手はホームランを打たなかったんですかね？　檀先生が観た内容だと、打つはずだったんですよね」

自分の顔が歪むのが分かる。後楽園球場のあの場面、心の底から焦り、パニック状態となったが、後になり考えてみれば、答えは難しくなかった。ホームランを打つ未来を変えられる人間は限られている。「たぶん、ピッチャーの投野さんに事前に忠告を送っていた人がいたんですよ。SNSとかでメッセージを。天童相手に直球勝負は避けたほうがいい、とか、占いによるとプライドは捨てるが吉、とか」

投野がそれを真に受けたかどうかは分からないが、気にした時点で未来への道筋はずれていく。そういうことだったのではないか。少なくとも、あの後で知るが、あの時、投野が投げたのは直球勝負を避けたチェンジアップだった。慎重になっていたとも言える。

成海彪子も察したのか、「なるほど」と微笑む。「そういう意味では、あの人たち、どうなったんでしょうか。というか、本当に存在していたんですかね」

後楽園球場でのあの騒動の中、マイク育馬に撃たれた後で姿を消した。あの場にいた観客の数人が携帯端末で撮影をしており、インターネット上に投稿され、テレビでもそれが放送されたが、正体や行方は分からないままで、「いったい何者だったのか」と話題になった。ケネディ暗殺事件の現場写真に写っていた謎の女性、「バブーシュカ・レディ」と同じような扱いになっている。

彼らもまた御伽噺の中の人物のようだった。

「あの二人、奇妙で怖かったですけれど、無事だったらいいですね。あ、だけど、もしそうだとすると、野口さんが危険ですね。社会に出てきた時に狙われちゃうんでしょうか」

どうでしょう、としか私には答えられなかった。あのような、けしからん存在がいていいのかどうかも分からない。「実は」と出かかった言葉を呑み込んだ。

視線を上にやる。室内の天井の壁沿いに作られたキャットウォークにいる白い猫と目が合った。もっと高いところから、私の説明を聞きたがっている者の存在に思いを馳せる。彼らは、君たちは、と言うべきかもしれないが、あの二人のことが気になっているのではないだろうか。

彼らの行方を私は知らないし、連絡もない。どこでどうしているのか情報も持っていないが、ただ一つだけ、報告できることはあった。

二ヵ月ほど前のことだ。その日の昼間に、立ち寄った牛丼店で隣に座った女性が、花粉症のせいかくしゃみを連発しており、おそらくは、その飛沫から感染したのだろう。

夜になり、私の視界に映し出されたのは、喫茶店めいたところで男性と向き合っている光景だった。牛丼店にいたあの女性が、翌日に体験する場面だ。ぺらぺらと喋る色男で印象は良くなかったが、その時、後ろの席の会話が聞こえてきた。

視点を担う女性は前を向いたままだったから、姿は見えなかったものの、背もたれ越しに座る若い男が、「だから、そんなに心配したところで、どうしようもないじゃないですか」と言うのははっきりと聞こえた。

「八億年後、太陽が膨張して、人間が地球に住めなくなるんだと」と別の男の声が言う。もうおしまいだ、と。

長い溜め息が吐き出された後で、「僕だったら、そこまで自分が生きていることのほうが心配ですよ」と嘆く声がした。

二人が立ち上がった気配があり、横を通りかかったところで〈先行上映〉が終わった。

〈あとがき〉

ふとしたきっかけで、『ツァラトゥストラ』を読みました。大学生の時以来ですから、三十年近く経っての再読です。学生のころは分からなかったけれど今読んだら、いろいろ分かるところがあった、と書ければいいのですが、今回も、分かるような分からないような、かといって面白くないかと言われれば決してそんなことはない、という昔と同じ感想を抱き、自分の成長のなさを痛感しました。その後、参考文献に挙げました本をガイドがわりに読み直すことで、「永遠回帰」の考え方にはっとさせられ（すべてに同意できるわけではないのですが）、自分の小説の登場人物たちにその思いを反映させたくなりました。これらの内容は、あくまでも僕なりの理解により書いていますし（参考文献に挙げた本は、ニーチェの考えを分かりやすく嚙み砕いてくれた、非常に面白いものでしたが、それですら正しく理解できているのかどうか自信がありません）、誤った解釈をしている部分もあるかと思います。興味を持たれた方は『ツァラトゥストラ』やこれらの参考文献を読んでいただけるとありがたいです。

内閣情報調査室やプロ野球チームや球場など、作中に出てくるものの大半は（名前こそ現実のものを借りたり、似せていたりしますが）ストーリーに合うように作り上げた架空のものばかりです。言うまでもありませんが、飛沫感染による超能力も存在しませんし、現実の出来事も盛り込んではいるものの、この小説の中のことはあくまでも小説の中のものとして楽しんでいただけますように。

〈参考・引用文献〉

『内閣情報調査室　公安警察、公安調査庁との三つ巴の闘い』今井良著　幻冬舎新書

『ツァラトゥストラ（上）・（下）』ニーチェ著　丘沢静也訳　光文社古典新訳文庫
『ニーチェ全集〈13〉権力への意志（下）』ニーチェ著　原佑訳　ちくま学芸文庫
『ニーチェ入門』竹田青嗣著　ちくま新書
『NHK「100分de名著」ブックス ニーチェ ツァラトゥストラ』［語り手］西研　NHK出版
『生きるための哲学　ニーチェ「超」入門』白取晴彦著　ディスカヴァー・トゥエンティワン
『エリーザベト・ニーチェ　ニーチェをナチに売り渡した女』ベン・マッキンタイアー著　藤川芳朗訳　白水社

この作品は書き下ろしです。

装丁：川谷康久
写真：Bill Barfield/Moment/gettyimages

伊坂幸太郎（いさか・こうたろう）

一九七一年千葉県生まれ。東北大学法学部卒業。二〇〇〇年『オーデュボンの祈り』で新潮ミステリー倶楽部賞を受賞し、デビュー。〇四年『アヒルと鴨のコインロッカー』で吉川英治文学新人賞、〇八年『ゴールデンスランバー』で本屋大賞と山本周五郎賞、『逆ソクラテス』で柴田錬三郎賞を受賞。著作は数多く映像化もされている。他の著書に、『重力ピエロ』『ガソリン生活』『ＡＸ』『ホワイトラビット』『フーガはユーガ』『シーソーモンスター』『クジラアタマの王様』など多数。

ペッパーズ・ゴースト

二〇二一年十月三十日　第一刷発行

著　者　伊坂幸太郎
発行者　三宮博信
発行所　朝日新聞出版
〒一〇四―八〇一一
東京都中央区築地五―三―二
電話　〇三―五五四一―八八三二（編集）
　　　〇三―五五四〇―七七九三（販売）
印刷製本　中央精版印刷株式会社

ISBN978-4-02-251792-0